NEW YORK TIMES UND *USA TODAY* BESTSELLER AUTORIN

AURORA ROSE REYNOLDS

Falling FOR TIDE

ROMANCE EDITION

Falling FOR TIDE

Aurora Rose Reynolds

Aus dem Amerikanischen von Friederike Bruhn

1. Auflage

Covergestaltung: © Sturmmöwen
Titelabbildung: © HayDmitriy
Redaktion: Romance Edition

Printed in Germany

ISBN-Taschenbuch: 978-3-903278-70-7
ISBN-EPUB: 978-3-903278-71-4

www.romance-edition.com

1. Kapitel

Aria

»Herzlichen Glückwunsch!«, ruft meine Maklerin Sara und klatscht verzückt, als ich nach gefühlt einer Million Unterschriften das letzte Dokument unterzeichnet habe.

Ihre Freude entlockt auch mir ein Lächeln – auch wenn mir klar ist, dass ihre gute Stimmung von den fast fünfzigtausend Dollar Provision herrührt. Zur Hölle, ich wäre auch hellauf begeistert, wenn ich so viel Geld verdienen würde, nachdem ich jemandem nur eine einzige Immobilie gezeigt habe.

»Danke«, sage ich und schaue kurz in ihre Richtung, bevor ich der Anwältin den Stapel Papiere zuschiebe, den sie lächelnd entgegennimmt. Dann rollt sie mit ihrem Stuhl ein Stück zurück und öffnet eine Schublade. Als sie einen Schlüsselbund herausholt, zieht sich mein Magen vor Aufregung zusammen.

Sie grinst. »Herzlichen Glückwunsch auch von mir, Aria.«

Ich umschließe das kühle Metall mit meinen Fingern, das sich daraufhin leicht in meine Handfläche bohrt. Endlich ist es so weit. Nun kann ich mich aufs Weitermachen konzentrieren, und zwar in einem Heim, das nur mir gehört. Mir und niemandem sonst. Ich möchte weinen und gleichzeitig durch den Raum tanzen. »Danke«, murmle ich stattdessen.

»Wollen Sie noch die Kontaktdaten der Baufirma, von der ich Ihnen während unseres Rundgangs erzählt habe?«, fragt Sara.

Das knapp zweihundertdreißig Quadratmeter große Haus, das ich gekauft habe, ist wunderschön. Es liegt am Fuß eines Berges, etwas abseits der Straße, und ist umgeben von sechs Hektar Wald. Als ich es das erste Mal sah, war mir sofort klar, dass es das richtige für mich ist. Nach einem Blick in das Innere kamen mir jedoch Zweifel. Die Vorbesitzer haben den größten Teil der Küche und des Hauptschlafzimmers samt dem Badezimmer vor ihrer Scheidung fertiggestellt, aber der Rest wirkt noch, als wäre es einer 70er-Jahre-Sitcom entsprungen – inklusive verrückter Tapeten, Zottelteppiche und Linoleum. Es wird einiges an Zeit und Geld nötig sein, um alles nach meinen Wünschen umzugestalten.

Das Gute ist, ich habe viel Zeit. Der finanzielle Aspekt ist hingegen etwas komplizierter. Dank meiner Arbeit als Autorin führte ich bisher ein ziemlich sorgenfreies Leben. Zumindest, bis ich mich von meinem Mann scheiden ließ. Da er für mich gearbeitet hat und ich während unserer Ehe für ihn aufkam, muss ich ihm Unterhalt zahlen. Was bedeutet, dass ich nicht nur für mich selbst, sondern auch für einen Mann sorgen muss, an den ich mehrere Jahre meines Lebens verschwendet habe. Ich hätte ihn nie daten, geschweige denn heiraten dürfen.

Warum ist man immer erst im Nachhinein schlauer?

»Geben Sie mir gern die Nummer des Bauunternehmens, aber es kann eine Weile dauern, bis ich mit der Renovierung beginne.«

Mit freudestrahlendem Gesicht drückt sie meinen Arm.

»Ich bin sicher, dass man kurzfristig Kapazitäten für Sie finden wird, sobald Sie loslegen wollen.«

Am liebsten würde ich die Augen verdrehen. Seit sie herausgefunden hat, dass ich Autorin bin und mein Pseudonym Spencer Heart lautet, redet sie sich ein, dass ich jemand Berühmtes sei. Was nicht stimmt. Ja, ich habe es einige Male auf die Bestsellerliste der New York Times geschafft und über meine Bücher wurden mehrere Artikel geschrieben. Wenn man aber einem zufälligen Passanten auf der Straße mein Foto zeigt, hätte dieser keine Ahnung, wer ich bin. Himmel, derjenige würde mich wahrscheinlich nicht einmal kennen, wenn man ihm die Titel meiner Bücher nennt, es sei denn, diese Person wäre zufällig einer meiner Leser oder eine Leserin.

Fragt man jedoch die Bewohner dieser Stadt nach Aria Heart, erzählen sie einem von dem reichen Mädchen, das mit einem goldenen Löffel im Mund geboren wurde und wegzog, weil sie dachte, sie sei zu gut für diesen Ort. Dass meine Kindheit alles andere als schön und das schicke Haus mit dem hübschen weißen Lattenzaun nur Fassade war, weiß niemand.

Meine Familie war schon immer gestört und ist es noch. Meine Mutter ist eine gewohnheitsmäßige Fremdgeherin und mein Vater ein gesellschaftstauglicher Alkoholiker. Ich bin eine sechsundzwanzigjährige geschiedene Frau, die zu dem Flecken Erde zurückgekehrt ist, an dem sie aufwuchs. Denn, so traurig es klingen mag, ein anderes Zuhause habe ich nicht.

Trotz der angespannten Beziehung zu meinen Eltern und eines fehlenden lokalen Freundeskreises konnte ich mir keine andere Stadt vorstellen, in der ich nach dem

Ende meiner Ehe leben wollte. Zum Glück bin ich in keiner Weise auf meine Familie angewiesen. Allerdings wohnen sie jetzt nur wenige Minuten von mir entfernt, was bedeutet, dass ich mich mit ihnen auseinandersetzen muss, ob ich will oder nicht.

Ich lehne mich in meinem Stuhl zurück und hebe meine Tasche vom Boden auf. Ich muss hier raus. Nun, da das Haus offiziell mir gehört, möchte ich hinfahren und mich umschauen, und zwar ganz in Ruhe und allein. Vielleicht kaufe ich sogar eine dieser aufblasbaren Matratzen und ein paar Dinge für den täglichen Gebrauch, um heute Nacht dort anstatt in dem Hotelzimmer zu schlafen, das seit einer Woche meine Bleibe ist. Was meine Eltern nicht sonderlich toll fanden. Zuerst spielten sie noch Verständnis dafür vor, dass ich Raum für mich brauche. Aber in den letzten Tagen brachten sie ihr Missfallen durch tägliche Telefonanrufe zum Ausdruck. Ihr Image war ihnen seit eh und je wichtig; dass ihr einziges Kind in der Stadt ist, aber nicht bei ihnen wohnt, könnte Fragen bei ihren angeblichen Freunden wachrütteln, denen sie ausweichen müssten.

Zum ersten Mal ist mir das egal und überraschenderweise fühle ich mich deswegen nicht schuldig. In den letzten sechsundzwanzig Jahren habe ich getan, was von mir erwartet wurde. Bevor ich von daheim wegging, tat ich alles in meiner Macht Stehende, um dem Bild der perfekten Tochter zu entsprechen. Was sich danach nicht änderte. Ich ging auf ein College, suchte mir einen Job und heiratete einen Mann, von dem ich wusste, dass meine Eltern ihn gutheißen würden. Nichts davon machte mich glücklich. Als ich meine Scheidungspapiere unterschrieb, schwor ich mir, meine Zukunft nach meinen eigenen Bedingungen zu gestalten. Ich werde nichts mehr akzeptieren, weil ich das vermeintlich tun sollte, und nie wieder werde ich das Glück eines anderen über mein eigenes stellen.

Das ist mein Leben und ich werde es so leben, wie ich es will.

Bei diesem Gedanken stehe ich auf und schaue zwischen den beiden Frauen hin und her. »Vielen Dank. Wenn Sie noch irgendetwas von mir benötigen, können Sie mich über mein Handy erreichen.« Ich wende mich an Sara. »Ich würde mich freuen, wenn Sie mir den Kontakt zu dem Bauunternehmen vermitteln. Könnten Sie mir die Kontaktdaten per E-Mail zuschicken?«

»Natürlich.«

»Danke.« Ich schiebe mir den Riemen meiner Tasche über die Schulter, verlasse das Büro und gehe zu meinem Auto. Danach fahre ich ins Hotel, checke aus und lege auf dem Weg zu meinem neuen Zuhause einen Zwischenstopp bei Target ein.

2. Kapitel

Aria

Im Schneidersitz hocke ich auf dem orangefarbenen Zottelteppich in jenem Zimmer, das eines Tages mein Büro sein wird. Mit meinem Laptop auf dem Schoß klicke ich auf mein aktuelles Projekt. Normalerweise schreibe ich Abenteuerromane mit einem übersinnlichen Touch für Jugendliche, aber seit geraumer Zeit habe ich eine andere Geschichte im Kopf, an der ich mich endlich versuchen will. Eine romantische Komödie über zwei Protagonisten, die von ihren verrückten Müttern immer wieder gemeinsam in witzige Situationen gebracht werden und schließlich die große Liebe finden.

Als ich anfange, mich in der Geschichte zu verlieren und meine Finger nur so über die Tastatur fliegen, höre ich ein seltsames Geräusch, das aus der Küche oder dem Wohnzimmer zu kommen scheint. Ich halte inne und blicke zu der offen stehenden Tür. Von meiner Position aus kann ich nichts erkennen, aber das Geräusch wird eindeutig lauter. Da ich erst eine Nacht und die Hälfte des heutigen Tages hier verbracht habe, weiß ich nicht, ob das normal für dieses Haus ist. Ich stehe auf und sehe in der Küche nach dem Rechten. Als ich nichts Auffälliges entdecken kann, umrunde ich die halbhohe Wand, die Küche und Wohnzimmer voneinander trennt, und keuche entsetzt auf.

Wasser läuft aus der Decke – nicht nur ein bisschen, sondern jede Menge. Aufgrund der Nässe gibt die weiße Gipskartonplatte nach und bröckelt auf den blauen Zottelteppich darunter. Es sieht beinahe so aus, als würde ein Gletscher in ein Meer stürzen, das inmitten meines Wohnzimmers heranwächst. Wie angewurzelt beobachte ich das Geschehen, ehe ich mich ruckartig in Bewegung setze.

Ich renne die Treppe hinauf zur Wäschekammer, rutsche auf dem glatten Linoleum aus und pralle mit der Hüfte sowie meinem Ellenbogen auf dem Boden auf. Ein scharfer Schmerz schießt durch meinen Körper, aber ich ignoriere ihn, rapple mich wieder auf und schlittere abermals über den nassen Boden. Gott sei Dank bekomme ich den Deckel der Waschmaschine auf, und als das Wasser versiegt, sende ich ein stilles Dankgebet gen Himmel. Ich bin seit einer Woche in der Stadt und brauchte dringend saubere Kleidung. Da ich nun sowohl eine Waschmaschine als auch einen Trockner besitze, beschloss ich, mich um meine gesamte Schmutzwäsche zu kümmern. Tja, damit hätte ich wohl warten sollen.

Mein Atem kommt stoßweise, während ich das Chaos um mich herum betrachte. Als ich kurz darauf wieder nach unten gehe und den Schaden in Augenschein nehme, möchte ich weinen. Gestern bei Target habe ich ein einziges Handtuch gekauft, weil ich nicht die Notwendigkeit für weitere sah, wenn meine mit dem Rest meiner Sachen in ein paar Tagen geliefert werden. Allerdings wird ein Stück Stoff allein den Wassermengen niemals Herr werden.

Ich senke die Lider und erlaube mir, eine einzige Träne

zu vergießen, bevor ich tief durchatme und nach meinem Handy greife. Wie versprochen, hat mir Sara gestern die Kontaktdaten des Bauunternehmens zugemailt. Ich hätte nicht gedacht, dass ich dort so schnell anrufen würde, aber jetzt bleibt mir keine andere Wahl. Also gebe ich mir einen Ruck. Ein älterer Herr nimmt meinen Anruf entgegen und verspricht mir, schnellstmöglich jemanden vorbeizuschicken. Da alle meine Klamotten pitschnass auf dem Grund der Waschmaschine schwimmen, muss ich in nichts als einem meiner Lieblingsnachthemden aus Baumwolle – ich habe weder einen BH noch ein Höschen an – darauf warten, dass ein Mitarbeiter der Baufirma vorbeikommt. Ehrlich, dieser Tag könnte nicht schlimmer werden.

Okay, da habe ich mich scheinbar geirrt. Als ich die Vordertür öffne, stehe ich einem verdammt großen Kerl gegenüber. Sein blondes Haar ist länger als bei den meisten Männern, seine Augen sind so blau und klar, dass ich mein Abbild darin erkennen kann. Unter seinem engen T-Shirt zeichnen sich seine Muskeln deutlich ab. Seine Arme sind über und über mit Tattoos bedeckt, die mich fast schon magisch anziehen.

Ich kenne Tide aus meiner Kindheit. Wir waren nie befreundet, aber ich war heftig in ihn verliebt. Nicht, dass ihm das jemals aufgefallen wäre. Wir hingen nicht mit denselben Leuten ab. Himmel, wir haben nicht mal miteinander geredet. Ich war viel zu sehr damit beschäftigt, meinen Eltern gefällig zu sein, und er damit, Football zu spielen und jedes Mädchen zu daten, das ihn ranließ. Mehr als einen kurzen Blick oder ein Nicken im Vorbeigehen bekam ich nicht, wenn wir uns auf dem Schulflur zwischen den Unterrichtsstunden oder auf dem Weg zum Mittagessen begegneten.

Für ihn war ich nur eines der reichen Kids. Er war für mich der Junge, den ich wollte; nicht nur, weil er superheiß war – und es offensichtlich noch ist. Er war außerdem nett und hat diejenigen verteidigt, die es nicht selbst konnten. Ich kann unmöglich aufzählen, wie oft er sich für jemanden stark gemacht hat oder sich prügelte, um eines der Kinder zu beschützen, die eine Zielscheibe für Mobbing waren.

Ich wollte wie er sein. Tief in meinem Herzen hätte ich gerne den Mut gehabt, diesen Idioten zu sagen, dass sie aufhören sollen. Meinen Eltern, dass sie gefälligst erwachsen werden und endlich merken sollen, was sie mir und einander antaten. Doch ich habe nie irgendetwas davon getan, was nicht für die Person spricht, die ich einst war. Ich hoffe nur, dass es noch nicht zu spät ist, mich und mein Verhalten zu ändern.

»Überschwemmung.«

Dieses Wort reißt mich aus meinen Erinnerungen und ich schüttle irritiert den Kopf. Es ist offensichtlich, dass er mehr gesagt hat, aber ich habe nur das gehört. »Wie bitte?«

Er mustert mich für einen Moment, als versuche er, mich einzuordnen und herauszufinden, ob beziehungsweise woher er mich kennt, ehe er über meine Schulter hinweg ins Haus sieht. »Mein Vorarbeiter meinte, es gebe hier eine Überschwemmung.«

»Entschuldigung.« Ich bemühe mich, wieder Herr meiner Sinne zu werden, und halte ihm die Tür auf. Meine Wangen glühen. »Die Waschmaschine ... Sie muss kaputt sein. Das Wasser ist ausgelaufen und durch die Decke im Wohnzimmer gebrochen. Ich glaube, irgendetwas stimmt mit der Maschine nicht.« Himmelherrgott, könnte ich noch idiotischer klingen?

»Ich schaue es mir mal an.«

Ohne Umschweife geht er an mir vorbei und direkt nach oben, ohne dass ich ihm die Richtung weisen muss. Ich folge ihm und kann meinen Blick weder von seinem Hintern noch von seiner muskulösen Rückansicht reißen. Bisher habe ich den Rücken eines Mannes noch nie für attraktiv befunden, was offensichtlich ein Fehler war.

Im Waschraum angekommen, bleibe ich hinter ihm stehen und beobachte, wie er die schwere Maschine von der Wand zieht, als wäre sie federleicht. Er verschwindet dahinter, und ich stelle mich auf die Zehenspitzen, um zu erkennen, was er tut. Vergeblich. Mit meinen ein Meter fünfundfünfzig kann ich ohne Hilfe nicht mal die Sachen auf den oberen Regalen im Supermarkt erreichen. Über den nach oben geklappten Deckel der Waschmaschine kann ich erst recht nicht spähen. Tide rumort eine Weile dahinter rum und taucht wieder auf.

»Der Schlauch war nicht mit dem Abfluss verbunden. Sieht so aus, als wollte sie jemand mitnehmen, hat es sich dann aber anders überlegt.«

»Echt?« Ich betrachte das wasserspeiende Ungetüm. »Sie war im Kaufpreis des Hauses mit inbegriffen, zusammen mit dem Trockner und den Küchengeräten.«

Tide mustert mich für einen Moment. »War es eine Zwangsvollstreckung?« Er fährt sich mit einer Hand durch sein dunkelblondes Haar und schiebt sich ein paar Strähnen aus dem Gesicht. »Manchmal werden die

Betroffenen sauer und wollen dem Käufer eins auswischen.«

»Nein«, entgegne ich und schlinge die Arme um meinen Körper. »Die ursprünglichen Besitzer lassen sich scheiden.«

»Auch eine passende Gelegenheit. Die Leute können echt fies sein, wenn ihr eigenes Leben den Bach runtergeht. Hin und wieder wollen sie andere mit hineinziehen.«

»Na super.« Ich beiße mir auf die Unterlippe und sehe zur Seite. »Sollte ich jemanden anrufen, um den Gasherd überprüfen zu lassen? Ich bin nicht sonderlich erpicht darauf, wegen der Eheprobleme anderer und eines Gaslecks in die Luft zu fliegen.«

Er lacht, und als ich mich zu ihm umdrehe, wirft er amüsiert den Kopf in den Nacken – und sieht ungemein gut dabei aus. Sein Lachen klingt tief und echt, was ein seltsames Gefühl in meinem Inneren auslöst. Als er mich aus seinen klaren blauen Augen anschaut, fällt mir das Atmen schwerer. Ich bin mir ziemlich sicher, dass er sich nicht an mich erinnert, dennoch kommt es mir vor, als hätte er mir soeben etwas gegeben, das nicht vielen zuteilwird.

»Ich überprüfe die Leitung.« Er klappt den Deckel der Waschmaschine hinunter, woraufhin sie wieder zu laufen beginnt, und schiebt sie zurück an die Wand. »Du bist zu hübsch, um in die Luft gejagt zu werden.«

Hat er mich gerade hübsch genannt?

Ja, definitiv. Auch wenn ein Teil von mir glaubt, dass ich mich verhört habe. Nach all den Jahren mit meinen Eltern und jenen an der Seite meines Ex-Mannes entdecke ich bei einem Blick in den Spiegel nur das, was sie in mir gesehen haben. Eine Frau mit tollen Haaren, die jedoch weder rot noch blond sind. Helle Haut und zu viele Sommersprossen. Zu große blaue Augen, volle Lippen und ein Körper, der der Norm entsprechen würde, wenn ich zu Marilyn Monroes Ära gelebt hätte. Leider gilt man mit einer Kleidergröße achtunddreißig oder gar vierzig heutzutage als unattraktiv. Dumm wie ich war, habe ich über Jahre hinweg gehungert und wie eine Irre Sport getrieben, in dem Versuch, mich diesem Ideal anzupassen.

Nicht, dass das je geklappt hätte. Ich war noch nie schmaler als eine sechsunddreißig und seit meiner Scheidung trage ich durchgehend Größe vierzig, manchmal auch zweiundvierzig. Ich denke nicht, dass ich hässlich bin; mein Erscheinungsbild finde ich passabel, aber nicht hübsch. Wenn ich darüber nachdenke, hat mich noch nie jemand so bezeichnet.

Ich drücke meine Nägel in meine Handflächen und verdränge all diese Gedanken.

»Ich werde mir mal den Schaden im Erdgeschoss ansehen und sicherstellen, dass alles richtig angeschlossen ist, bevor ich wieder gehe«, meldet sich Tide zu Wort.

»Okay«, stimme ich leise zu.

Er hält für eine Weile meinen Blick gefangen, und ich habe das Gefühl, dass er mehr darin erkennen kann, als er sollte. Als wüsste er, was in mir vorgeht und was ich denke. Der Moment zwischen uns ist vorbei, als er mir bedeutet, mich in Bewegung zu setzen. Ich folge seiner Aufforderung und laufe vor ihm die Treppe hinunter. Wie wenig ich anhabe, wird mir dabei noch bewusster als vorhin. Im Wohnzimmer angekommen, schaue ich hinauf zur Decke. Sie ist weiter gebröckelt und ein großes Loch klafft dort, wo einmal die Trockenmauer war. Das Wasser hat zudem eine Spur dunkler Flecken hinterlassen.

»Scheiße«, zischt er.

Ich drehe mich zu ihm um. »Was ist?«

»Babe, die gesamte Decke in diesem Raum muss erneuert werden.« Er senkt den Kopf. »Der Teppich auch. Vielleicht sogar der Boden darunter.«

»Wie viel?«

»Wie bitte?«

»Wie viel wird es kosten, alles zu richten?«

»Mehrere tausend.« Er mustert mich und wirkt angesichts meiner Frage überrascht.

»Na toll«, stöhne ich. Sicher, ich habe ein wenig Geld für Notfälle beiseitegelegt und auch ein bisschen für die Renovierung des Hauses, aber für diese unerwartete Katastrophe wollte ich mein Erspartes ursprünglich nicht aus dem Fenster werfen. »Vielleicht kann ich so tun, als wäre es ein Dachfenster.«

»Wie bitte?«

»Nichts.« Ich wende mich um und begebe mich in die Küche. Möglicherweise könnte ich mir das Loch zu einem Dachfenster mit einzigartiger Aussicht schönreden, aber bei dem Herd, den ich bisher noch nicht benutzt habe, will ich nichts riskieren. »Könntest du sicherstellen, dass ich nicht sterbe, wenn ich dieses Ding anstelle?« Ich klopfe mit der Hand gegen die Tür des Backofens.

Gestern bei Target habe ich eine dieser billigen Kaffeekannen besorgt. Außerdem Kaffee, Cola Light, Bagels und Frischkäse, weil ich die Bagels sowohl warm als auch kalt sowie morgens und mittags essen kann.

»Sara meinte, du wärst eine berühmte Autorin«, setzt Tide an, und ich werde stocksteif, als er auf mich zukommt. »Ich denke nicht, dass du dir wegen ein paar Tausender den Kopf zerbrechen musst.«

»Ich bin nicht berühmt. Ich bin zwar Autorin, aber das ist verdammt viel Geld, wenn man nicht nur für sich selbst sorgen muss.«

Bei meinen Worten verändert sich seine Miene. »Okay, verstanden«, murmelt er, dann zieht er den Herd nach vorn und sieht dahinter nach dem Rechten. »Die Gasleitung ist in Ordnung. Du kannst ihn gefahrlos benutzen.« Er schiebt das Gerät wieder an seinen Platz. Anschließend macht er sich auf den Weg zur Haustür, hält aber mit einer Hand an der Klinke inne. »Wenn du die Materialkosten übernimmst, mache ich dir einen Deal. Ich komme nach meinem Job zu dir und kümmere mich um die Instandsetzungen. So sparst du zwar nicht viel, vielleicht ein paar hundert Dollar, aber immerhin ein bisschen.«

Mir schnürt sich die Brust zu und ein Kloß bildet sich in meinem Hals.

»Da du vermutlich zeitnah mit den Reparaturen anfangen willst, müsste ich wissen, wie wir weiter verfahren.«

Zittrig atme ich ein und wieder aus. »Du musst mir keinen Deal anbieten oder dergleichen. Ich habe Geld für die Renovierung beiseitegelegt; davon werde ich was abzwacken. Aber danke, das Angebot ist wirklich lieb.«

»Bist du dir sicher? Ich könnte ein paar Sachen besorgen und mich heute Abend an die Arbeit machen. Die Decke ist nicht mehr zu retten, aber wenn ich den Teppich gleich rausreiße, kann ich den Boden darunter vielleicht erhalten.«

»Ich möchte dich nicht darum bemühen, nachdem du bereits den ganzen Tag geschuftet hast. Ich bin mir sicher, dass du mit deiner Zeit Besseres anfangen kannst.«

Ein frustrierter Ausdruck tritt auf seine Züge. »Meine Tochter ist diese Woche bei ihrer Mom, also habe ich genug Stunden totzuschlagen. Wenn ich dabei Geld verdienen kann, umso besser.«

Tochter.

Er hat eine Tochter? Warum wusste ich nichts davon? Klar, ich bin nicht auf dem Laufenden, was das Leben meiner ehemaligen Mitschüler betrifft, trotzdem checke ich hin und wieder Facebook. Diese Info sollte es irgendwann bis zu mir geschafft haben. Er meinte, sie sei bei ihrer Mom. Heißt das, dass er mit der Mutter des Mädchens nicht mehr zusammen ist?

»Also passt dir das so?«

»Ähm, ja, natürlich. Danke noch mal für ... Tja, für alles. Ich weiß das zu schätzen.«

»Kein Problem.« Er nickt mir zum Abschied zu und tritt nach draußen. Ich erhalte nicht die Gelegenheit, die Tür zuzumachen. »Schließ ab. Ich komme nachher wieder«, ruft er mir über seine Schulter hinweg zu.

Ich tue, wie mir geheißen. »Was zur Hölle war das?«, frage ich in die Stille des Hauses.

Natürlich bleibt es mir eine Antwort schuldig, also eile ich nach oben und überprüfe, ob die Waschmaschine wirklich nicht mehr leckt. Als ich sehe, dass alles in Ordnung ist, mache ich es mir auf meiner aufblasbaren Matratze bequem und starre Löcher in die Luft, bis ich die Wäsche in den Trockner tun muss. Eines steht fest: Wenn ich Tide das nächste Mal begegne, will ich angezogen sein.

3. Kapitel

Aria

Ich habe es mir mit einer Dose Cola Light und meinem Handy auf der aufblasbaren Matratze gemütlich gemacht und schaue mir lustige Katzenvideos an. Erst in zwei Tagen werde ich einen richtigen Internetzugang bekommen, was gut passt, da morgen mein Heimcomputer, mein Fernseher und meine Möbel geliefert werden. Wenn die Sachen hier sind, kann der Techniker alles Notwendige gleich mit anschließen. Während der letzten Tage habe ich nicht gearbeitet. Der Plan, eine romantische Komödie zu schreiben, wurde mittlerweile von der Idee einer anderen Lovestory ersetzt. Ich bin mir mittlerweile aber auch nicht sicher, ob ich diese Geschichte umsetzen kann, was bedeutet, dass ich keine Zeile zu Papier gebracht habe. Worüber sich meine Agentin und meine Verlegerin überhaupt nicht freuten.

Die Pause hat mir allerdings gutgetan. Obwohl ich über mein Smartphone Zugriff auf meine Autorenseiten und mein Postfach habe, fehlte das Bedürfnis, alle paar Minuten nachzuschauen. Wenn ich E-Mails erhalte, in der Regel von meiner Agentin und meiner Herausgeberin, antworte ich natürlich, aber ansonsten habe ich mich zurückgelehnt und diese dringend benötigte Auszeit genossen.

Es ist mir zudem gelungen, meinen Eltern aus dem

Weg zu gehen, indem ich ihnen erzählte, dass der Hauskauf zwar abgeschlossen ist, ich aktuell aber damit beschäftigt bin, die notwendigen Vorbereitungen für das Umzugsunternehmen zu treffen. Sie waren nicht begeistert, aber ich habe sie mit einem Versprechen beschwichtigt, dass wir hier zusammen zu Abend essen, wenn alles eingerichtet ist.

Ich nehme einen weiteren Schluck von meiner Cola Light, um den Kloß in meinem Hals zu vertreiben, ehe ich meine halb volle Dose vorsichtig auf den Boden stelle. Dabei spüre ich leichte Vibrationen, die von unten kommen, und sofort schiebt sich ein Bild von Tide vor mein geistiges Auge, der momentan die Decke im Wohnzimmer ersetzt.

Ich sehe nur allzu deutlich vor mir, wie sich sein dunkelblaues T-Shirt eng um seine definierte Brust, seine Bauchmuskeln und seine durchtrainierten Arme spannt, während er eine Trockenbauwand festhämmert. An den letzten beiden Abenden habe ich beobachtet, wie er den Teppich rausriss und die nasse Decke entfernte. Auch wenn wir nur wenige Worte miteinander wechseln, schaue ich ihm bei der Arbeit zu, ohne dass er es bislang bemerkt hat. Ich versuche, ihm möglichst nicht in die Quere zu kommen, wenn ich aber ehrlich zu mir selbst bin, meide ich ihn.

Als ich ein lautes Krachen und derbes Fluchen höre, springe ich auf und laufe die Treppe runter. Im Wohnzimmer bleibe ich stehen und blicke mich um. An der Wand lehnt ein Stück ramponierte Gipskartonplatte und Tide stemmt eine weitere, intakte Platte über seinen Kopf, während er sich auf die Leiter in der Mitte des

Raums zubewegt.

»Ist alles in Ordnung?«

Bei meiner Frage dreht er sich zu mir um. »Ja«, antwortet er ächzend und erklimmt mit gekonnten Schritten die Metallstufen. Rasch eile ich zu ihm, klettere die ersten sechs Stufen hinterher und helfe ihm, die Trockenwand an Ort und Stelle zu halten, als er die Nagelpistole aus dem Gürtel um seine Hüften zieht. »Babe, was zur Hölle machst du da? Geh runter.«

»Nein.« Ich sehe ihn nicht an, sondern steige noch eine Stufe höher, um meine Arme etwas zu entlasten, die unter dem Gewicht der Platte zu zittern beginnen.

»Geh runter.«

»Mach einfach«, zische ich und kämpfe gegen meine schwindenden Kräfte an. Gott, ich muss wirklich mehr trainieren.

»Zum Teufel«, knurrt er, bevor er loslegt. Bei jedem einzelnen Schuss der Nagelpistole zucke ich zusammen. Erst als ich sicher bin, dass es hält, lasse ich los und klettere die Leiter wieder runter. Als Stille eintritt, sehe ich auf und begegne Tides Blick. Er ist wütend. Auch wenn ich ihn nicht gut kenne, entgehen mir der aufgebrachte Ausdruck in seinen Augen und die Anspannung in seinem Kiefer nicht. »Was zur Hölle hast du dir dabei gedacht?« Der Klang seiner Stimme hallt durch den Raum und erfüllt mich bis in den letzten Winkel.

Ich straffe die Schultern und recke das Kinn. »Ich habe dir geholfen.«

»Mir ist klar, dass du das meinst, Babe, aber was hättest du gemacht, wenn die Leiter unter der Last von uns zwei nachgegeben hätte?«

Mist, das habe ich nicht bedacht.

»Siehst du ... Und was glaubst du, wäre passiert, wenn einer der Nägel abgeprallt wäre und dich getroffen hätte?«

Verdammt. Auf die Idee bin ich auch nicht gekommen. »Ist so was überhaupt möglich?«

»Frag mal meinen Freund Tiny, der kürzlich einen Nagel aus seiner Schulter entfernen lassen musste.«

Autsch.

»Ich habe nur versucht zu helfen«, erwidere ich leise.

»Das tust du, indem du mir nicht hilfst.«

Ich ziehe die Nase kraus. Er hat die ganze Zeit über allein gearbeitet und trotz seiner Kraft sowie Erfahrung ist es offensichtlich nicht einfach, ohne Unterstützung eine Decke anzubringen. »Warum lässt du dir nicht von jemandem helfen?«

»Weil ich hierbei kein weiteres Paar Hände brauche«, antwortet er, schiebt die Leiter ein Stück zur Seite und greift nach der nächsten Platte. Als er sie über seinen Kopf stemmt, beobachte ich das Spiel seiner Muskeln.

Als er jedoch die Metallstufen erreicht, trete ich instinktiv nach vorn und halte den Gipskarton in Waage, damit Tide ihn platzieren kann.

»Ernsthaft?«

Mich nicht noch einmal entschuldigend, warte ich ab, ohne Tide anzusehen. Er stößt ein genervtes Brummen aus, und einen Moment später zucke ich erschrocken zusammen, als erneut das Geräusch der Nagelpistole ertönt. Anschließend klettere ich zurück nach unten. Als sich eine warme, starke Hand um meine Finger schließt, halte ich inne – einen Fuß auf dem Boden, den anderen in der Luft.

»Was habe ich gesagt?«

Vorsichtig linse ich zu ihm hoch und *oh Gott*. Er wirkte vorhin schon sauer, was aber nichts gegen jetzt ist.

»Ich versuche nur, dir zur Hand zu gehen.«

»Was unnötig ist. Wenn ich Unterstützung bräuchte, würde ich einen meiner Jungs anrufen.«

»Also schön.« Ich werfe meine Arme in die Luft. »Aber lauf nicht heulend zu mir, wenn dir eine dieser Trockenbauwände auf den Kopf kracht und dich ausknockt.«

»Das wird nicht passieren«, meint er und greift nach der nächsten Deckenplatte. Als er wieder bei der Leiter ist, wirft er mir einen Blick zu, um sicherzustellen, dass ich nicht noch einmal Anstalten mache, ihm hinterherzuklettern.

»Ich rühre mich keinen Zentimeter.«

»Ja, und ich wette, es bringt dich förmlich um«, grummelt er, und ich schaue ihn aus zusammengekniffenen Augen an. Er hat recht; es juckt mir in den Fingern, mich in Bewegung zu setzen und ihm zu helfen, aber wenn er ein chauvinistischer Alpha-Mann sein will, bitte sehr ...

»Machen Sie weiter, Sir.« Ich salutiere und entdecke, wie seine Mundwinkel zucken, als er die Stufen hinaufsteigt. Dann beobachte ich voller Ehrfurcht, wie er die Platte mühelos an der Decke festnagelt. Er scheint das wirklich im Alleingang bewerkstelligen zu können.

»Sieh mal einer an, jetzt herrscht plötzlich Ruhe auf den billigen Plätzen.« Grinsend stützt er seine Ellenbogen auf die Leiter. Himmel, er sieht viel zu gut aus.

»Angeben ist kein feiner Charakterzug.«

»Also möchtest du lieber, dass ich bewusstlos auf deinem Wohnzimmerboden ende, ohne Rettung in Sicht, weil du dich weigerst, mir zu helfen?«, neckt er und zieht eine Braue hoch.

»Geh mir nicht auf den Keks.« Ich drehe mich um und höre ihn hinter mir lachen, als ich in die Küche stürme. Ich öffne den Kühlschrank und hole die Zutaten für eines meiner Lieblingsgerichte heraus: ein einfaches Pfannengericht mit Reisnudeln, Hühnchen und Pad Thai-Sauce.

Nachdem das Fleisch, die Nudeln und das Gemüse fertig sind, gebe ich alles in einen Topf und füge die Sauce hinzu. Ich rühre mehrmals kräftig um, bis alles gleichmäßig damit bedeckt ist. Anschließend schnappe ich mir einen Pappteller und spähe hinüber zum Wohnzimmer. Mir ist klar, dass ich mich zurückhalten sollte, was mich aber nicht daran hindert, die halbhohe Wand zu umrunden.

»Ähm«, beginne ich, und als Tide mich ansieht, muss ich mir meine plötzlich schweißnassen Hände an der Vorderseite meiner Shorts abwischen. »Keine Ahnung, ob du schon gegessen hast, aber ich habe gekocht und du kannst gern etwas davon abhaben. Es ist genug da.«

»Ich dachte schon, ich müsste mir selbst zu einer Portion verhelfen, nachdem du nach oben verschwunden bist«, sagt er und kommt auf mich zu. »Es riecht gut.«

»Danke.« Am Saum meines Oberteils herumfummelnd, mache ich auf dem Absatz kehrt, um in die Küche zurückzukehren. »Magst du Thailändisch?«

»Ich habe es noch nie probiert«, entgegnet er, als ich einen weiteren Pappteller aus dem Schrank nehme und ihm in die Hand drücke.

»Sorry, das ist alles, was ich dahabe. Ich kriege meine Sachen erst in ein paar Tagen.«

»Willst du, dass ich mich schlecht fühle?«, fragt er, und ich halte inne – mit einem Pfannenwender voller Nudeln, Gemüse und Hühnchen im Griff. Tide zuckt mit den Schultern. »Ich lebe schon einige Jahre in meinem Haus und benutze immer noch Pappgeschirr. Vermutlich, weil ich ungern abspüle.«

»Du bist ein Mann. Ich bin mir sicher, es ist in deiner DNA verankert, jegliche Art von Putzen zu umgehen.«

»Touché.« Er grinst, und ich lade lachend eine riesige Portion auf seinen Teller, denn in Anbetracht seiner Statur scheint er nicht wenig zu essen. Anschließend reiche ich ihm eine Plastikgabel und eine Wasserflasche, die ich zuvor aus dem Kühlschrank geholt habe.

»Wir haben zwei Sitzmöglichkeiten – entweder die Verandastufen oder den Boden.«

»Die Veranda klingt gut«, meint er, und mit meiner Wasserflasche unter dem Arm geklemmt, gehe ich voraus und öffne die Vordertür. Draußen setze ich mich auf die oberste Stufe, platziere meinen Teller auf meinen Knien und stelle mein Wasser neben mir ab.

»Es ist wunderschön hier draußen«, sagt Tide und lässt sich neben mir nieder.

»Stimmt.« Ich frage mich, ob ich mich jemals daran gewöhnen werde, an einem so traumhaften Ort zu leben. Wenn die untergehende Sonne durch die Blätter der Bäume scheint und Schatten wirft, sieht es aus wie das Setting eines Fantasy-Romans. Als könnte jeden Moment ein Ritter auf einem weißen Pferd den Weg hinaufreiten, während Feen aus den Bäumen stürzen und einen vor dem bevorstehenden Untergang warnen. Kopfschüttelnd wische ich meine Gedanken fort. »Als ich diese Immobilie sah, wollte ich sie haben. Beim Anblick der Innenräume kamen mir jedoch Zweifel.«

»Es hat ein gutes Fundament. Ein paar Erneuerungen sind nötig, aber du hast eine gute Wahl getroffen.«

»Danke.« Ich wickle einige Nudeln mit meiner Gabel auf und nehme einen Bissen. Obwohl ich dieses Gericht oft zubereitet habe, ist es schon eine Weile her, also stöhne ich genießerisch, als sich die köstlichen Aromen in meinem Mund ausbreiten.

»Verdammt, das schmeckt gut«, sagt Tide, und ich drehe mich zu ihm, um ihn anzulächeln. »Ich hatte lange keine hausgemachte Mahlzeit mehr.«

»Hausgemacht würde ich es nicht nennen. Es ist bloß eine Tüte Pfannengemüse, eine Packung Reisnudeln, Hühnchen und eine Flasche Thai-Sauce.«

»Es stammt nicht aus einem Drive-in, was für mich gleichbedeutend mit hausgemacht ist.«

Ich kann nicht anders, als ihn eingehend zu mustern. Er ist keineswegs dünn. Er ist groß und kräftig gebaut, voller Muskeln, die davon zeugen, dass er auf sich achtgibt. Dennoch wirkt er, als würde er auch mal ein Bier trinken und wüsste gutes Essen zu schätzen. Neben ihm fühle ich mich zierlich und auf seltsame Weise weiblicher.

»Ich schreibe dir gern das Rezept auf, dann kannst du es bei Gelegenheit ausprobieren. Es ist wirklich einfach, alles zusammenzuwerfen.«

»Ich nehme mir eigentlich nur Zeit zum Kochen, wenn ich meine Tochter bei mir habe, und sie ist ziemlich wählerisch.«

»Wie alt ist sie?«

»Vier, fast fünf.«

»Das ist ein lustiges Alter«, erwidere ich leise. Meine ehemalige Schwägerin hat zwei Jungen, und als ich mit meinem Ex zusammenkam, war der eine vier und der andere kurz vor dem sechsten Geburtstag. Einige meiner Lieblingserinnerungen sind an jenen Wochenenden entstanden, wenn wir die beiden zu uns nahmen. Selbst wenn ich erschöpft war, als sie nach Hause gingen, habe ich es stets genossen, sie bei mir zu haben.

»Wie alt ist dein Spross?«

»Was?«

»Dein Kind, wie alt ist er oder sie?«

»Ich habe keines«, widerspreche ich mit gerunzelter Stirn und frage mich, warum er das glaubt.

»Du hast gesagt, du wärst für jemand anderen verantwortlich. Da nahm ich an, du hättest welche.«

Meine Wangen fangen an zu glühen, als mir klar wird, wie missverständlich meine Worte zu interpretieren waren. Ich hefte den Blick auf meinen Teller. »Ich habe keine Kinder. Mein Ex-Mann arbeitete für mich und war während unserer Ehe finanziell von mir abhängig. Als wir uns scheiden ließen, verlangte er Unterhalt.«

»Ernsthaft?« Tide versucht nicht einmal, seine Abscheu zu verbergen. »Er hat tatsächlich gerichtlich durchgesetzt, dass du ihn nach der Trennung aushalten musst?«

»So was passiert ständig.« Ich weiß nicht, warum das meine erste Antwort ist. Sollte es nicht sein. Mein Ex Josh ist absolut in der Lage, zu arbeiten und für sich selbst zu sorgen; er möchte nur seinen derzeitigen Lebensstil nicht aufgeben. Da er alleine nicht genug Geld verdient, um das zu bewerkstelligen, erwartet er, dass ich den Rest aufbringe, und leider haben die Gerichte ihm zugestimmt.

»Du hast recht«, murmelt Tide und wendet sich wieder seinem Essen zu. Ich versuche, das Gleiche zu tun, fühle mich aber unbehaglich und verlegen. Jeder Biss kommt mir gezwungen vor. »Meine Ex hat mir Blumen geschickt.«

»Wie bitte?« Ich drehe mich zu ihm um, und er begegnet meinem Blick.

»An dem Tag, als sie mich verließ, schickte sie mir Blumen. Auf der beigelegten Karte stand, dass sie und meine Tochter bereits aus unserem gemeinsamen Haus ausgezogen wären, wenn ich das lese.«

»Autsch.«

»Mich verletzte nur, dass sie mir mein Kind weggenommen hat.« Angesichts des Schmerzes in seiner Stimme zieht sich mein Herz zusammen und ich lehne mich leicht an ihn.

»Es tut mir leid.«

»Bei jedem von uns ist etwas schiefgegangen.« Er stupst meine Schulter mit seiner an und deutet auf seinen Teller. »Aber lass uns damit aufhören und einfach das Essen genießen.«

Ich verbeiße mir ein Lächeln und folge seinem Vorschlag. Glühwürmchen erwachen um uns herum zum Leben und das Zirpen von Grillen erfüllt die Abendluft. Dieser Moment hat etwas Magisches an sich. Dabei sitze ich nur hier mit einem Mann, den ich kaum kenne, und teile eine Mahlzeit mit ihm. Mehr nicht.

4. Kapitel

Aria

Ein seltsames Klingeln reißt mich aus dem Schlaf. Ich taste den Boden neben mir nach meinem Handy ab, um nach der Uhrzeit zu schauen, halte aber inne, als jemand unten gegen die Haustür hämmert.

»Mist.« Ich werfe die Decke beiseite, rutsche von meiner Luftmatratze und rapple mich auf. Rasch suche ich den Raum nach etwas ab, das ich mir über mein Nachthemd ziehen kann, und entdecke einen Hoodie auf meinem Koffer liegen. Ich schlüpfe hinein und eile nach unten. Keine Ahnung, wie spät es ist, aber heute wollten die Leute vom Umzugsunternehmen kommen, die vermutlich gerade so vehement Einlass verlangen.

Als ich um die Ecke schlittere, hinter welcher der Eingang ist, lege ich mich beinahe der Länge nach hin, kann mich aber rechtzeitig abfangen. Ich öffne ruckartig die Tür und werde sofort von grellem Sonnenlicht geblendet. »Hi«, keuche ich und füge in Gedanken Cardio-Training der Liste von Dingen hinzu, die ich wahrscheinlich nie machen werde, aber eigentlich tun sollte.

»Aria Spencer?«, fragt ein ziemlich verwegen aussehender Herr mit einem Klemmbrett in der Hand.

»Ja.« Ich ziehe mein Nachthemd, das unter meinem Hoodie hervorlugt, ein Stück weiter runter, als er seinen Blick auf meine Beine heftet.

Er räuspert sich und schaut mich wieder an. »Wir sind hier, um ihre Sachen abzuliefern.«

»Super.« Ich schiebe die Tür ein Stück zu und versuche, möglichst dahinter zu verschwinden. »Können Sie mir zehn Minuten geben, um mich anzuziehen?«

»Na klar.« Er tritt einen Schritt zurück. »Haben Sie etwas dagegen, wenn wir den LKW bis an die Veranda ranfahren?«

»Nein, kein Problem.« Ich bedenke ihn mit einem Lächeln und er wendet sich zum Gehen. Sobald er an der Treppe ist, schließe ich ab und renne nach oben, wo ich in eine Leggings und ein übergroßes T-Shirt schlüpfe. Dann putze ich mir die Zähne, bürste mir mein rotblondes Haar und binde es zu einem Pferdeschwanz zusammen. Als ich fertig bin, gehe ich wieder nach unten und lasse die drei Männer herein, die bereits auf der Veranda warten.

Die nächsten fünf Stunden verbringe ich damit, den Möbelpackern zu sagen, wo sie alles hinstellen sollen. Die Sachen für das Wohnzimmer parke ich im Eingangsbereich und in der Küche, da sowohl die Wände noch gestrichen als auch der Teppich verlegt werden muss. Nachdem sie fertig sind, gebe ich ihnen ein paar hundert Dollar Trinkgeld, woraufhin sie lächelnd von dannen ziehen. Ich wiederum bin erschöpft. Alles wurde dort platziert, wo es hingehört, aber die Kisten müssen ausgepackt, mein Bett zusammengebaut und alles eingeräumt werden. Ich werde Wochen, wenn nicht Monate brauchen, um Ordnung in dieses Chaos zu bringen.

Mit einem Seufzer begebe ich mich zum Kühlschrank,

um mir eine Cola Light zu holen. Da sich die Couch zurzeit in der Küche befindet, lasse ich mich darauf fallen und lege die Füße hoch. Nachdem ich die Hälfte getrunken habe, stelle ich die Dose auf den Boden und bette meinen Kopf auf der Rücklehne. Ich will nur für ein paar Minuten die Augen zumachen ...

»Aria.« Etwas Warmes berührt meine Wange, und ich hebe blinzelnd die Lider. Tides Gesicht ist lediglich wenige Zentimeter von meinem entfernt. »Hi, du hast nicht geantwortet, als ich geklopft habe«, sagt er, als ich mich aufsetze.

»Wie spät ist es?«

»Fast sechs.« Er nimmt neben mir auf der Couch Platz.

»Ernsthaft?« Ich werfe einen Blick auf die Uhr in der Küche, denn er muss lügen. Ich war noch nie die Art von Person, die mitten am Tag ein Nickerchen macht, egal wie müde ich bin, und ganz sicher döse ich keine fünf Stunden lang, obwohl ich nachts genug geschlafen habe.

»Ernsthaft.« Seine Mundwinkel zucken belustigt, als er sich umschaut. »Deine Sachen sind heute eingezogen.«

»Ach nein, wie kommst du darauf?« Ich schnappe mir meine Getränkedose, stehe auf und höre ihn lachen. »Jetzt muss ich nur alles einräumen«, sage ich, kippe den Rest der Flüssigkeit in den Abfluss und werfe das Metall in den Wertstoffeimer. Als ich mich umdrehe, sehe ich, dass er mich mustert. Ich ignoriere seinen Blick und rede weiter. »Wenn das für dich in Ordnung ist, werde ich anfangen, mein Schlafzimmer und Badezimmer einzurichten, da es wegen all der Möbel hier drin keinen Sinn macht, mit der Küche zu starten.«

»Brauchst du Hilfe?«

»Hilfe?« Irritiert ziehe ich die Brauen zusammen.
»Dabei, deinen ganzen Kram auszupacken?« Er erhebt sich und kommt auf mich zu. »Ich sollte Freitag mit dem Streichen und dem Teppich fertig werden, also könnte ich dir am Wochenende zur Hand gehen.«
»Ähm ...«
»Du kannst mich mit einem Abendessen bezahlen.«
»Abendessen?«
Seine Lippen verziehen sich zu einem klitzekleinen Grinsen. »Ja. Du weißt schon, die Mahlzeit, die nach dem Mittagessen kommt.«
»Natürlich weiß ich, was du meinst, aber bist du sicher, dass du mir helfen willst?«
»Meine Tochter bleibt am Wochenende noch bei ihrer Mom, also kann ich entweder hier nützlich sein oder etwas Zeit mit meinem Kumpel Colton und seiner Frau verbringen. Allerdings sind die beiden so süß zusammen, dass mir eine Alternative lieber wäre.«
»Er hat Brittany geheiratet?«, entgegne ich überrascht. Ich erinnere mich an Colton, Tides besten Freund aus der Highschool, und seine Langzeitfreundin Brittany, die kein bisschen nett, aber trotzdem eines der beliebtesten Mädchen war.
»Woher kennst du Colton?« Tide runzelt die Stirn und sieht mich fragend an.
»Ich ...« Oh Gott, ich möchte ihm nicht sagen, wer ich bin, aber mir ist klar, dass ich auch nicht lügen kann. »Wir sind zusammen zur Schule gegangen.«
Er verengt die Augen und die Falten auf seiner Stirn werden tiefer. »Colton und ich waren während der Highschool schon eng befreundet, aber an dich erinnere ich

mich nicht.«

Wahrscheinlich, weil ich dank meiner Hungeraktionen ungefähr fünfzehn Kilo leichter war. Diesen Gedanken spreche ich aber nicht laut aus. »Ja, wir hingen nicht mit denselben Leuten rum.«

»Heilige Scheiße.« Mit weit hochgezogenen Brauen weicht er einen Schritt zurück, als wäre ich überaus ansteckend. »Aria Spencer. Ich dachte neulich schon, dass du mir bekannt vorkommst, aber ...«, sein Blick wandert über meinen Körper und sofort fühle ich mich unwohl in meiner Haut, »... ich habe zwei und zwei nicht zusammengezählt.«

»Jap, die bin ich.« Ich mache eine unwirsche Geste mit der Hand und wünschte, ich könnte mich irgendwie in Luft auflösen. »Also haben Colton und Brittany tatsächlich geheiratet, was?«, versuche ich, das Thema zu wechseln.

»Himmel, zum Glück nicht. Brittany ist eine dämliche Kuh. Seine Frau heißt Gia. Sie ist erst vor Kurzem hierhergezogen.«

»Oh ... Nun ...« Ich befeuchte meine trockenen Lippen. »Schön für ihn.«

»Ja«, bestätigt er und wirkt, als würde er sich ein Lachen verkneifen. Unbehaglich trete ich von einem Fuß auf den anderen, weil ich nicht recht weiß, was ich sagen oder tun soll. Als er anfängt zu grinsen, werde ich stocksteif. »Aria-bloß-nicht-ansprechen-Spencer ist zurück in der Stadt.«

»*Bloß nicht ansprechen*?«

»Babe, während der gesamten Highschool-Zeit wussten alle Jungs, dass du off-limits warst.«

Ich ziehe die Nase kraus. »Keine Ahnung, was das

bedeuten soll.«

»Es bedeutet, wir wussten, dass du zu gut für uns bist, daher haben wir uns von dir ferngehalten.«

Seufzend verdrehe ich die Augen. »Das ist lächerlich.«

»Aber wahr.« Er schüttelt den Kopf. »Verdammt, ich hätte bemerken sollen, dass du es bist, als ich deine Augen gesehen habe.«

»Meine Augen?«

»Ja, groß und blau wie bei Bambi, und ziemlich schwer zu vergessen.«

»Oh.« Keine Ahnung, ob das ein Kompliment war.

»Also, was das Wochenende angeht ...?«, hakt er nach, und plötzlich tanzen Schmetterlinge in meinem Bauch.

»Dieses Wochenende?«

»Deine Sachen auspacken?« Ein Lächeln zupft an seinen Mundwinkeln.

»Stimmt.« Ich lasse meinen Blick schweifen und beäuge all die Kisten und Möbel, die um uns herumstehen. Nicht einmal ich habe Lust auf diese Arbeit, also kann ich nur schwer glauben, dass er freiwillig den Nerv dazu aufbringt. »Bist du sicher, dass du mir helfen willst?«

»Ich hätte es nicht angeboten, wenn nicht.«

»Nun.« Ein weiteres Mal befeuchte ich meine Lippen. »Okay, ich wüsste deine Unterstützung sehr zu schätzen.«

»Gut, ich wäre so oder so aufgetaucht, selbst wenn du Nein gesagt hättest.« Er schmunzelt, und ich muss lachen, als mein Magen plötzlich so laut knurrt, dass beinahe die Wände erzittern. Peinlich berührt, bedecke ich meinen Bauch. »Hast du heute schon was gegessen?«

»Ähm ...« Ich überlege. »Keine Ahnung, es war ein verrückter Tag.«

»Das bedeutet wahrscheinlich nein.« Er zieht sein Handy aus der Hosentasche und wendet sich dem Display zu. »Ich hatte noch kein Abendbrot, wie wäre es, wenn ich uns Chinesisch bestelle?«

»Oh.« Meine Mund fühlt sich staubtrocken an. »Klar, warum nicht.« Ich zucke mit den Schultern und er hält sich lächelnd das Handy ans Ohr.

»Was möchtest du?«

»Hühnchen und gebratenen Reis mit Ananas«, antworte ich, woraufhin er mich mit einem Blick bedenkt, der ganz klar sagt, dass er die Vorstellung allein widerlich findet. »Was denn? Das ist lecker.«

»Ich glaub dir einfach mal«, erwidert er, bevor er unsere Bestellung aufgibt und sein Telefon wieder einsteckt. »Das Essen sollte in zwanzig Minuten fertig sein. Schnapp dir ein paar Schuhe, damit wir es zusammen abholen können.« Er dreht sich um, und ich sehe ihm nach, ehe ich mein übergroßes T-Shirt, meine Leggings und meine nackten Füße betrachte.

Zusammen abholen? Etwa in seinem Truck? Allein mit ihm?

Mir einen Grund zurechtzulegen, warum ich nicht mit ihm fahren kann, hat offenbar eine gefühlte Ewigkeit gedauert, denn er kommt zurück in die Küche und runzelt irritiert die Stirn. »Ari, wir müssen los. Es sei denn, du willst kaltes Essen.«

»Okay.« Ich reibe meine Lippen aneinander. »Ich bin gleich wieder da.« Ich warte nicht auf seine Antwort, sondern mache auf dem Absatz kehrt und eile nach oben. In meinem Schlafzimmer angekommen, ziehe ich mir einen Batik-Hoodie über, schlüpfe in ein Paar Flip-Flops und schnappe mir meine Handtasche. Unten finde ich Tide im Wohnzimmer vor, wo er die Farbkanister begutachtet, die er gestern vorbeigebracht hat. »Es kann losgehen«, sage ich, und er schaut mich über seine Schulter hinweg an, ehe er sich so anmutig zu seiner vollen Größe aufrichtet, dass es beinahe faszinierend auf mich wirkt.

»Alles klar, dann lass uns fahren.« Er holt seinen Schlüssel hervor und hält mir die Haustür auf. Ich schließe hinter uns ab und gehe zu seinem Truck. Er überrascht mich, indem er mir auch die Autotür aufhält. Als er hinters Lenkrad rutscht, habe ich mich bereits angeschnallt und umklammere meine Tasche wie einen Rettungsring, weil ich nicht recht weiß, was ich mit meinen Händen machen soll.

»Du musst dir ein Alarmsystem für dein Haus anschaffen«, meint er, als er mit dem Wagen die große Baumgruppe vor der Veranda umrundet, ehe er der Auffahrt zur Hauptstraße folgt. »Du bist eine alleinlebende Frau, da solltest du ein paar Vorsichtsmaßnahmen ergreifen.«

»Ich habe bereits einen Termin mit einer Sicherheitsfirma ausgemacht. Aber ich muss erst mein Internet installieren, damit die Leute kommen können, und damit wollte ich warten, bis ich meinen Fernseher und meinen Computer wiederhatte«, informiere ich ihn, genervt darüber, dass er wie alle anderen denkt, ich sei nicht in der Lage, auf mich selbst aufzupassen. Mir ist klar, dass mich das nicht ärgern sollte, doch das tut es. Dementsprechend kann ich mir einen frustrierten Seufzer nicht verkneifen, bevor ich aus dem Fenster sehe.

»Ari?«

»Ja?« Ich drücke meine Handtasche ein wenig fester an

meinen Bauch, in dem wieder Schmetterlinge herumflattern, weil ich Tide so nahe bin. Ich richte meine Aufmerksamkeit wieder auf ihn.

»Ich würde meiner Schwester genau das Gleiche sagen.«

»Hm.« Dass er mich in dieselbe Kategorie wie seine Schwester einordnet, stimmt mich nicht glücklicher, insbesondere, da ich in den letzten Nächten mehr als einmal aus Träumen von uns beiden erwacht bin, die nicht gerade jugendfrei waren.

»Babe.«

»Ja?« Ich halte den Atem an und warte darauf, dass er noch mehr sagt.

»Egal.« Er schüttelt den Kopf und konzentriert sich wieder auf die Straße. Den Rest der Fahrt über schweigen wir, und als wir das chinesische Restaurant erreichen, springt er raus und kommt ein paar Minuten später mit einer Tüte voll Essen wieder, die er mir reicht.

Das Knurren meines Magens und die leise Musik im Hintergrund sind die einzigen Geräusche auf der Fahrt zurück zu mir. Als wir in die Einfahrt biegen, springt mir sofort ein Mercedes Benz ins Auge, der vor dem Haus geparkt ist.

»Oh nein«, stöhne ich, als die Scheinwerfer seines Trucks meine Eltern erfassen, die auf der Veranda stehen. Auch wenn ich selbstverständlich weiß, dass es sinnlos ist, ziehe ich die Kapuze meines Hoodies über mein Haar und ducke mich auf meinem Sitz, in dem Versuch, mich zu verstecken.

»Sie haben dich bereits gesehen«, setzt mich Tide amüsiert in Kenntnis. Als er den Motor abschaltet, wird es dunkel im Inneren des Wagens.

»Ich weiß.« Ich funkle ihn finster an, auch wenn ich bezweifle, dass er meinen bösen Blick angesichts des fehlenden Lichts überhaupt mitbekommt. »Ich versuche gerade, meine magischen Fähigkeiten anzuzapfen und mich in eine andere Dimension zu beamen.«

»Mist, hast du etwa dein Teleportationsamulett vergessen?«, witzelt er.

»Halt die Klappe.« Lachend richte ich mich auf und löse meinen Anschnallgurt.

»Das sind deine Eltern, oder?«, fragt er plötzlich ernst, und ich nicke.

»Ja«, flüstere ich.

»Ich nehme mal an, dass du sie nicht erwartet hast.«

»Korrekt.« Ich atme tief durch. »Ich habe ihnen gesagt, wir könnten bei mir zusammen zu Abend essen, sobald meine Möbel geliefert wurden. Allerdings hätte ich nicht gedacht, sie würden hier einfach auftauchen.«

Tide schaut durch die Windschutzscheibe und seine finstere Miene verrät mir, dass er meine Eltern kennt. Der Ausdruck auf seinem Gesicht überrascht mich nicht. Meine Eltern sind in der Stadt bekannt. Jedoch nicht, weil sie die Art von Menschen sind, die einen bleibenden positiven Eindruck hinterlassen.

»Es wird schon gut werden. Vielleicht bleiben sie nicht lange.« Er fasst nach dem Türgriff und Panik erfüllt meine Brust. Ich möchte ihn auf keinen Fall der Gesellschaft meiner Eltern aussetzen.

»Warte.« Rasch umschließe ich seinen Arm und halte ihn auf. »Ich ...« Ich räuspere mich. »Du solltest besser fahren, denke ich.«

»Fahren?«, wiederholt er und klingt dabei sauer oder verletzt. Was von beidem es ist, kann ich nicht sagen, und dass ich seine Mimik nicht lesen kann, ist auch nicht hilfreich.

»Es ist nur ...«

»Du musst es nicht erklären. Ich verstehe schon. Man darf dich nicht mit der einfachen Hilfskraft zusammen sehen.« Er lässt den Griff los, und ich ziehe meine Hand so schnell weg, als hätte er mich verbrannt.

»Tide.«

»Geh rein, Aria.« Er lässt den Motor des Trucks an und schaut aus der Windschutzscheibe.

Ich mustere einen Moment sein Profil und flehe stumm darum, dass er zu mir sieht. Als das nach mehreren Sekunden nicht passiert, werde ich wütend. »Nur damit du es weißt, ich finde es ziemlich mies, dass du das Schlimmste von mir denkst, ohne mir die Möglichkeit zu geben, es zu berichtigen.« Ich stelle die Tüte mit dem Essen auf den Sitz zwischen uns und ignoriere ihn, als er meinen Namen ruft, steige aus und werfe die Wagentür zu. Seine Scheinwerfer beleuchten den Weg zu meiner Veranda, und erst als ich die unterste Treppenstufe erreiche, wendet er den Truck und fährt davon.

»Wer war das?«, erkundigt sich mein Vater zur Begrüßung und blickt genau wie meine Mutter Tides Wagen hinterher.

»Was macht ihr hier?« Ich ignoriere seine Frage und das leichte Lallen in seiner Stimme, was mir verrät, dass er heute Abend ein paar Drinks getrunken hat.

»Wir sind gekommen, um nach dir zu sehen und dir Abendessen vorbeizubringen.« Mom dreht sich zu mir um und rümpft die Nase, während sie mich von Kopf bis Fuß mustert. »Ich hoffe, du bist in dem Outfit nicht in der Stadt gewesen.«

»Doch.« Ich sage ihr nicht, dass ich den Truck nicht verlassen habe. Ein Teil von mir will sie verärgern. Ein anderer möchte ihr ins Gesicht schreien, dass sie nicht mehr die Kontrolle über mich hat.

»Wenn du jemals einen neuen Ehemann finden möchtest, solltest du dich von einer besseren Seite präsentieren«, informiert sie mich und schiebt sich den Riemen ihrer Fendi-Handtasche über die Schulter. Diese hat wahrscheinlich ein kleines Vermögen gekostet. Wie immer wirkt meine Mutter wie aus dem Ei gepellt – von ihren dunkel gefärbten Haaren, die sie zu einem straffen Knoten hochgesteckt und aus ihrem mit Botox verjüngten Gesicht frisiert hat, bis zu ihren flachen schwarzen Schuhen mit dem goldenen Fendi F darauf. Sie passen perfekt zu ihrer Tasche und ihrem Gürtel, ihrer schwarzen Hose und der weißen Bluse, die wahrscheinlich mit so viel Wäschestärke bearbeitet wurde, dass sich nicht einmal die kleinste Falte in ihre Nähe traut.

»Wie gut, dass ich keinen Ehemann suche.« Ich verdrehe die Augen und höre meinen Vater schnauben, als würde er sich ein Lachen verbeißen. Unsere Blicke begegnen sich und als ich sein warmes Lächeln sehe, wünschte ich, es wäre echt. Aber dem ist nicht so. Wenn er getrunken hat, wirkt er süß, lustig und nett, aber so ist er nicht wirklich. Rücksichtslos, kalt, unversöhnlich und gefühllos trifft es eher. Jekyll und Hyde sind nichts gegen ihn. Während meine Mutter ihre Missbilligung offen zur Schau stellt, versteckt mein Vater seine im Rausch. Sobald er wieder nüchtern ist, kommt sie wieder zum Vorschein.

»Ermutige sie nicht noch, George«, schnauzt Mom, als ich zur Tür gehe und meinen Schlüssel aus meiner Tasche hole.

»Sie ist lustig, Beatrice«, murmelt er, als ich die Tür öffne und das Licht anschalte.

»Ich dachte, du hast ein Umzugsunternehmen engagiert«, sagt Mom missbilligend, als sie mir in die Küche folgt.

»Habe ich auch.« Ich lasse meine Tasche auf die Couch fallen und drehe mich zu ihr um, während sie sich umschaut.

»Und du hast ihnen gestattet, deine Sachen in deiner Küche und im Flur stehen zu lassen?«

»Das Wohnzimmer muss noch gestrichen und ein Teppich verlegt werden. Ich fand es zwecklos, die Möbel schon dort hinzustellen, wenn sie bald wieder wegmüssen«, informiere ich sie und frage mich, ob ich nach dem, was vorhin mit Tide passiert ist, ein anderes Bauunternehmen suchen muss. Bei dem Gedanken, ihn nicht wiederzusehen, zieht sich mein Herz schmerzhaft zusammen.

»Das macht Sinn, Schatz«, meint Dad, als er umhergeht und die anderen Räume einer Musterung unterzieht. »Es ist kleiner als dein und Joshs Haus in San Francisco«, betont er, als sich unsere Blicke treffen.

»Ja«, lautet mein einziger Kommentar, denn was soll ich mehr dazu sagen? Das Haus, in dem Josh lebte, war riesig. Es hatte mehr Platz, als man als frisch verheiratetes Paar braucht, aber wir kauften es, da ich eine eigene Familie gründen wollte. Damals war ich überzeugt, dass ich ihn und er mich lieben würde. So sehr ich mir ein eigenes

Kind wünschte, bin ich heute froh, dass Josh mit der Familiengründung noch warten wollte. Auch wenn mir seine Entscheidung damals sehr wehgetan hat. Dabei spielte er bei meiner Familienplanung keine so große Rolle. Ich brauchte einfach Menschen, zu denen ich gehöre und die zu mir gehören. Punkt.

»Hast du mit ihm gesprochen?«, will Dad wissen, setzt sich auf das Sofa und stellt eine Tasche, die ich vorher nicht bemerkt habe, neben sich ab.

»Nein, wir haben nichts zu reden.« Ich lehne mich zurück und verschränke die Arme vor der Brust.

»Er erzählte mir, er hätte dich angerufen«, berichtet Mom mit einem Seufzer, der mich noch mehr aufregt. »Er macht sich Sorgen um dich.«

»Das bezweifle ich. Gemeinsamen Bekannten zufolge hat er viele Dates und genießt sein Leben in vollen Zügen.«

»Er ist single. Du kannst ihm keinen Vorwurf machen, weil er sich verabredet.«

»Mom, es ist mir egal, was er tut«, entgegne ich so neutral wie möglich, auch wenn ich am liebsten schreien würde.

»Natürlich interessiert es dich. Du hast ihn geliebt.«

»Habe ich nicht ... Ich glaube nicht einmal, dass ich weiß, was Liebe ist. Jede Beziehung, die ich in meinem Leben hatte, war toxisch und stets an irgendwelche Bedingungen geknüpft. Nach dem Motto: *Tu das, benimm dich so und kauf mir das, dann werde ich dich lieben.* Niemand hat mich jemals um meinetwillen gemocht, mit meinen Fehlern und Schwächen.«

»Beatrice, du musst diese Idee endlich loslassen. Aria

und Josh werden wieder zusammenkommen, wenn sie füreinander bestimmt sind, sonst nicht«, wirft Dad ein. Seine Aussage weckt in mir die Frage, ob er das von sich und Mom glaubt. Immerhin hatte sie während ihrer dreißigjährigen Ehe nicht nur mehrere Affären, sondern auch emotionale Beziehungen zu anderen Männern.

»Hast du wenigstens noch vor, zu unserer Party am Ende des Sommers zu kommen, auch wenn Josh da sein wird?«

Oh Gott, wie könnte ich diese Feier je vergessen? Sie findet jedes Jahr statt, seit ich mich erinnern kann. Während ich mit meinem Ex zusammen war, musste ich da stets auftauchen. Natürlich hat Mom ihn eingeladen, obwohl wir geschieden sind. »Kann ich noch nicht mit Sicherheit sagen. Das hängt von meinen Verlagsfristen ab«, lüge ich, denn ich habe momentan gar keine.

»Es ist ein Abend. Ich bin sicher, dass du einen Weg findest, vorbeizuschauen.« Sie blickt auf ihre Uhr, dann sieht sie sich um. »So, zeig uns jetzt dein Haus. Dein Vater und ich treffen uns gleich noch mit Freunden zum Dinner.«

Ich verbeiße mir einen herben Fluch und führe sie durch die Räumlichkeiten. Während des Rundgangs schwöre ich mir, morgen etwas Salbei zu bestellen, um den Raum von ihren Energien zu befreien.

5. Kapitel

Tide

Kaum habe ich das Rusty Rose betreten, steuere ich auf direktem Wege die Bar an. Nach der Sache mit Aria brauche ich ein Bier, um wieder einen klaren Kopf zu bekommen. Ehrlich gesagt, habe ich null Ahnung, was zur Hölle da passiert ist. Ich hätte nicht so heftig reagieren sollen, als sie meinte, ich solle mich besser auf den Heimweg machen. Sie war eindeutig nicht glücklich über das Auftauchen ihrer Eltern. Was nichts an meiner Wut ändert oder daran, dass ich diese gezeigt habe.

Da ich hier aufgewachsen bin, kenne ich die Spencers schon mein ganzes Leben – sie sind seit jeher herablassende Schnösel. Inzwischen bin ich mir sicher, dass Aria mich nur vor ihrer Gesellschaft bewahren wollte, aber vorhin fühlte es sich an, als wäre es ihr peinlich, mit mir gesehen zu werden. Selbst wenn, sollte es keine Bedeutung für mich haben; sie ist nicht meine Freundin. Wir kennen uns nicht. Ich arbeite nur an ihrem Haus – zumindest rede ich mir das immer wieder ein.

»Was ist los, Mann?« Colton begrüßt mich mit einem Fistbump, und ich setze mich auf einen der Stühle am Tresen, hinter dem er beschäftigt ist. »Ich dachte, du musst heute Abend arbeiten.«

»Das war der Plan, aber dann ist das Ganze irgendwie den Bach runtergegangen.« Oder besser gesagt: Ich habe es verbockt.

»Inwiefern?« Er macht mir ein Bier auf, lehnt sich gegen die Bar, verschränkt die Arme vor der Brust und mustert mich.

»Erinnerst du dich an Aria Spencer?«

Er runzelt die Stirn. »Aus der Highschool?«

»Ja.« Ich genehmige mir einen Schluck. »Sie ist vor kurzem wieder hierhergezogen und ich repariere aktuell einige Dinge an ihrem Haus.«

Er legt den Kopf schief und eine steile Falte bildet sich zwischen seinen Brauen. »Ich dachte, sie würde zusammen mit ihrem Ehemann in San Francisco leben. Zumindest hat das ihr Vater das letzte Mal erzählt, als er auf genau dem gleichen Platz saß, wie du jetzt.«

»Sie hat sich scheiden lassen und erst kürzlich ein Grundstück gekauft, das nicht weit entfernt von deinem liegt.«

»Macht wohl Sinn, schließlich leben ihre Eltern hier.« Er zuckt mit den Schultern und richtet seine Aufmerksamkeit auf einen Gast, der seinen Namen ruft. »Gib mir eine Minute.« Während sich Colton um eine Getränkebestellung kümmert, vibriert mein Handy und ich hole es hervor. Eine Nachricht von meiner Ex. Seufzend öffne ich sie. Wenig überraschend bittet sie mich um Geld, unter dem Vorwand, dass unsere Tochter Olivia neue Schuhe und Klamotten braucht. Was nicht stimmt, da ich alles Notwendige für sie gekauft habe, als sie zuletzt eine Woche bei mir war. Mit Sicherheit will meine Ex die Kohle, um sich Haare, Nägel oder einen anderen Mist machen zu lassen.

Da ich keinen Bock auf Streit habe, antworte ich ihr,

dass ich alles, was Olivia braucht, besorge, ich ihr aber keinen Cent überweisen werde. Zwei Sekunden später erhalte ich eine weitere Mitteilung und das Wort ARSCHLOCH blitzt in Großbuchstaben auf meinem Display auf.

»Deinem Gesichtsausdruck entnehme ich, dass du mit Anna schreibst«, sagt Colton, und ich lege mein Telefon mit dem Bildschirm nach unten auf die Theke.

»Sie will Geld, um Olivia Anziehsachen zu besorgen.«

»Warst du nicht erst letztes Wochenende mit ihr einkaufen?«

»Ja, deshalb habe ich ihr auch mitgeteilt, ich würde ihr kein Geld schicken, sondern Olivia alles besorgen, was sie sonst noch braucht.«

Er schmunzelt. »Da war sie bestimmt sehr erfreut.«

»Du weißt, ich bin ein *Arschloch*, wenn ich ihr nicht gebe, was sie will.«

»Oder du bist generell eines.«

»Welch wahre Worte.« Ich proste ihm zu und nehme einen weiteren Schluck von meinem Bier. »Wie geht es Gia und Gino?«

Bei der Erwähnung seiner Frau und seines Sohnes wird seine Miene sanfter und er lehnt sich wieder gegen die Bar. »Gut. Mom ist bei Gia und zwingt sie hoffentlich, ein Nickerchen zu machen.«

»Hat sie immer noch Schlafprobleme?«

»Sie will nichts verpassen, wenn es um Gino geht, was ich auch verstehe, aber sie ist erschöpft.«

»Sie ist eine gute Mutter.«

»Sie ist die beste Mutter und Frau überhaupt«, entgegnet Colton kopfschüttelnd. »Sie kümmert sich wirklich aufopferungsvoll um mich und unseren Sohn.«

»Du könntest es wahrlich schlimmer treffen.«

»Da hast du recht, aber es ist meine Aufgabe, ebenso auf sie achtzugeben. Wenn meine Mom für eine Weile bei uns bleibt und sie zwingt, sich auszuruhen, dann nur zu.«

»Glaubst du wirklich, dass sie das tut?«, frage ich zweifelnd, weil ich Gia kenne und weiß, wie stur sie ist.

»Wahrscheinlich nicht, aber dann wird Mom aufräumen und Wäsche waschen, damit sich Gia darüber keine Gedanken machen muss. Aber jetzt mal zu der Sache mit Aria. Was hat es damit auf sich?«

»Nichts. Ich arbeite nur an ihrem Haus«, wiegle ich ab und widme mich wieder meinem Bier.

»Du lügst«, stellt Cole gleichmütig fest, und angesichts der Tatsache, dass wir uns seit unserer Kindheit kennen und beste Freunde sind, wundert es mich nicht, dass er mich durchschaut.

»Wir hatten einen Streit.« Ich stelle mein Bier ab.

»Einen Streit?« Besorgnis schwingt in seiner Stimme mit, und ich weiß, dass er an all die Auseinandersetzungen zwischen Anna und mir im Laufe der Jahre denkt. In denen sie normalerweise irgendwelche Dinge durch die Gegend wirft, ehe sie die Polizei ruft.

»Nicht so wie mit Anna. Aber ihre Eltern sind aufgetaucht und sie hat mir vorgeschlagen, nach Hause zu fahren. Da bin ich sauer geworden ...«

»Warum hat sie dich gebeten, zu gehen, wenn du für sie arbeitest?«, fällt er mir viel zu neugierig ins Wort.

»Wir waren unterwegs, um uns was zu essen zu holen, und als wir zurückkamen, standen sie vor ihrer Tür.«

»Ihr wart zusammen unterwegs, um euch was zu essen zu holen?« Sein Stirnrunzeln vertieft sich. »Wie bei einem

Date?«

»Nein, wir waren beide hungrig, also habe ich für uns etwas beim Chinesen bestellt.«

»Du magst sie.« Eine Feststellung, keine Frage.

»Nicht auf diese Art«, widerspreche ich, wohlwissend, dass ich ihn – und mich selbst – damit belüge. Denn verdammt, Aria ist die erste Frau seit Jahren, die mein Interesse weckt. Sie ist mehr als hübsch und wirklich süß, wenn sie sich in meiner Gegenwart entspannt, und ich hätte nichts dagegen, ihren Körper mit meinen Händen und meinem Mund zu erkunden. Ich weiß allerdings, dass ich momentan nicht in der Verfassung bin, um überhaupt darüber nachzudenken, was mit ihr anzufangen. Nachdem ich gehört habe, wie sie über ihren Ex-Mann spricht, scheint das bei ihr nicht anders zu sein. Vielleicht ist auch das ein Grund für meine Zurückhaltung – ich will nicht den ersten Schritt machen und zurückgewiesen werden, weil sie immer noch wegen ihrem Ex durch den Wind ist.

»Rede dir das ruhig weiter ein.« Coles Kommentar reißt mich aus meinen Gedanken, und als ich aufsehe, hat er ein fettes Grinsen im Gesicht. »Wann können Gia und ich sie kennenlernen?«

Bei seinen Worten kommt mir eine Idee. »Was macht ihr am Samstagnachmittag?«

»Nichts.«

»Arias ganzer Kram wurde heute geliefert und ist immer noch in zig Kartons verstaut. Ich habe ihr vorgeschlagen, ihr dieses Wochenende beim Auspacken zu helfen.«

»Nur damit ich dich richtig verstehe: Du hast deiner Arbeitgeberin angeboten, ihr an deinem freien Tag beim

Auspacken zu helfen ... aber du magst sie nicht?«

»Schon gut. Vergiss es.« Ich schnaube.

Schmunzelnd verschränkt er die Arme vor der Brust. »Gia und ich werden da sein.«

»Ich glaube, jetzt will ich nicht mehr, dass ihr vorbeischaut.«

»Oh, und ob wir das tun werden.«

Scheiße, warum kann ich nicht einfach meine Klappe halten? »Das ist keine Einladung für dich oder Gia, sie in ein Kreuzverhör zu nehmen.«

»Du weißt, ich habe keine Kontrolle darüber, was meine Frau tut oder sagt, also werde ich keine Versprechungen machen. Aber ich werde mich auf jeden Fall benehmen.«

So wie ich Gia kenne, brauche ich mir bei ihr keine Sorgen zu machen. Sie neigt jedoch dazu, jene Menschen zu beschützen, die ihr wichtig sind. Folglich habe ich keine Ahnung, was passieren könnte. Allerdings muss ich zuvor einen Weg finden, um die Wogen zwischen Aria und mir zu glätten. Auch wenn ich nicht sicher bin, wie das ausgehen wird.

»Ich werde mit Gia sprechen, sobald ich heute Abend nach Hause komme«, sagt er, als mein Handy zu klingeln beginnt.

Ein Anruf von Anna. Ich möchte nicht abheben, aber da ich weiß, dass Olivia bei ihr ist, nehme ich das Telefonat entgegen. Was ich zwei Minuten später bedaure. Denn Anna wirft mir vor, ein Scheißvater und -mann zu sein. Ich lege auf, trinke mein Bier aus und mache mich allein auf den Weg nach Hause.

Mit einem – wie ich hoffe – Friedensangebot in der Hand drücke ich mit dem Ellenbogen gegen die Türklingel, trete einen Schritt zurück und warte. Von drinnen sind Schritte zu hören, dann wird die Tür aufgerissen. Bei Arias Anblick muss ich mir ein Stöhnen verbeißen. Nicht viele Frauen sehen wenige Minuten nach dem Aufwachen so gut aus. Aber Aria – das Gesicht noch weich vom Schlaf, die Haare verwuschelt und ihr Körper nur in ein Tanktop, Shorts und einen dünnen Morgenmantel aus Baumwolle gehüllt – bietet einen Anblick, gegen den ich den Rest meines Lebens nichts einzuwenden hätte.

»Tide.« Sie blinzelt verwirrt, was unglaublich süß ist. »Was machst du hier?«

»Ich habe es versaut.« Ich überreiche ihr einen Becher Kaffee und schiebe mich an ihr vorbei ins Haus.

»Du ...« Sie sieht sich um, immer noch neben der Spur, und begegnet wieder meinem Blick. »Was?«

»Gestern Abend hätte ich nicht so reagieren sollen, als du mich gebeten hast, zu gehen.« Ich umrunde die Couch, die noch mitten in der Küche steht, und stelle eine Papiertüte auf der Anrichte ab.

»Hättest du nicht?«

Ich drehe mich zu ihr um und sehe, dass sie sich eine Haarsträhne hinter das Ohr schiebt. Mein Eingeständnis scheint sie zu überraschen.

»Nein, hätte ich nicht«, bestätige ich und mache mich daran, die Bagels und den Frischkäse auszupacken.

»Sind die von *Leo's*?«, fragt sie und kommt zu mir rüber.

»Ja. Hast du einen Toaster?« Als sie an mir vorbeigreift, um ihren Becher auf die Anrichte zu stellen, spüre ich, wie sie ihre Brust gegen meinen Bizeps drückt, und der Duft von Lavendel steigt mir in die Nase. Der unschuldige Kontakt sollte mir nicht derart nahe gehen, aber mein Schwanz regt sich und ich kämpfe dagegen an, meinen Arm um ihre Taille zu legen und sie an mich zu ziehen, um meinen Mund auf ihren zu pressen.

»Ja.« Sie steuert einen der Kartons an und reißt das Klebeband ab, nicht ahnend, welche Richtung meine Gedanken eingeschlagen haben. »Er befindet sich in einer der Schachteln ... oder sollte es zumindest«, sagt sie, als sie hineinspäht und etwas rauszieht, das wie eine zusammengerollte Halloween-Girlande aussieht, die besser im Müll gelandet wäre. »Möglicherweise bin ich nicht sonderlich klug vorgegangen, was die Organisation der Umzugskisten betrifft, als die Möbelpacker hier waren.« Sie pustet sich eine rotblonde Strähne aus dem Gesicht und lässt den Girlandenklumpen auf den Boden fallen. Dann wühlt sie tiefer in dem Karton herum, bevor sie den Deckel schließt und den nächsten öffnet. Als sie Anstalten macht, noch weiterzusuchen, halte ich sie auf.

»Wir können einfach den Herd benutzen. Wenn du Pech hast, ist der Toaster in deinem Schlafzimmer oder sonst wo.«

»Da hast du vielleicht recht.« Sie lächelt und die Haarsträhne, mit der sie schon die ganze Zeit kämpft, fällt ihr wieder ins Gesicht. Ohne nachzudenken, berühre ich ihre Wange. Als ich die Haare zurück hinter ihr Ohr schiebe, zieht sie scharf die Luft ein. Mein Blick heftet sich auf ihren verlockenden Mund, und sie weicht rasch einen Schritt zurück, ohne zu bemerken, dass sich die Armlehne der Couch hinter ihr befindet.

»Mist.« Ich greife nach ihr, um zu verhindern, dass sie darüber stolpert, aber zu spät. Keine Ahnung, was ich erwartet habe, jedenfalls nicht, dass sie so herzlich über ihren Sturz lacht. Fröhlich stimme ich mit ein, ehe ich um das Sofa herumgehe. »Alles okay?«

»Ja, aber ich muss dieses Ding endlich aus der Küche schaffen.« Sie nimmt meine Hand, als ich sie ihr hinhalte, um ihr beim Aufstehen zu helfen, dann rückt sie ihr Top und ihre Shorts zurecht. »Danke.«

»Kein Problem.« Sie blickt zu mir auf, und ich bemerke erstaunt, wie sich ihre Wangen rosa färben. Ich glaube, ich habe seit meiner Kindheit keine Frau mehr rot werden sehen. Diese unschuldige Reaktion berührt mich und macht Aria nur noch attraktiver. Da ich nicht möchte, dass sie sich unwohl fühlt, trete ich einen Schritt zurück, drehe mich zum Herd und schalte ihn ein. »Wie ist es gestern Abend mit deinen Eltern gelaufen?«

»Mein Vater war betrunken und meine Mutter abwertend wie eh und je, also lief es so, wie du es dir vorgestellt hast.« Angesichts ihrer Worte ziehe ich eine Braue hoch und schaue sie über meine Schulter hinweg an. »Du lebst schon ewig hier. Ich bin mir sicher, dass du bereits die Unannehmlichkeit hattest, meinen Eltern zu begegnen.« Sie kaut auf ihrer Unterlippe herum, als ich anfange, einen der Bagels in zwei Hälften zu schneiden. »Das ist der einzige Grund, warum ich dich gestern Abend nicht bat, reinzukommen.« Die Worte schießen so schnell aus ihr heraus, dass sie beinahe nicht zu verstehen sind.

»Was mir klargeworden ist, als ich in Ruhe darüber nachdenken konnte.«

»Wirklich? Aber ...«

»Meine Reaktion war falsch, und du hattest recht. Ich kenne deine Eltern, und auch wenn es unbedeutend sein sollte ...«

»Du dachtest, ich würde mich schämen, mit dir gesehen zu werden«, unterbricht sie mich, und ich nicke bestätigend. »Dabei habe ich dich eigentlich gerettet.« Seufzend greift sie nach ihrem Kaffeebecher. »Nicht einmal ich möchte Zeit mit meinen Eltern verbringen, also will ich erst recht niemand anderen damit foltern.«

»Ihr versteht euch nicht?«

»Ich bin ihnen gleichgültig. Ich wünschte, es wäre anders, aber sie gehören nicht zu den Menschen, zu denen ich eine Beziehung haben möchte. Dank unserer gemeinsamen DNA habe ich aber keine andere Wahl.«

»Das ist ätzend, Baby.« Eine Untertreibung. Ich persönlich kann das nicht nachvollziehen, weil ich sehr eng mit meiner Familie verbunden bin. Mein Vater und ich stehen uns nahe, und meine Mutter geht immer noch genauso liebevoll mit mir um wie früher. Dann ist da noch meine Schwester, die eine meiner besten Freundinnen ist, auch wenn sie auf der anderen Seite des Landes lebt.

»Es ist, wie es ist.«

»Warum bist du hierher zurückgezogen, wenn euer Verhältnis so verfahren ist?«

»Es war der einzige Ort, der sich richtig anfühlte, nachdem ich beschloss, San Francisco zu verlassen.« Sie macht es sich auf der Anrichte bequem. »Mir war klar, dass ich meine Eltern ab sofort mindestens alle drei Monate zu Gesicht bekäme, sobald ich keine Ausreden mehr habe, ihnen weiterhin aus dem Weg zu gehen. Als ich in Kalifornien lebte, war das allerdings nicht anders, und diese

Besuche überlebte ich auch. Vermutlich habe ich mir damit ins eigene Fleisch geschnitten. Mit Sicherheit erwarten sie jetzt, da ich wieder hier bin, dass ich mich bei ihren Partys blicken lasse. Ich habe mir aber geschworen, nur noch Dinge zu tun, die ich wirklich möchte, und ich weigere mich vehement, dieses Versprechen an mich selbst zu brechen.«

»Alle Achtung«, erwidere ich stolz.

»Danke«, flüstert sie zurück, als ich eine Pfanne aus dem Abtropfgitter neben dem Waschbecken nehme, die Bagels hineinlege und sie in den Ofen schiebe.

»Also, was hast du heute vor?«

»Ähm ...« Sie sieht sich um. »Auspacken und heute Nachmittag muss ich mit meiner Agentin telefonieren.«

»Agentin?«

»Für meine Bücher.« Sie zuckt mit den Schultern. »Sie steht kurz vor einem Nervenzusammenbruch, weil ich ihr noch keine Idee für eine weitere Reihe geliefert habe, und mein Verlag möchte, dass sie ihnen etwas Neues vorstellt.«

»Welche Geschichten schreibst du?«

»Science-Fiction.«

»Science-Fiction«, wiederhole ich, unfähig, meine Überraschung zu verbergen. Aria zieht eine Braue hoch. »Entschuldige, ich dachte, du würdest Liebesromane sagen. Ich wusste nicht, dass du auf Science-Fiction stehst.«

»Nun, Sir, wir kennen uns auch nicht, und ich schreibe tatsächlich so was wie Liebesgeschichten. Jedes meiner Bücher dreht sich um zwei Protagonisten, die aufeinandertreffen, um das Böse zu bekämpfen. Im Laufe der

Handlung verlieben sie sich ineinander, was sie meistens stärker und letzten Endes unbesiegbar macht.«

»Verstanden.« Ich lehne mich mit der Hüfte gegen die Anrichte. »Woran arbeitest du gerade?« Mein Interesse wird nur noch größer, als sich ihre Wangen dunkelrot färben.

»Momentan an nichts Bestimmtem. Ich ... Ich habe einfach versucht, einen Entwurf für meine Agentin zu erstellen.«

»Ist dir etwas Passendes eingefallen?« Ich drehe mich zum Ofen und öffne ihn, um nach den Bagels zu schauen. Da sie goldbraun sind, nehme ich ein Küchenhandtuch und hole die Pfanne heraus.

»Nicht wirklich«, antwortet Aria und klingt ein wenig von den Socken, als sie fortfährt. »Warum habe ich nie daran gedacht, meine Bagels im Ofen zu rösten?«

»Wahrscheinlich, weil du immer einen Toaster benutzt hast.« Ich grinse. »Ich bin ebenfalls single und besitze keinen Toaster.«

»Du hast keinen Toaster?«

»Du sagst das, als wäre es ein Verbrechen. Ich hatte einen, als ich mit meiner Ex zusammenlebte, den hat sie nach unserer Trennung mitgenommen. Als mir klarwurde, dass ich genauso gut den Ofen benutzen kann, habe ich mir nicht die Mühe gemacht, einen neuen zu kaufen.«

»Für einen Mann klingt das vermutlich sehr logisch.«

»Ich werde so tun, als wäre das ein Kompliment.« Ich öffne den Frischkäse. »Geräucherten Lachs oder Honig-Pekannuss?«

»Geräucherten Lachs, bitte.«

Als ich anfange, ihren Bagel mit Frischkäse zu beschmieren, begegne ich ihrem Blick. »Wie kommt man normalerweise auf die Idee für eine neue Buchreihe?«

»Bisher ist es stets einfach passiert.«

»Dich hier häuslich einzurichten, wird sicherlich helfen.«

»Vielleicht«, erwidert sie und nimmt den Teller, den ich ihr hinhalte. Sie legt die beiden Hälften wie ein Sandwich zusammen, bevor sie den Teller vor sich abstellt. Nachdem ich mein eigenes Frühstück zubereitet habe, folge ich ihrem Beispiel, ehe ich herzhaft hineinbeiße.

»Leo macht noch die besten Bagels.«

»Sein Enkel macht sie inzwischen.«

»Sein Enkel?«

»Babe, als wir zur Schule gingen, war Leo bereits fast siebzig. Er ist vor ungefähr sieben Jahren in den Ruhestand. Alle befürchteten, sein Laden würde schließen, aber sein Enkel, der ihm während des Sommers immer aushalf, zog hierher und übernahm das Geschäft.«

»Das ist cool.«

»Ja«, stimme ich zu, esse auf und spüle meinen Teller ab. »Da ich gestern Abend nichts erledigen konnte, widme ich mich heute dem Streichen. Morgen ist dann der Teppich dran.«

»Das musst du nicht. Ich weiß, dass du noch andere Jobs hast, um die du dich kümmern musst.«

»Ja, aber hier werde ich aktuell gebraucht.« Ich nehme meinen Kaffee und gehe an dem Kistenstapel vorbei in Richtung Wohnzimmer. »Schrei, wenn du meine Hilfe brauchst.«

»Ich könnte dir beim Malern helfen, wenn du willst.«

Ich drehe mich zu ihr um. »Okay, aber du musst dir etwas anziehen, was schmutzig werden darf.«

»Kein Problem«, sagt sie aufgeregt, als sie von der Anrichte hüpft. »Ich bin in einer Minute zurück.«

Als sie zur Treppe läuft, starre ich ihr auf den Hintern, wohlwissend, dass ich mir gerade selbst ins Knie geschossen habe. Denn je mehr Zeit ich in ihrer Nähe verbringe, desto größer wird der Drang, sie zu küssen. Ich glaube nicht, dass ich genug Willenskraft besitze, um mich langfristig zurückzuhalten.

6. Kapitel

Aria

Seine Lippen schwebten über ihren, und als er mit der Hand ihre Seite entlangstrich, schloss sie die Augen. Ihr Atem vermischte sich und sie wusste, sie würde niemals wieder dieselbe sein, wenn er sie küsste ...

Ich sitze an meinem Schreibtisch, mit den Fingern über der Tastatur, und betrachte die letzten beiden Sätze, ehe ich stöhnend die Entf-Taste betätige und zusehe, wie die Worte wieder verschwinden. Als ich zum ersten Mal darüber nachdachte, einen Liebesroman zu schreiben, war ich überzeugt, es wäre einfach. Dann ist Tide aufgetaucht und hat alles vermasselt. Anstatt mir vorzustellen, wie sich meine Charaktere küssen, male ich mir aus, wie es wäre, wenn Tide mich küsst. Mir ist klar geworden, dass ich nie echte Anziehungskraft verspürt habe, bis er dahergekommen ist. Jedes Mal, wenn ich in seiner Nähe bin, tanzen Schmetterlinge in meinem Bauch und mein Herz pocht wie wild. Das Schlimmste ist, dass er keine Ahnung hat, welche Reaktionen er bei mir hervorruft. Ich habe eine Heidenangst davor, mich ihm eines Tages wie eine Verrückte an den Hals zu werfen, wenn er etwas so Beiläufiges tut, wie mir ein paar Haare aus dem Gesicht zu streichen.

Mit den Zehenspitzen versetze ich meinem Stuhl einen Schwung und lasse das Zimmer an mir vorbeifliegen.

Wenn ich mich schnell genug drehe, fällt mir vielleicht eine neue Buchidee für meine Agentin ein, dann muss ich nicht mehr so tun, als könnte ich eine echte Lovestory schreiben.

»Ach du lieber Gott!«, rufe ich und falle fast von meinem Stuhl, als ich Tide plötzlich in der Tür meines Büros stehen sehe.

»Sorry.« Lachend betritt er den Raum. »Ich wollte dich nicht erschrecken.«

»Ich hatte ganz vergessen, dass du hier bist.«

»Angesichts deines Schreis habe ich das vermutet.« Er nimmt auf der Ecke meines Schreibtischs Platz. »Hattest du schon einen Einfall für deine neue Reihe?« Er beugt sich vor, um auf das Display zu schauen, aber ich knalle schnell meinen Laptop zu.

»Nein, noch nicht.« Ich räuspere mich und schiebe meinen Stuhl ein Stück zurück, als ich bemerke, wie nah wir uns sind. »Ist alles in Ordnung?«

»Ich bin mit dem Teppich fertig.«

»Wirklich?« Mal ehrlich, ich sollte nicht so verwundert sein. Als ich ihm gestern beim Malern half, habe ich aus erster Hand erfahren, wie effizient er bei der Arbeit ist.

»Ja.« Er steht auf und geht um den Schreibtisch herum zu den Regalen an der Wand. Eines meiner Bücher hervorholend, die ich heute Morgen ausgepackt habe, dreht er es um und liest den Klappentext. Ich beobachte ihn und ringe den Drang nieder, durch den Raum zu eilen und es ihm aus der Hand zu schlagen. »Das klingt gut.«

»Und du überrascht.«

»Überhaupt nicht.« Er grinst mich an. »Darf ich das behalten?«

»Wenn du möchtest.«

»Und ob ich das will.« Er kommt auf mich zu, und als er einen Stift aus der Halterung auf meinem Tisch nimmt und ihn mir reicht, beginnt mein Puls zu rasen. »Bekomme ich auch ein Autogramm von dir?«

»Du bist lächerlich«, stelle ich amüsiert fest.

»Kannst du schreiben: Tide, du weißt wirklich, wie man einen Hammer schwingt. Alles Liebe, Aria?«

»Ganz sicher nicht.« Kopfschüttelnd unterschreibe ich mit meinem Namen, wobei ich aus dem i-Punkt ein Herz mache, und füge ein rasches *XOXO* hinzu. Anschließend klappe ich das Buch zu und gebe es ihm zurück. Unsere Blicke treffen sich. Ich bin mir nicht sicher, was der Ausdruck in seinen Augen bedeutet, aber er löst ein warmes Gefühl in meinem Innern aus. »Also dann ...« Ich schiebe meinen Stuhl zurück, weil wir einander wieder viel zu nahe sind, stehe auf und gehe zur Tür. »Kannst du mir helfen, die Couch aus der Küche zu schaffen?«

»Schon erledigt«, informiert er mich, als ich den Flur erreiche.

»Ich hätte doch mit angepackt.« Kurz vor dem Wohnzimmer mache ich Halt. »Ich möchte den Teppich nicht mal betreten, so gut sieht er aus«, flüstere ich andächtig und betrachte den hellgrauen, weichen Plüschteppich, die Wände in demselben Farbton sowie die reinweißen Fußleisten und Fensterbänke, die das Erkerfenster wie ein Stück Kunst wirken lassen. »Eigentlich wollte ich mit der Umgestaltung und dem Umbau noch warten, aber zu sehen, wie schön dieser Raum ist, macht mich dankbar, früher dazu gezwungen worden zu sein.« Vorsichtig gehe ich in den Raum und wie erwartet versinken meine Füße im Teppich. »Das ist wundervoll.« Ich begebe mich auf alle viere, bevor ich mich auf den Rücken drehe und Arme wie Beine ausstrecke, als würde ich einen Schneeengel machen.

»Du bist definitiv die erste Kundin, die auf diese Weise reagiert.«

Ich schaue hoch in Tides grinsendes Gesicht und meine Wangen fangen an zu glühen. Gott, ich bin eine Idiotin. Ich habe keine Sekunde darüber nachgedacht, was ich hier treibe.

»Es ist ein wirklich toller Teppich«, gebe ich zu bedenken, und er überrascht mich, indem er sich zu mir auf den Boden gesellt.

»Stimmt.« Er wendet den Kopf in meine Richtung und streicht mit den Fingern über meine. »Hast du heute schon irgendetwas in den Magen bekommen außer die Cola, die du vorhin getrunken hast?«

»Ja, einen Schokoriegel.«

»Einen Schokoriegel?« Er zieht eine Braue nach oben.

»Immerhin waren Nüsse drin«, informiere ich ihn, woraufhin er sich auf die Seite dreht und sich über mir aufbaut. Ich halte den Atem an.

»Das macht daraus noch lange keine vollwertige Mahlzeit.« Lächelnd streichelt er mit dem Daumen über meine Wange. »Du hast wirklich weiche Haut.«

»Ähm ... danke.« Ich grabe meine Nägel in meine Handfläche, um mich davon abzuhalten, seine Berührung zu erwidern. Als er sich vom Boden hochdrückt, entspanne ich mich wieder.

»Lass uns essen gehen.«

»Meinst du, wir sollen uns was zu essen holen?«

»Nein, ich meine, dass wir gemeinsam in einem Restaurant essen.«

Erst nicke ich, schüttle dann jedoch den Kopf. »Ich habe nichts Passendes an, um das Haus zu verlassen.«

»Babe, wir fahren zu *Banger's* und bestellen Burger, nicht Hummer bei ...« Er zieht die Stirn kraus. »Mist, ich habe keinen blassen Schimmer, wo man hier in der Gegend Hummer bekommt, außer im Supermarkt und bei Red Lobster. Ist aber egal, denn dort wollen wir heute nicht hin.«

Ich presse die Lippen aufeinander, um mir ein Lachen zu verbeißen, ehe ich wieder nicke. »Okay, aber gestatte mir wenigstens, dass ich mir die Haare bürste und in eine Jeans wechsle.« Ich eile an ihm vorbei, ohne ihm eine Chance zu geben, mich aufzuhalten.

In meinem Schlafzimmer angekommen, ziehe ich schnell meine Yogahose aus, in der ich noch nie Yoga gemacht habe, und schlüpfe in eine Jeans, die ein wenig eng ist, aber noch bequem genug, um etwas zu essen. Dann hole ich einen lässigen Pullover aus dem Schrank und entscheide mich für ein flaches Paar Schuhe. Im Badezimmer kümmere ich mich um meine Frisur und lege, weil ich mit Tide ein Restaurant besuchen werde, ein wenig Wimperntusche, Rouge und Lipgloss auf, bevor ich wieder nach unten laufe. Tide liegt auf meiner Couch, und ich muss zugeben, dass ich mich an diesen Anblick gewöhnen könnte.

»Fertig!« Als er nicht antwortet und ich ein leises Schnarchen vernehme, ziehe ich meine Schuhe aus und gehe lächelnd auf ihn zu. »Tide?« Ich beuge mich vor, um seine Schulter zu berühren, und er öffnet langsam die

Augen. »Hey, du bist eingedöst.« Ich mache einen Schritt zurück, aber er umfasst plötzlich mein Handgelenk und beugt sich zu mir, bis sich unsere Gesichter ganz nah sind. »Wir müssen los«, flüstere ich, als sein Blick über mein Gesicht und meine Haare wandert. »Du bist offensichtlich müde. Fahr einfach nach Hause und hau dich aufs Ohr.«

»Ich gehe mit dir essen. Schlafen kann ich nachher auch noch.« Er lässt mich los und steht auf.

»Bist du sicher?«, hake ich nach, und er wirft mir noch einen intensiven Blick zu, ehe er nickt.

»Ja, bin ich.« Auf dem Weg zur Tür zieht er seine Schlüssel aus der Tasche, und ich greife mir rasch meine Schuhe, bevor ich ihm nach draußen folge. Während der gesamten Fahrt frage ich mich, was zur Hölle vor sich geht.

»Ich dachte, du würdest einen Witz machen, als du sagtest, dass wir zu *Banger's Burgers* wollen«, unterbreche ich die Stille, als er auf einen überfüllten Parkplatz biegt und schließlich eine Parklücke neben dem leuchtend roten Gebäude findet. »Aber den Laden gibt es tatsächlich.«

»*Banger's* gehört Lucas Brown. Ich weiß nicht, ob du dich an ihn erinnerst, aber unser Footballteam nannte ihn früher Banger.«

»Also ist das sein Laden?« Bei der Vorstellung, einem alten Klassenkameraden zu begegnen, werde ich nervös, auch wenn es unwahrscheinlich ist, dass er mich noch kennt.

»Ja, er und seine Frau sind vor ein paar Jahren zurück in die Stadt gezogen und haben dieses Restaurant eröffnet. Ich glaube, bald macht eine weitere Filiale in

Nashville auf.«

»Das ist beeindruckend.« Wir schnallen uns ab, und ich öffne meine Tür, um auszusteigen. Kaum berühren meine Füße den Bürgersteig, steht Tide vor mir und nimmt meine Hand. Es liegt mir auf der Zunge zu fragen, ob er das bei seiner Schwester auch macht, aber ich schlucke den bissigen Kommentar hinunter und lasse mich von ihm nach drinnen führen. Als wir eintreten, weiß ich, warum der Laden ein Hit ist. Es herrscht eine Art Partyatmosphäre; aus den Lautsprechern an der Decke dringt fröhliche Musik, die Leute vergnügen sich an einigen Spielautomaten, die im Raum verteilt sind, und Lachen liegt in der Luft.

»Im hinteren Bereich ist es ruhiger«, sagt Tide, als er mich durch die Menge zu einem Ecktisch zieht, der in einiger Entfernung zu dem Trubel steht. Nachdem ich auf die Sitzbank gerutscht bin, nimmt er mir gegenüber Platz und reicht mir einen Notizblock. Es dauert einen Moment, bis mir klar wird, dass es sich dabei um die Speisekarte handelt. Auf dem Tisch steht ein Becher mit winzigen Stiften zum Ausfüllen.

»Weißt du schon, was du nimmst?«, frage ich, während ich die verschiedenen Burgertoppings durchschaue, einschließlich einer Liste mit Pommes und Getränken.

»Ich bekomme immer das Gleiche – doppelt Fleisch, Speck, alle üblichen Beläge außer Zwiebeln und einen Milchshake. Was möchtest du?«

»Einen einfachen Cheeseburger mit Spicy Fries und eine Cola Light.«

»Hast du gerade einen einfachen Cheeseburger gesagt?«, hakt er entsetzt nach, und ich sehe zu ihm auf.

»Ja, warum?«

»Dir steht eine Welt voll Burger-Magie zur Auswahl und du nimmst nur Käse?«

»Er schmeckt mir, und wenn dieser Laden so großartig ist, wie du sagst, sollte es der beste Cheeseburger sein, den ich in meinem Leben gegessen habe.«

»Das ist wahr«, murmelt Tide und zieht sein klingelndes Handy hervor. Ein Blick auf das Display entlockt ihm ein Schnauben, was mich neugierig macht. Während er eine kurze Nachricht tippt, widerstehe ich dem Drang, nachzubohren.

»Ist alles in Ordnung?«, erkundige ich mich, als er sein Telefon mit dem Bildschirm voraus auf die Tischplatte legt.

»Ja.« Mehr hat er nicht zu sagen, und ich runzle die Stirn, als er den Zettel nimmt, den ich gerade ausgefüllt habe, und sich erhebt. »Ich gehe unsere Bestellungen abgeben und kurz auf Toilette. Bin gleich wieder da.«

»Alles klar«, erwidere ich und verfolge über meine Schulter hinweg, wie er unseren Essenswunsch einer süßen Brünetten aushändigt, die an der Theke steht und kichernd rot wird, als er mit ihr spricht. Um nicht ertappt zu werden, wie ich ihn beobachte, drehe ich mich um und trommle mit den Fingern auf der Tischplatte herum. Ich versuche, ein eifersüchtiges Ziehen in meinem Inneren zu vertreiben, schaffe es aber nicht, obwohl ich weiß, wie lächerlich dieses Gefühl ist.

»Entschuldigung?« Jemand berührt meine Schulter. Als ich aufschaue, begegne ich dem Blick von Jake, dem Sohn des besten Freundes meiner Mutter. Als ich sechzehn war, sind wir zusammen gewesen, weil meine Eltern nur ihn guthießen. Mit seinen dunkelblonden Haaren, den tiefbraunen Augen und einem Kiefer, der so gemeißelt wirkt, dass es aussieht, als könnte er damit Glas schneiden, ist er leider immer noch sehr attraktiv. »Aria. Verdammt, dachte ich mir doch, dass du es bist.«

»Jake?« Ich zwinge mich zu einem Lächeln.

»Meine Mutter meinte, du wärst wieder hergezogen, aber ich hatte nicht erwartet, dich hier zu treffen« Er schüttelt den Kopf und nimmt mir gegenüber Platz. »Wie ist es dir ergangen?«

»Gut«, murmle ich. »Und dir?«

»Echt super.« Er nickt und grinst selbstgefällig. »Ich arbeite jetzt für meinen Vater.«

»Schön für dich.« Ich kann mich kaum davon abhalten, die Augen zu verdrehen. Es ist nichts falsch daran, für seine Familie zu arbeiten, aber sein Vater ist Anwalt in der Stadt, und ich weiß, dass Jake vom College geworfen wurde, weil er sechs Semester lang bloß gefeiert hat. Die letzten Jahre brachte er damit zu, um die Welt zu reisen und wie das Kind mit Treuhandfond, das er ist, durch die Gegend zu stolzieren.

»Ja, es ist cool. Es gibt viel zu lernen.«

»Darauf wette ich«, entgegne ich, und er lacht.

»Babe, rutsch rüber.« Bei dieser Aufforderung setzt mein Herz einen Schlag aus, und als ich aufschaue, begegne ich Tides Blick. Als ich den Ausdruck darin bemerke, beiße ich mir auf die Innenseite meiner Wange. Wir kennen uns zwar nicht unbedingt gut, aber wenn ich raten müsste, würde ich behaupten, er ist verärgert. Ich komme seiner Aufforderung nach. Einen Augenblick später bleibt mir die Luft weg, als er seinen Arm um meine Schultern legt. »Jake, was geht ab, Mann?«

Jake schaut zwischen Tide und mir hin und her, und ich weiß, dass er gerade eine Million Mutmaßungen anstellt. Schlimmer noch, er wird seiner Mutter jede einzelne davon erzählen. »Nicht viel. Ich sah Aria hier alleine sitzen und bin stehen geblieben, um Hallo zu sagen.«

»Das ist schön.« Tide verstärkt seinen Griff um mich, und ich betrachte ihn von der Seite her. Erneut habe ich keine Ahnung, was zum Teufel hier abgeht.

»Ich sollte gehen. Ich bin sicher, ihr zwei wollt etwas Zeit für euch haben.« Jake rutscht aus der Sitzecke und kommt auf die Beine. »Es war schön, dich wiederzusehen, Aria. Ich bin sicher, wir laufen uns auf der Party deiner Eltern über den Weg.«

Nachdem ich ihm unverbindlich zugenickt habe, verschwindet er und ich ramme Tide meinen Ellenbogen in die Seite. Er ächzt gequält. »Meinst du, du könntest das nächste Mal, wenn wir unterwegs sind, weniger flirten und mich nicht so lange alleine lassen?«

»Flirten?« Das Schmunzeln in seiner Stimme ist nicht zu überhören, aber ich wende meinen Blick nicht in seine Richtung. Ich kann es nicht, weil ich das nie sagen wollte. Warum habe ich das getan? »Du meinst, so wie du geflirtet hast?«

Bei diesen Worten wende ich mich nun doch ruckartig zu ihm um und funkle ihn an. »Ich habe nicht mit Jake geflirtet.«

Grinsend tippt Tide mir mit dem Finger auf die Nasenspitze. »Also nehme ich mal an, du magst ihn nicht?«

»Ich verstehe, dass einige Leute nur gute Erinnerungen an ihre ersten Beziehungen haben, aber dieses Problem kenne ich nicht.« Ich hebe meine Hand und fange an, runterzuzählen. »Jake war der schlimmste Typ, mit dem ich je zusammen war. Er war der Erste, der mich betrogen hat; der Erste, der mir das Gefühl gab, nicht hübsch zu sein; und der Erste, der mir weismachte, nicht gut genug zu sein. Mir ist klar, dass meine Familie schlimm ist, aber seine ist ...« Ich stoße geräuschvoll die Luft aus. »Seine Familie ist schlimmer.«

Als Tide zu lachen beginnt, ziehe ich eine Braue in die Höhe. »Entschuldigung, ich kannte ihn nur schon so, als wir in der Schule waren, und bis heute hat sich nicht viel geändert. Er ist immer noch ein Wichser, der mit seinem Schwanz denkt.«

»Da liegst du nicht falsch«, murmle ich meine Zustimmung und zucke zusammen, als eine kleine Scheibe in der Mitte des Tisches zu vibrieren beginnt.

»Unser Essen ist fertig«, sagt er und greift nach dem Summer, während er sich erhebt. Ich mache Anstalten, ebenfalls aufzustehen, halte aber inne, als er den Kopf schüttelt. »Nicht nötig.«

»Ich kann dir helfen.« Ich gleite aus der Sitzecke und fühle mich wie eine Idiotin, als wir an der Theke ankommen und er ein einzelnes Tablett aufhebt. Ich ignoriere den selbstgefälligen Blick, mit dem er mich bedenkt, und mache mich nützlich, indem ich mir ein paar zusätzliche Servietten schnappe, bevor ich ihm zurück zu unserem Tisch folge.

»Also wegen morgen«, beginnt er und reicht mir einen roten Teller mit meinem Burger, der auf einem großen Berg Pommes liegt. »Gia und Colton werden irgendwann am Nachmittag vorbeischauen, um beim Auspacken zu helfen.«

Ich erstarre, eine knusprige Fritte kurz vor meinem Mund, und blinzle. Ich muss ihn falsch verstanden haben. »Wie bitte?«

»Colton und Gia werden für ein paar Stunden vorbekommen, um beim Auspacken zu helfen.«

»Oh.« Mir dreht sich der Magen um. Mit Colton war ich früher genauso wenig befreundet wie mit Tide, aber ich weiß, dass sich die beiden nahestanden, woran sich offensichtlich nichts geändert hat. Was heißt, wenn mich Colton oder seine Frau nicht mögen, wird meine Freundschaft mit Tide zum Erliegen kommen, und darüber möchte ich nicht nachdenken. Er ist der Einzige, den ich hier habe; so traurig das auch klingen mag, da er nur mit mir rumhängt, weil ich ihn bezahle.

»Die beiden sind wirklich cool.« Er greift über den Tisch und legt seine Finger über meine. »Du wirst Gia lieben. Sie ist süß, und ich denke, wenn du ihr eine Chance gibst, könntet ihr zwei Freundinnen werden.« Mit dem Daumen streicht er über mein Gelenk und die Berührung löst ein Ziehen in meiner Magengegend aus.

»Okay«, stimme ich leise zu und hoffe, dass er recht hat.

»Okay«, erwidert er ebenso leise, bevor er mich loslässt. Als er nach seinem Burger greift, folge ich seinem Beispiel und beiße in das weiche, warme Brötchen, das saftige Fleisch und den geschmolzenen Käse. Zwar ist es nicht der beste Cheeseburger, den ich je hatte, aber ich bin mir ziemlich sicher, dass ich fast alles genießen würde, solange ich Tide gegenübersitze.

7. Kapitel

Tide

»Babe, wer zur Hölle hat diesen Mist zusammengepackt?« Ich halte eine Packung Tampons hoch, die ich unter einem Stapel Töpfe und Pfannen gefunden habe, und beobachte, wie sich eine entzückende Röte über Arias Wangen bis hinunter zu ihrem Hals ausbreitet.

»Ich hatte es eilig.« Sie greift nach der kleinen Schachtel, aber ich bin schneller und hebe sie über meinen Kopf. »Gib sie mir«, befiehlt sie, stemmt eine Hand in die Seite und versucht mit der anderen, an ihre Sachen zu gelangen.

»Ich habe eine Mutter, eine Schwester, eine Ex-Frau und eine Tochter. Tampons sind nichts, was dir peinlich sein müsste.« Ich schüttle die Box und die weißen Hygieneartikel fliegen durch die Luft. Gleichzeitig trifft etwas Hartes meinen Schädel, ehe es geräuschvoll zu Boden fällt.

»Nein!«, ruft Aria, bückt sich eilig und ignoriert die Tampons, um etwas anderes zu finden. Mit der Spitze meines Stiefels stoße ich gegen etwas Festes. Ich beuge mich vor und hebe es auf. Was zum Teufel ist das? Es ist ungefähr so groß wie ein Lippenstift, aber aus Plastik und hat einen Powerbutton. Neugierig drücke ich auf den Knopf und das Teil beginnt zu vibrieren. »Oh Gott«, jammert Aria und vergräbt verzweifelt das Gesicht in den Händen.

»Ist das ...«

»Nicht«, fährt sie dazwischen und steht auf, dann reißt sie mir das Ding aus der Hand und schaltet es aus.

»Aria«, setze ich an, um ihr zu versichern, dass sie sich wegen nichts schämen muss – dann packe ich sie, weil sie beim Weglaufen über die am Boden verstreuten Tampons stolpert. Ich gerate ebenfalls ins Straucheln, verliere das Gleichgewicht und wir landen zusammen unsanft auf dem Boden. Rücklings liege ich unter ihr, während sie halb auf meinem Oberschenkel sitzt.

»Tide«, haucht sie und stützt sich mit den Händen auf meiner Brust ab. »Bist du okay?«

»Ja.« Ich umfasse ihr Becken, um ihren Körper davon abzuhalten, in Kontakt mit meinem Schwanz zu kommen, der sich über diese neue Position mehr als nur freut. »Und du?«

»Ja. Bist du sicher, dass es dir gut geht?« Sie sucht meinen Blick, aber ich starre auf ihren Mund, der nur wenige Zentimeter von meinem entfernt ist. Ihr stockt der Atem, und mein Schwanz zuckt vor Freude. Ich erwarte, dass sie der Situation entfliehen will, aber sie überrascht mich, indem sie sich vorbeugt und mich küsst. Um ihr keine Chance zu geben, es sich anders zu überlegen, mache ich, was ich schon vor über einer Woche tun wollte, als sie mir nervös und wunderschön die Tür geöffnet hat. Ich dränge mit meiner Zunge zwischen ihre Lippen, und stöhnend geben wir uns einander hin.

Dieser Kuss ist anders als alle anderen, die ich zuvor erlebt habe. Voller Hunger und Sehnsucht, und als sie ihre Brüste fest gegen meinen Oberkörper drückt, vergrabe ich eine Hand in ihrem weichen, dichten Haar und umfasse mit der anderen ihre Hüfte, um sie noch enger an mich zu ziehen.

Aria löst sich von meinem Mund und schüttelt stöhnend den Kopf. »Das ist eine schlechte Idee.«

»Ist es nicht.« Ich beuge mich vor und beiße sacht in ihre volle Unterlippe, küsse sie auf ihren Kiefer, dann auf ihren Hals. Meine Erektion pocht, als sie das Gesicht neigt und ihre Nägel in meine Schultern gräbt. Wir stehen beide auf und sobald wir auf den Beinen sind, hebe ich sie hoch. Mein Verstand ist wie leergefegt, bis auf den Gedanken, sie irgendwo hinzubringen, wo ich sie ausziehen kann.

»Mein Schlafzimmer«, keucht sie und schlingt die Beine um meine Hüften. Als sie meinen Hals entlang küsst, drängt mein Schwanz noch vehementer gegen den Reißverschluss meiner Jeans. Gerade als wir die Treppe erreichen, klingelt es an der Tür. Ich schließe die Augen, betend, dass Aria es nicht gehört hat. Als sie plötzlich stocksteif wird, ist mir klar, dass mein Hoffen umsonst war. »Tide.« Sorge liegt in ihrer Stimme.

»Keine Panik.« Ich stelle sie zwei Stufen über mir auf die Füße, sodass wir uns auf Augenhöhe befinden.

»Es tut mir leid. Ich weiß nicht, was ich mir dabei gedacht habe. Ich ...«

»Hör auf«, unterbreche ich sie und umfasse mit beiden Händen ihr Gesicht, bevor sie etwas sagen kann, das mich verärgert. »Wir werden darüber reden, nachdem Gia und Colton gegangen sind.«

»Darüber reden?« Sie sieht sowohl verwirrt als auch entsetzt aus.

»Ja. Und bis dahin keine Grübelei über das, was passiert

ist.« Ich presse ein letztes Mal meinen Mund auf ihren, als es ein weiteres Mal klingelt. Dann umschließe ich ihre Finger mit meinen und gehe mit ihr zum Eingang. Als ich aufmache, schiebe ich Aria vor mich und hoffe, dass Colton und Gia sie für die nächsten paar Stunden ablenken können.

»Guten Morgen.« Gia lächelt und umarmt eine große Topfpflanze, die wie ein geflochtener Baum aussieht, während Colton, eine Hand an ihrer Hüfte, mir schmunzelnd zunickt.

»Guten Morgen.« Ich trete zurück und ziehe Aria mit mir, um die zwei reinzulassen. »Aria, Gia, Gia, Aria ... Und mir ist klar, dass er im Laufe der Jahre hässlicher geworden ist, aber das ist Colton.«

»Lass das.« Aria rammt mir ihren Ellenbogen in den Magen, was mir ein Ächzen und Colton schallendes Gelächter entlockt. »Es ist schön, dich wiederzusehen, Colton, und dich kennenzulernen, Gia.«

»Freut mich ebenso.« Gia beugt sich vor, um Aria zur Begrüßung in die Arme zu schließen. »Ich liebe dein Haus. Es ist so süß.«

»Danke.« Aria nimmt die Pflanze von Gia entgegen und drückt sie an ihre Brust. »Ganz besonders auch dafür, dass ihr heute gekommen seid, um zu helfen. Mir ist bewusst, dass man einen Samstag besser verbringen kann, als mit dem Auspacken von Umzugskartons.«

»Wir helfen dir gern«, erwidert Colton und umarmt Aria ebenfalls. »Da du nur ungefähr acht Minuten von uns entfernt wohnst, können wir jederzeit nach Hause flitzen, wenn Gino uns braucht.«

»Gino?«

»Unser Sohn.« Gia lächelt. »Er ist daheim. Coltons Mutter passt auf ihn auf.« Sie holt ihr Handy heraus und zeigt Aria ein Bild von dem Kleinen, auf dem er schläft und bezaubernd aussieht.

»Er ist so süß.« Aria greift nach dem Mobiltelefon, um das Foto genauer zu betrachten. »Er sieht genauso aus wie du.«

»Findest du?« Gia studiert das Foto für einen Moment. »Ich habe immer das Gefühl, er ähnelt mehr seinem Vater.«

»Die Haare und die Nase hat er ganz klar von dir«, meint Aria, gibt ihr das Handy zurück, ehe sie mit Gia ins Wohnzimmer verschwindet.

»Wie war das? Du magst sie gar nicht?«, fragt Colton schelmisch, sobald die Mädels außer Hörweite sind. Ich bedenke ihn mit einem Blick, damit er die Klappe hält. »War nur eine Frage.« Mir entgeht sein Schmunzeln nicht, als ich mich Richtung Küche in Bewegung setze, um die Gegenstände aufzuheben, die noch auf dem Boden liegen. Einschließlich jenem, der zu unserem Kuss geführt hat. »Hätte ich nicht gewusst, wer sie ist, hätte ich sie nicht erkannt.«

»So wie ich«, gebe ich leise zu. »Sie sieht nicht mehr aus wie früher.« Dennoch hätte ich sie an ihren Augen erkennen müssen. Ihre süßen Sommersprossen hat sie aber offenbar unter einer unnötigen Schicht Make-up versteckt, als wir noch in der Schule waren. Und gehungert, um ihre weiblichen Kurven zu verbergen, die sie jetzt hat.

»Sie ist immer noch hübsch«, stellt er fest, und ich grunze zustimmend, wohlwissend, dass das eine Untertreibung ist. Aber es ist nicht nur ihr Aussehen, das mich zu ihr hinzieht; sie ist es. In der Highschool war Aria distanziert und unnahbar. Heute ist sie warmherzig, offen und ein wenig unsicher, was es einfacher macht, Zugang zu ihr zu finden, und sie viel attraktiver wirken lässt. Ich werde mir den Arsch aufreißen müssen, um eine Chance bei ihr zu haben, sonst gleitet sie mir durch die Finger.

Nachdem ich alles eingesammelt habe, steuere ich das Wohnzimmer an, wo die beiden Frauen in der Nähe des Erkerfensters stehen und offensichtlich über die Pflanze sprechen, die Gia mitgebracht hat. »Ari«, sage ich, und sie dreht sich zu mir um.

»Wir werden jetzt dein Bett aufstellen.«

»Oh.« Sie errötet und befeuchtet sich die Lippen. »Okay. Braucht ihr Hilfe?«

»Wir kriegen das hin«, versichere ich ihr, bevor ich mit Colton die Treppe nach oben nehme.

»Es ist bloß eine Vermutung, aber mir scheint, als wäre zwischen euch etwas vorgefallen«, sagt Colton, als wir das Hauptschlafzimmer erreichen. Überrascht stelle ich fest, dass der Raum sehr geräumig, komplett frisch gestrichen und mit einem neuen Teppich versehen ist, der fast identisch mit jenem ist, den ich vor ein paar Tagen im Erdgeschoss verlegt habe.

»Stimmt.« Ich ziehe den Rahmen des Bettes von der Wand weg. Ob mir die Idee gefällt, dass sie darin schläft, obwohl sie es zuvor mit ihrem Ex geteilt hat, weiß ich nicht.

»Willst du darüber reden?«

»Nein.«

»Es wird sich schon alles einrenken«, murmelt er und hilft mir beim Aufbau, danach sind die Nachttische an der

Reihe. Wir kümmern uns noch um ein weiteres Bett und die Kommodenschubladen in einem anderen Raum, bevor wir wieder nach unten gehen. Als wir sehen, dass die Kisten in der Küche verschwunden sind, machen wir uns auf die Suche nach Aria und Gia. In Arias Büro werden wir fündig; die beiden sitzen umringt von Büchertürmen auf dem Boden.

»Ist alles in Ordnung bei euch?«

»Ja, Schatz«, antwortet Gia lächelnd, während sich Aria wieder auf das Buch in ihrem Schoß konzentriert. »Aria versucht nur herauszufinden, was sie mit all ihren signierten Exemplaren anfangen soll.« Sie macht eine ausladende Geste in Richtung der Stapel. »Ich habe ihr gesagt, sie sollte eine Regalwand an der hinteren Seite des Wohnzimmers errichten, aber sie ist sich nicht sicher.«

»Die kann ich bauen.«

»Ja?« Aria sieht zu mir hoch.

»Regale sind einfach. Möchtest du gern welche?«

Sie schaut auf die Druckwerke, die sie umgeben, und fährt sich unsicher mit der Zunge über die Lippen. »Würde es teuer werden?«

Am liebsten würde ich ihr sagen, dass sie mich auf andere Weise bezahlen kann, aber ich verbeiße mir diesen Kommentar. Sie fände ihn bestimmt nicht lustig – zumindest aktuell nicht.

»Nur ein paar hundert Dollar für das Material.«

»Was ist mit deiner Zeit? Ich weiß, dass kundenspezifische Anfertigungen teuer sind.«

»Das klären wir später.«

Sie schüttelt den Kopf und steht auf. »Ich werde sie vorerst in die Garage räumen.« Sie beginnt, die Bücher in eine der leeren Kisten zu packen, die neben ihrem Schreibtisch gestapelt sind, und Gia erhebt sich mit einem entschuldigenden Blick in meine Richtung, um ihr zu helfen.

»Wir haben die Betten oben aufgebaut. Weißt du schon, wo die Fernseher hinsollen?«, frage ich, um das Thema zu wechseln.

Aria hält inne und sieht mich an, dann rattert sie schnell runter, wo sie diese hinhaben will. Colton und ich befestigen sie ihren Wünschen entsprechend und stellen sicher, dass sie funktionieren. Als wir fertig sind, verstauen die Mädels gerade Arias Klamotten in ihrem großen Schrank. Wir erklären, dass es Zeit für eine Pause ist, und bestellen Sandwiches in einem der örtlichen Geschäfte.

Nachdem wir unser Essen abgeholt haben und zurück bei Aria sind, machen wir es uns an ihrem Esstisch gemütlich.

Nach einer Weile vibriert mein Handy und ich hole es aus meiner Hosentasche. Als ich sehe, dass es Anna ist, verkneife ich mir einen Fluch, stehe wortlos auf und gehe nach draußen auf die vordere Veranda.

»Was ist los?«, frage ich, nachdem ich den Anruf entgegengenommen habe.

»Du musst mit deiner Tochter sprechen«, sagt Anna, und bevor ich nachhaken kann, höre ich sie schon rufen: »Daddy ist am Telefon! Komm her und rede mit ihm.«

»Daddy?«, erklingt Olivias süße, leise Stimme am anderen Ende der Leitung. Ich setze mich auf die oberste Stufe der Treppe, die zur Veranda führt, und beobachte zwei Eichhörnchen, wie sie sich um einen Baumstamm in Arias Einfahrt jagen.

»Hi, Engel. Ich vermisse dich.«

»Ich dich auch.«

»Ist alles in Ordnung?«

»Mommy zwingt mich, Rosenkohl zu essen«, informiert sie mich, und ich verziehe das Gesicht. Selbst ich als erwachsener Mann kann dieses Grünzeug nicht leiden. »Ich will keinen Rosenkohl essen.«

»Ich weiß, aber er ist gut für dich.«

»Ich mag ihn nicht«, erwidert sie, und ich stelle mir vor, wie sie einen Schmollmund zieht, der sie unwiderstehlich niedlich wirken lässt. »Er schmeckt wie Dreck.«

»Hast du Dreck schon mal probiert?«, frage ich und kämpfe darum, mein Lachen zu unterdrücken.

»Nein, Dreck ist eklig und Rosenkohl noch ekliger.«

Da sie nicht falschliegt, presse ich meine Lippen zusammen und hoffe, dass mir jeden Moment ein väterlicher Ratschlag oder eine Ermutigung einfällt. »Du musst auf deine Mutter hören«, ist leider alles, was aus meinem Mund kommt. Mist.

»Na schön!«, motzt sie, dann knackt es in der Leitung. Einen Moment später ist Anna wieder dran.

»Danke für nichts. Jetzt liegt sie maulend auf dem Boden.«

»Dann zwing ihr keinen Rosenkohl auf, wenn er ihr nicht schmeckt.«

»Sie muss aber, und vielleicht könntest du zumindest tun, als wärst du auf meiner Seite, anstatt die ganze Zeit so ein verdammter Schwächling zu sein«, zischt sie in den Hörer und legt auf.

Ich klopfe mit dem Handy auf meinem Knie herum

und schüttle sauer sowie genervt den Kopf. Zwei Emotionen, die ich nach einem Gespräch mit meiner Ex immer zu spüren scheine. Heutzutage scheinen Anna und ich nur miteinander auszukommen, wenn sie etwas von mir will. Den Rest der Zeit schreit und schimpft sie oder schließt mich komplett aus, was völlig verkehrt ist, weil wir eine Tochter haben. Folglich sollten wir in der Lage sein, wie Erwachsene über unsere Probleme zu reden. Ich wünschte, wir würden uns gut genug verstehen, um Olivia gemeinsam großzuziehen, aber langsam wird mir klar, dass dies möglicherweise nie passieren wird. Nicht, solang Anna mich als den Bösen gebrandmarkt hat.

Ich stehe auf und schiebe mein Telefon zurück in die Hosentasche. Als ich wieder nach drinnen trete, dringt Gelächter aus dem Esszimmer. Als ich durch den Torbogen trete, begegne ich Arias Blick, was mich meinen Ärger über Anna vergessen lässt.

»Ist alles in Ordnung?«, erkundigt sie sich leise, als ich mich neben sie setze.

»Ja, alles okay.« Ich lege meine Hand auf ihren Oberschenkel und drücke ihn kurz. Ihre Wangen verdunkeln sich sofort. Gia und Colton heute hierzuhaben, war einerseits eine gute, andererseits auch eine schlechte Ablenkung. Denn zwischen uns knistert es dermaßen, dass der kleinste Funke, ein Flammenmeer entfachen würde.

»Was machst du morgen?«, wendet sich Gia an Aria und kuschelt sich an Coltons Seite.

»Nichts. Eigentlich wollte ich auspacken, aber dank eurer ganzen Hilfe ist praktisch nichts mehr übrig, also habe ich nichts weiter vor.«

»Dann solltest du morgen Nachmittag vorbeikommen

und mich und Gino besuchen, während Colton in der Bar ist.«

»Sehr gern.«

»Prima, dann haben wir ein Date«, sagt Gia, und Colton sieht mich lächelnd an. Ich weiß, er ist erleichtert, dass sowohl er als auch Gia Aria mögen, zumal er Anna nie mochte. Niemand, der mir etwas bedeutet, hat sie leiden können; meine Beziehung zu ihr war immer losgelöst von allen um mich herum, was zwischen uns stets zu Stress führte. Ich hätte es mir anders gewünscht, machte aber weder meiner Familie noch meinen Freunden einen Vorwurf, weil sie Anna nicht um sich haben wollten. Da sie stets unhöflich, fordernd und rechthaberisch war, konnte ich es verstehen. In all der Zeit mit ihr habe ich viel darüber gelernt, was ich in einer Beziehung will und was nicht. Vor allem hat es mir gezeigt, wonach ich in der Person suche, mit der ich zusammen sein möchte.

8. Kapitel

Aria

Ein nervöses Flattern breitet sich in meinem Magen aus, während ich neben Tide auf der Veranda stehe und mit ihm beobachte, wie Gia und Colton nach Hause gehen. Die zwei den ganzen Tag um mich zu haben, hat mich von dem abgelenkt, was heute Morgen zwischen Tide und mir passiert ist. Nun, da sie weg sind, steigt Nervosität in mir hoch. Vor allem wegen der von ihm angekündigten Unterhaltung, auf die ich lieber verzichten würde.

»Ich habe dir gesagt, dass du sie mögen wirst.« Tides Worte reißen mich aus meinen Gedanken, und er umschließt meinen kleinen Finger mit seinem.

»Hast du, aber sie machen es einem auch sehr leicht.«

»Stimmt.« Er drückt meinen Finger liebevoll. »Bereit für unser Gespräch?«

Ich neige meinen Kopf zurück, um ihn anzusehen. Ich fühle mich etwas unwohl, nicke aber, auch wenn ich mich am liebsten aus dem Staub machen würde.

Da ich keine andere Wahl habe, als es hinter mich zu bringen, drehe ich mich um und kehre, gefolgt von Tide, in das Wohnzimmer zurück. Ich nehme auf der Kante des Sofas Platz und merke, wie sich sein Blick auf meinen Schoß richtet, in dem ich nervös die Hände ringe. Er presst die Lippen zusammen, als würde er versuchen, sich ein Grinsen zu verkneifen, und setzt sich neben mich.

»Was passiert ist, hätte nicht passieren dürfen, das ist mir klar. Ich mag dich und ...« Meine Worte enden in einem Keuchen, als er meine Taille umfasst und mich an sich zieht.

»Fahr fort«, fordert er, und ich blinzle ihn schockiert an. Schockiert, weil er mich einfach so auf seinen Schoß bugsieren konnte, als würde ich nichts wiegen; aber auch, weil er glaubt, ich könnte mich in dieser Position auf irgendetwas konzentrieren.

»Ähm.« Ich lecke mir über die Lippen und versuche, mich von ihm loszumachen, aber er hält mich weiter fest.

»Aria.« Er drückt meine Taille.

»Ich kann nicht denken, solange ich hier sitze.« Ein weiteres Mal probiere ich, mich aus seinem Griff zu befreien, aber vergebens.

»Vielleicht haben wir gar nichts zu bereden.« Er lässt seine Hand über meinen Oberschenkel gleiten und jagt einen Schauer über meinen Rücken. »Vielleicht sollten die Dinge einfach ihren Lauf nehmen, und wir befassen uns mit den Konsequenzen, wenn es so weit ist.«

Ich schlucke schwer und mein Innerstes zieht sich erwartungsvoll zusammen, als ich auf seinen Mund starre, der nur wenige Zentimeter von meinem entfernt ist. »Ich weiß nicht, ob das ... ob das klug wäre.« Ich lege meine Finger auf seine Brust. »Es wäre leicht, der Sache zwischen uns nachzugeben, aber ...«

»Kein Aber«, fällt er mir ins Wort und greift nach meinem Gelenk, um die Handinnenfläche zu küssen. »Ich will dich.« Mir bleibt die Luft weg, als er anfängt, sacht in meine Fingerspitzen zu beißen. »Und ich weiß, dass du mich willst.«

»Tide.« Sein Name endet in einem Flüstern, als er seine Lippen flüchtig auf meine drückt. »Ich möchte nicht ruinieren, was wir haben, indem wir die Dinge verkomplizieren.«

»Wir haben noch genug Zeit für solche Gedanken, Aria, konzentrier dich lieber darauf, warum wir diesen Schritt doch wagen sollten. Kein Grund zur Eile, wir können das Ganze locker angehen, unvermeidlich ist es so oder so. Es zu leugnen, wäre zwecklos.«

Ich sollte ihn bitten, seine Definition von *locker* zu erläutern, anstatt jedoch meine Vernunft walten zu lassen und mir anzuhören, dass er nur Freunde mit gewissen Vorzügen sein will, stimme ich zu. Weil er in einer Sache recht hat – ich will ihn und es ist unvermeidlich. Ich hoffe nur, dass wir uns nicht in irgendetwas verrennen.

»Hast du eine Ahnung, wie oft ich dich schon küssen wollte?« Er streicht mit seinen Lippen sacht über meine. »Wie oft ich mir zu der Vorstellung, dich zu berühren, einen runtergeholt habe?« Seine Augen verdunkeln sich, als er seine Hand über meine Taille und unter mein Oberteil wandern lässt. Mit dem Daumen streichelt er über meinen Nippel. Nässe sammelt sich zwischen meinen Beinen und ein Stöhnen dringt aus meiner Kehle. »Küss mich, Aria.«

Ich versuche nicht einmal, ihm irgendetwas zu verweigern. Ich presse meinen Mund auf seinen. Er stößt ein zustimmendes Knurren aus. Als er den Kuss vertieft, verliere ich mich in dem Empfinden seiner rauen Hände auf meiner glatten Haut und lasse es zu, dass er mich rücklings auf die Couch drückt und sich zwischen meinen Schenkeln niederlässt. Ich schlinge ein Bein um seine

Hüfte, wölbe mich ihm entgegen und vergesse alle meine Hemmungen. Mein ganzes Wesen konzentriert sich auf ihn, diesen Moment, sein Gewicht auf mir, unter dem ich mich sicher und geborgen fühle. Wortlos trägt er mich nach oben in mein Schlafzimmer, ohne unseren Kuss nur für eine Sekunde zu unterbrechen.

Ich habe mich noch nie so begehrt gefühlt. Das ist ungehemmtes Verlangen, so sollte es sein. Wir reißen uns die Kleider vom Leib, und sobald wir mein Bett erreichen, lege ich mich hin und beobachte, wie sein hitziger Blick über meinen nackten Körper streift. Ich muss gegen den Drang ankämpfen, meine Kurven zu verstecken. Im Gegensatz zu mir ist Tide muskulös und durchtrainiert.

»Du bist perfekt.« Als er meine Beine spreizt, spannt er all seine Muskeln an. »So verdammt perfekt.« Er küsst mich auf den Bauch, auf die Stelle zwischen meinen Brüsten, mein Kinn, meine Lippen. Ich schlinge die Arme um ihn, und als ich ihn an meinem Eingang spüre, hebe ich mein Becken an. Er schiebt seine Hand zwischen uns und streichelt mich, bevor er mit den Fingern in mich eindringt. Stöhnend biege ich den Rücken durch. »Gott, bist du eng.« Mit dem Daumen umkreist er meine empfindsamste Stelle. »Nächstes Mal werde ich es dir mit dem Mund besorgen.«

Die Bewegung seiner Finger wird schneller, ohne dass er von meiner Klit ablässt. Ich grabe die Nägel in seine Haut und keuche, als sich ein Orgasmus anbahnt, der jede Zelle meines Körpers erfasst, ehe ich glaube, gleich in tausend Teile zu zerspringen.

»Himmel«, stöhnt er an meinen Lippen, und als mich eine Welle der Lust überrollt, versenkt er sich tief in mir.

Ich halte den Atem an, immer noch überwältigt von den Nachwehen meines Höhepunkts, während Tide immer wieder in mich hineinstößt und mit dem Daumen meine Klit massiert. Ich weiß, es sollte nicht möglich sein, aber er scheint genau zu wissen, welche Knöpfe er drücken muss. Als er erst an dem einen, dann an meinem anderen Nippel saugt, verliere ich ein weiteres Mal die Kontrolle über meinen Körper.

Ich komme heftiger, als ich es je für möglich hielt. Sterne tanzen hinter meinen geschlossenen Lidern und ich schreie seinen Namen, während er sich mit einem letzten Knurren in mir ergießt. Anschließend verstärke ich meinen Griff um ihn, um unsere Verbindung nicht zu verlieren, und er dreht uns herum, sodass ich keuchend auf seiner Brust liege. Es wäre vernünftiger, mich emotional von der Situation zu distanzieren, stattdessen schlafe ich in seinen Armen ein.

»Aria.« Als Tide meinen Namen flüstert, wache ich auf. Er sitzt komplett angezogen auf der Bettkante. »Hey.«

»Hey.« Ein Flattern geht durch meinen Magen, als er mit dem Fingerrücken über meine Wange streichelt.

»Ich finde es ätzend, aber ich muss los. Ich treffe mich mit meinem Vater, um ihm mit ein paar Sachen zu helfen, aber wenn das für dich okay ist, komme ich heute Abend wieder und bringe uns etwas zu essen mit.«

»Oh, okay, klar. Das klingt gut.« Ich richte mich auf, streiche mir meine Haare hinters Ohr und ziehe mir die Bettdecke bis zur Brust hoch.

»Gut.« Tide steht auf, stützt sich zu beiden Seiten meiner Hüften ab und gibt mir einen Kuss. »Viel Spaß mit Gia und Gino heute.« Ich nicke schweigend, weil ich nicht weiß, was ich erwidern soll. »Dann bis heute Abend.«

»Bis später.« Zum Abschied klopft er zweimal gegen den Türpfosten, ehe er sich auf den Weg macht. Als ich höre, wie unten die Tür ins Schloss fällt, schaue ich auf die Uhr auf meinem Nachttisch. Ich muss doppelt hinsehen, als mir klar wird, dass es schon nach neun ist. »Heiliger Bimbam.«

Ich lehne mich gegen das Kopfteil und kann nicht glauben, dass ich die ganze Nacht mit Tide verbracht habe. Als ich noch mit meinem Ex-Mann zusammen war, bin ich nachts immer wieder aufgewacht, und von Mal zu Mal fiel es mir schwerer, wieder einzuschlafen. Nicht, dass er aktiv schuld daran gewesen wäre. Er hat nicht geschnarcht und ist immer brav auf seiner Bettseite geblieben, aber ich vermute, es war allein die Tatsache, dass er neben mir lag, die mich meine Nachtruhe kostete. Das einzig Gute daran war, dass ich irgendwann angefangen habe, sehr früh aufzustehen, um zu schreiben.

Warum ich mit Tide an meiner Seite durchschlafen konnte, will ich lieber nicht analysieren, also werfe ich die Decke zurück, gehe ins Badezimmer und stelle mich unter die Dusche. Als ich mir die Haare wasche und mit den Fingern meine Kopfhaut massiere, habe ich plötzlich den lang erhofften Geistesblitz. »Endlich!«, rufe ich, reiße den Plastikvorhang zur Seite und springe klatschnass auf den Badeteppich. Rasch wickle ich mich in ein Handtuch, tropfe aber trotzdem alles voll. Ich renne zurück in mein Schlafzimmer und schnappe mir ein Notizbuch sowie einen Stift aus der Schublade meines Nachtschranks. Beides habe ich stets griffbereit. Hektisch schreibe ich die Buchidee auf, die mir eingefallen ist, und fülle am Ende drei Seiten, bevor ich wieder unter die Dusche gehe, um mich mit einem breiten Lächeln im Gesicht fertig zu machen.

In einen dicken Pullover gekuschelt, sitze ich auf der Veranda und wechsle zwischen meinen Notizen von heute Früh und dem Dokument, das auf meinem Laptop geöffnet ist, immer wieder hin und her. Da ich heute Morgen keine Gelegenheit hatte, an meinem Pitch für die neue Buchreihe zu arbeiten, und den Nachmittag mit Gia und Gino – der in Wirklichkeit noch viel bezaubernder ist als auf den Fotos – verbracht habe, mache ich das jetzt, während ich auf Tide warte. Als ich das Rumpeln seines Motors in der Einfahrt höre, schaue ich auf und unsere Blicke begegnen sich durch die Windschutzscheibe hindurch. Ein nervöses Lächeln zupft an meinen Mundwinkeln.

Im Laufe des Tages hat er mir immer mal wieder eine Nachricht geschickt, einfach so, um sich bei mir zu melden. Das war nicht nur unerwartet, sondern auch schön. Obwohl mir klar ist, dass ich mich besser nicht zu sehr daran gewöhnen sollte. Er stellt den Wagen ab, nimmt etwas vom Beifahrersitz und steigt aus. Wie ein Mann in Stiefeln, Jeans und Parka so gut aussehen kann, ist mir schleierhaft, aber selbst der teuerste Anzug im Schrank meines Vaters könnte da nicht mithalten.

Mit der Zungenspitze befeuchte ich meine Lippen, als er die Stufen hochkommt, und beobachte, wie sich seine Augen auf eine Weise verdunkeln, die meinen Puls beschleunigen lässt. »Mir ist klar, dass es vielleicht ein Fehler war, dich nicht zu fragen, was du essen möchtest. Ich dachte aber, dass es nicht viele Menschen gibt, die im Süden aufgewachsen sind und kein Brathühnchen mit Mais sowie Makkaroni mit Käse mögen.«

»Da hast du recht.« Ich schließe meinen Laptop und halte den Atem an, als sich Tide vorbeugt, um mich zu küssen.

»Woran hast du gearbeitet?«, erkundigt er sich. Die Frage und der Kuss erwischen mich völlig unvorbereitet, und ich bin für einen Moment etwas von der Rolle. »Aria.«

»Sorry.« Ich räuspere mich. »Eine neue Buchreihe.«

»Ist dir etwas eingefallen?«

»Ja, heute Morgen unter der Dusche«, gestehe ich.

Sein Lächeln lässt mein Herz höherschlagen. »Das ist großartig, Baby. Ich bin sicher, deine Agentin wird sich freuen.«

»Oh, das hat sie bereits.« Gemeinsam gehen wir nach drinnen, und ich hole zwei Teller aus dem Schrank, während er das Essen auspackt, das er mitgebracht hat. »Ich habe ihr heute Morgen eine Nachricht geschickt und ihr die ungefähre Rahmenhandlung der Geschichte erklärt. Sie will sie am Dienstag dem Verlag präsentieren, also muss ich ihr bis morgen Abend eine schriftliche Kurzfassung senden.«

»Ich freue mich für dich.« Er legt seine Hand auf meinen Rücken und berührt mit den Lippen meine Schläfe.

»Danke«, sage ich leise und weiß ohne Zweifel, dass ich in Schwierigkeiten stecke. Denn ich glaube nicht, dass eine lockere Affäre zwischen uns funktioniert. Nicht, wenn ich mich bereits jetzt an die Gefühle gewöhnen könnte, die er in mir auslöst.

9. Kapitel

Tide

Als es an der Tür klingelt, schaue ich zu Olivia hinüber, die halb auf, halb unter dem Stuhl in meinem Wohnzimmer hängt. Ich seufze, als sie meinen Blick schmollend erwidert. Sie weiß, dass ihre Mutter hier ist, und darüber freut sie sich genauso wenig wie ich.

»Ich will nicht gehen, Daddy«, sagt sie mir, als ich zum Eingang gehe. Es tut mir im Herzen weh, als sie vom Sessel rutscht, zu mir rennt und ihre Arme um meine Hüften schlingt.

»Ich weiß, Engel. Das will ich auch nicht.« Ich streichle ihr über ihr weiches Haar, bevor ich ihren Hinterkopf umfasse. »Aber in einer Woche bist du wieder bei mir.« Ein Leben, in dem ich sie nur alle zwei Wochen bei mir habe, wollte ich nie. Deshalb setzte ich damals alles daran, die Beziehung mit ihrer Mutter aufrechtzuerhalten, unabhängig von unseren Problemen. Aber mit Anna klappte das nicht wie erhofft. Sie war nicht glücklich und hat dies stets deutlich gezeigt – durch Worte, Taten und schließlich ihre Trennung von mir. Rückblickend bin ich froh, dass sie den Mumm hatte, dem Ganzen ein Ende zu bereiten, weil ich es niemals getan hätte. Ich wäre bei ihr geblieben, auch wenn ich kreuzunglücklich gewesen wäre. Es klingelt ein weiteres Mal und ich knirsche genervt mit den Zähnen, bevor ich mich dazu zwinge, mich zu entspannen. »Geh und pack deine Spielsachen ein«, wende ich mich an Olivia. Da sie bei ihrer Mutter genug Klamotten hat, muss sie diese nicht mitnehmen.

»Okay, Daddy.« Sie senkt den Blick und huscht den Flur hinunter in ihr Zimmer.

Als ich die Tür öffne, stemmt Anna verärgert die Hände in die Seiten. Ich weiß, dass die meisten Männer sie ansehen und denken, sie sei wunderschön, mit ihren blonden Haaren und den blauen Augen. Aber ich lasse mich nicht länger von der hübschen Fassade blenden.

»Ich habe schon überlegt, ob du nicht da bist.«

Ich antworte nicht, sondern lasse sie hereinkommen. Sie sieht sich um, als würde sie nach etwas suchen.

»Ich dachte, du könntest Gesellschaft haben. In der Stadt geht das Gerücht um, du hättest was mit Aria Spencer«, merkt sie beiläufig an, dreht sich zu mir um und kneift die Augen zusammen. »Ist das wahr?«

»Das geht dich nichts an.« Ich bin nicht überrascht, dass Gerüchte über Aria und mich im Umlauf sind. Wir haben praktisch jeden Tag zusammen verbracht, seit wir vor Wochen zum ersten Mal miteinander schliefen. Einige Male waren wir sogar in der Stadt unterwegs, haben gegessen, sind ins Kino gegangen oder einfach nur durch die Geschäfte gebummelt. Ich sah sie nur an jenen Tagen nicht, an denen ich Olivia hatte. Selbst dann habe ich einige Male bei ihr zu Hause vorbeigeschaut, um gemeinsam mit ihr zu Mittag zu essen, während Olivia in der Schule war.

»Fang nicht mit dieser Scheiße an, Anna. Du erzählst mir auch nichts von all den Typen, mit denen du was hast, und versuch gar nicht erst, das zu leugnen.« Abwehrend halte ich meine Hand hoch, als sie ihren Mund öffnet. »Olivia hat mir berichtet, dass sie bereits mit mehr als einem deiner *Freunde*«, bei diesem Wort zeichne ich imaginäre Gänsefüßchen in die Luft, »gefrühstückt hat, nachdem sie die Nacht bei dir verbrachten.«

»Diese Männer waren nur Freunde.«

»Na klar.« Ich schüttle den Kopf, wohlwissend, dass sie gequirlten Mist redet. »Wenn ich beschließe, es ist Zeit für Aria, Olivia kennenzulernen, werde ich dir kurz vorher Bescheid geben. Allerdings nur, weil ich nicht möchte, dass du Olivia Angst machst, wenn sie dir davon erzählt.« Denn Anna würde ausrasten, wenn Olivia eines Tages nach Hause käme und ihr sagen würde, dass sie meine neue Partnerin kennengelernt hat. Der Grund ist, dass sie mich zwar nicht in ihrem Bett haben will, mich aber immer noch als ihr Eigentum betrachtet.

»Also wirst du sie einander vorstellen?« Ihre Brauen schießen überrascht nach oben, und ich weiß, es liegt daran, dass ich Olivia noch nie mit einer Frau bekanntgemacht habe. Ganz einfach deshalb, weil ich mir mit keiner von ihnen eine Zukunft vorstellen konnte.

»Irgendwann ja«, bestätige ich, und Anna öffnet den Mund, um etwas zu sagen, lässt es aber bleiben, als Olivia ins Wohnzimmer gehüpft kommt.

»Hi, Mommy.« Sie geht zu Anna und die beiden umarmen sich. Anna hat mir selbst zwar nie gutgetan und wir verstehen uns nicht besonders, aber sie ist unserer Tochter eine großartige Mutter. Trotz des ganzen Theaters, das ständig zwischen uns herrscht, stellt sie Olivia an die erste Stelle, und dafür bin ich dankbar.

»Hattest du Spaß mit deinem Vater?«, erkundigt sich Anna und nimmt den lila Glitzerrucksack, den Olivia in der Hand hält.

»Ich habe immer Spaß mit Daddy.« Olivia schaut mich an und verdreht die Augen. Ich frage mich, was zum Teufel mir bevorsteht, wenn sie erst in den Teenagerjahren ist.

»Hast du Grandma und Grandpa gesehen?«

»Ja, und Grandma hat mir ein neues Teeservice besorgt, das ich benutzen kann, wenn ich bei ihr bin.«

»Das klingt toll.« Wenn ich es nicht besser wüsste, würde ich denken, dass ihr Lächeln aufgesetzt ist, aber dem ist nicht so. Anna hat keinerlei Beziehung zu ihren Eltern – was sie hasst, aber sie ist zu stur, um es zu ändern. Deshalb achtet sie darauf, dass Olivia eine Beziehung zu ihren Großeltern hat. Es ist gut, dass meine Mom und mein Dad immer für sie da sind, unabhängig davon, dass sie nicht miteinander auskommen. »Bereit zum Aufbruch? Wir müssen auf dem Heimweg noch einen Zwischenstopp im Supermarkt einlegen.«

Anstatt zu antworten, dreht sich Olivia zu mir um. Ich hebe sie hoch, und sie schlingt die Arme um meinen Hals, um mich ganz fest zu drücken. »Ich liebe dich, Daddy.« Sie lehnt sich zurück und sieht mich an. »Kommst du zu meiner Geburtstagsfeier in der Schule?«

»Wirst du mich ein paar deiner Cupcakes essen lassen?«

»Du kannst einen haben.«

»Wie wäre es mit zwei?«

»Okay, zwei«, gibt sie nach und zieht ihre süße Nase kraus.

Lächelnd küsse ich sie auf die Wange, ehe ich sie wieder

auf die Füße stelle und mich an ihre Mutter wende. »Sag mir Bescheid, was ich dafür mitbringen muss.«

»Ich werde dir eine Nachricht schicken.«

Ich nicke, bringe die beiden zur Tür und umarme Olivia noch einmal. Ich beobachte, wie sie ins Auto steigen, und lächle meine Tochter an, als sie mir durch das hintere Fenster eine lustige Grimasse zuwirft. Sobald sie außer Sichtweite sind, kehre ich in mein nicht allzu großes Haus mit den zwei Schlafzimmern zurück. Im Wohnzimmer mache ich mich daran, all die Malbücher, Spielsachen und anderen Sachen aufzuräumen, die Olivia im Laufe der letzten Woche im Raum verteilt hat. Ich sammle herumstehendes Geschirr ein und stelle es in die Spülmaschine. Danach falte ich den Wäscheberg halbwegs zusammen, auch wenn ich ihn nicht wegräumen werde. Als mein Heim wieder halbwegs vorzeigbar ist, packe ich eine Tasche und gehe in das Fitnessstudio, wo ich mich mit Colton zum Training treffe. Anschließend werde ich zu Aria fahren, mit ihr zu Abend essen und die Nacht bei ihr verbringen.

Als ich fünfzehn Minuten später das Studio erreiche, parke ich neben Coltons Truck, stelle den Motor ab und greife beim Aussteigen nach meiner Wasserflasche. Drinnen angekommen, sehe ich mich nach Colton um. Er ist an den Gewichten zugange und starrt stirnrunzelnd zu einem kleineren Raum im hinteren Teil.

»Was ist los?«, frage ich ihn zur Begrüßung und ziehe meinen Hoodie aus.

Kopfschüttelnd dreht er sich zu mir um. »Gia meint, sie müsse ihre Schwangerschaftskilos verlieren, also hat sie Aria dazu überredet, heute mit ihr an einem der

Spinning-Kurse teilzunehmen.«

»Was?« Ich schaue in dieselbe Richtung und entdecke Aria auf einem der Sportfahrräder. Sie trägt enge Leggings und ein abgeschnittenes Oberteil, das eine ihrer Schultern entblößt. Gia befindet sich neben ihr sowie ein paar andere Männer und Frauen. Ein Muskel an meinem Kiefer beginnt zu zucken, als der Kerl neben Aria sie anlächelt und etwas zu ihr sagt, das ich nicht hören kann. Der Trainer ermutigt die Teilnehmer, aufzustehen und in die Hocke zu gehen, während sie wie er weiter in die Pedale treten. Mein Blick heftet sich auf Arias Hintern, den ich von der Seite her ausmachen kann, und ich bemerke, dass auch einige der anderen Typen beobachten, was sich da zuträgt.

»Du siehst aus, wie ich mich fühle«, meint Colton, woraufhin ich ihn anfunkle. »Willkommen in der Welt der Eifersucht.« Er widmet sich wieder dem Krafttraining, und seinem Beispiel folgend, nehme ich zwei fünfundzwanzig Kilo schwere Hanteln. Ich möchte leugnen, dass ich eifersüchtig bin, aber verflucht, er hat recht. Derartige Emotionen sind mir völlig fremd, was an mir nagt und mir zu denken gibt.

»Wie gehst du die ganze Zeit mit diesem Mist um?«

»Eifersucht?«, fragt er, und ich brumme bestätigend. »Schluck es runter und komm drüber weg. Zudem weiß ich, dass Gia es gar nicht wahrnimmt, wenn Männer was von ihr wollen. Dass sie mir gehört, hilft auch.« Er zieht eine Braue hoch. »Gehört Aria dir?«

»Ja, aber ich bin nicht sicher, ob ihr das klar ist.«

»Was?«

»Ich wollte sie nicht verschrecken, indem ich zu schnell

zu forsch bin, also habe ich ihr gesagt, wir könnten es langsam angehen und entspannt betrachten.«

»Du bist ein gottverdammter Idiot.«

»Danke, Mistkerl.« Ich atme schwer aus.

»Du musst mit ihr reden. Ich weiß, du bist das nicht gewohnt, aber führe ein echtes Gespräch mit ihr und pack die Karten auf den Tisch, damit sie weiß, was zwischen euch vorgeht. Sonst fliegt dir die Sache noch um die Ohren.«

Er hat recht. Ich muss mit ihr über uns sprechen. Ich hoffe nur, die letzten Wochen sind für sie Beweis genug, dass das mit uns funktionieren kann.

»Heiliger.« Coltons und mein Blick treffen sich im Spiegel vor uns. »Du machst dir Sorgen, dass sie nicht mit dir zusammen sein will.«

»Sie hat gerade eine beschissene Ehe hinter sich und ihre Beziehung zu ihren Eltern ist total verkorkst«, erkläre ich. Etwas, das sie mir kürzlich offenbart hat. Ihre Familie verursacht bei ihr den größten Stress, auch wenn sie das nicht zugeben würde.

»Ja, deine Ex, mit der du ein Kind hast, ist auch keine Disney-Prinzessin, die Freude in der Welt verbreitet. Jeder bringt Altlasten in eine Beziehung mit ein; es geht darum, wie ihr zwei euch gegenseitig helft, mit diesen umzugehen. Das ist entscheidend.« Er setzt seine Gewichte ab, nimmt sein Wasser und trinkt einen Schluck, bevor er mich wieder eindringlich mustert. »Kein Paar ist perfekt. Es wird immer etwas geben, an dem man arbeiten und das man bewältigen muss. Gemeinsam solche Sachen durchzustehen, ist das, was einen am Ende stärker macht.«

»Du hast recht.«

»Natürlich«, stimmt er zu und schaut hinüber zu dem Raum, in dem die Mädels sporteln. Ich folge seinem Beispiel und sehe, dass der Typ neben Aria wieder mit ihr spricht, während der Ausbilder inzwischen an Gias Seite steht und eine Hand auf ihrem Rücken hat. »Hast du Lust, einen Spinning-Kurs zu crashen?«

»Also wirst du deine Eifersucht nicht mit dem Wissen, dass Gia dir gehört, hinunterschlucken?«, frage ich sarkastisch.

»Verflucht, nein, nicht wenn ein anderer Mann sie berührt«, erwidert er.

Grinsend setze ich ebenfalls meine Gewichte ab. »Na los.«

Gesagt, getan. Dank der sehr lauten Technomusik mischen wir uns unbemerkt unter die anderen Teilnehmer.

Wir steigen jeweils auf ein Rad schräg hinter den Mädels und treten in die Pedale, während sich der Ausbilder zurück nach vorne begibt. Als der Typ vor mir erneut versucht, Arias Aufmerksamkeit zu erregen, ist mein erster Instinkt, aufzustehen und ihm klarzumachen, dass sie vergeben ist. Aber ich beruhige mich, als ich bemerke, wie bemüht sie seine Anwesenheit ignoriert. Sie wirkt angesichts seines Verhaltens eher irritiert als erfreut.

Als die Stunde vorbei ist, bin ich verwundert, wie verdammt anstrengend das Workout war. Keine Ahnung, wie ich von diesem Sitz runterkommen soll, ohne auf die Nase zu fallen. Coltons Gesichtsausdruck nach zu urteilen, geht es ihm ähnlich. Sowohl Aria als auch Gia hüpfen leichtfüßig von ihren Plätzen. Als sie sich umdrehen, um sich ihre Handtücher zu schnappen, sind sie äußerst überrascht, Colton und mich hinter sich zu entdecken.

»Was macht ihr hier?«, will Gia wissen, während sich Aria eine Sweatjacke überzieht und lächelnd auf mich zukommt.

»Colton erzählte, du würdest mit ihm trainieren. Ich habe nicht erwartet, dass ihr ebenfalls diesen Kurs belegt.«

»Das war auch nicht Teil des Plans.« Zähneknirschend rutsche ich von dem Rad. »Ich bin mir nicht sicher, ob ich das noch mal mitmache.«

»Der Sitz ist wirklich fies.« Sie grinst mich wissend an, dreht sich aber um, als der Kerl von vorhin eine Hand auf ihre Schulter legt.

»Mir ist klar, dass das ein wenig forsch ist.« Nervös wirft er einen Blick in meine Richtung, ehe er sich erneut auf sie konzentriert. »Aber ich habe mich gefragt, ob du mir deine Nummer gibst und wir vielleicht mal zusammen Abendessen gehen oder so.«

Sie fummelt am Reißverschluss ihrer Sweatjacke rum und wirkt leicht gestresst. »Oh, nun ...«

»Sie ist nicht zu haben«, falle ich ihr ins Wort und versuche nicht einmal, meinen Ärger zu verbergen.

»Das dachte ich mir.« Er zieht von dannen, und ich schaue ihm finster hinterher, bevor ich mich wieder Aria zuwende.

»Du bist nicht zu haben«, betone ich ein weiteres Mal, und sie errötet. »Nicht mal ein winziges bisschen.«

»Okay«, stimmt sie unsicher zu. Ich schüttle den Kopf. Als Colton zuvor sagte, ich müsse mit ihr über uns sprechen, meinte er bestimmt nicht, dass ich ihr wie ein verdammter Neandertaler zu verstehen geben soll, dass sie zu mir gehört.

»Hey«, mischt sich Gia ein und umarmt mich. »Wir treffen uns gleich draußen.«

Aria nickt ihr zu, ehe sie sich zu mir umdreht. »Also.« Sie räuspert sich. »Gia, Colton und ich haben auf dem Weg hierher darüber geredet, dass wir alle heute Abend bei ihnen essen. Ist das für dich okay?«

»Ja.« Ich nehme ihre Hand und verschränke unsere Finger miteinander, um Gia und Colton einzuholen. Nachdem ich mir meinen Hoodie und meine Wasserflasche gegriffen habe, folge ich den beiden, ohne Aria auch nur eine Sekunde loszulassen. Gia und Colton stehen neben ihrem Truck und warten auf uns. »Aria hat mir von einem gemeinsamen Abendessen erzählt. Wir fahren zu ihr, um zu duschen und uns frischzumachen, dann kommen wir zu euch.« Bei der Erwähnung einer Dusche spüre ich, wie Arias Finger kurz zucken, also drücke ich sie.

»Alles klar, bis gleich.« Gia grinst Aria an, und Colton nickt mir zu, bevor er Gia beim Einsteigen behilflich ist.

Ich halte Aria ebenfalls die Tür meines Wagens auf, ehe ich zur Fahrerseite gehe und mich hinters Lenkrad setze. »Hattest du eine schöne Zeit mit Olivia?«, erkundigt sie sich, als ich das Auto aus der Parkbucht steuere.

»Darüber möchtest du dich unterhalten?« Ich sehe sie an und bin mir sicher, dass es das Letzte ist, worüber sie momentan nachdenkt. Schließlich haben wir uns sowohl heute als auch sonst immer über unseren Alltag ausgetauscht. »Nicht über die Tatsache, dass wir beide in einer Beziehung sind?«

»Du hast nicht den Eindruck erweckt, als ob das zur

Debatte stünde.« Meine Mundwinkel zucken angesichts ihrer bissigen Antwort. Ich greife nach ihrer Hand und lege sie auf meinen Oberschenkel. »Warum jetzt? Ich dachte, dir wäre etwas Lockeres lieber.«

»Wie bitte?«

»Du hast behauptet, wir würden die Dinge entspannt angehen. Da nahm ich an, das ist das, was du willst.«

»Nein, ich habe gesagt, was du meiner Meinung nach hören wolltest, um mit dir zusammen sein zu können.« Ich drücke ihre Finger. »Ich wusste, dass du Bedenken hast, mit mir etwas Neues anzufangen, aber ich habe gehofft, du würdest mit der Zeit sehen, dass wir das mit uns hinkriegen können.«

»Also hast du gelogen.«

Verdammt, ich möchte es leugnen, aber es stimmt. »Ja, und so beschissen es mich auch macht, ich würde es wieder tun, um den Stand zu erreichen, an dem wir gerade sind.«

»An dem wir sind?« Sie versucht, sich meiner Berührung zu entziehen. »Ich dachte, ich bin nicht gut genug, um mit dir zusammen zu sein.«

»Sag mir eins, Aria: Wann habe ich dir in den letzten Wochen je das Gefühl gegeben, nicht gut genug für mich zu sein?« Ich suche ihren Blick, als ich an einer roten Ampel halten muss. »War es, als ich dich meinem besten Freund und seiner Frau vorstellte? Als wir im Kino waren, essen gegangen sind oder in der Stadt bummeln waren? Oder letztes Wochenende, als meine Mutter anrief und du zwanzig Minuten lang mit ihr gesprochen hast, nachdem sie herausfand, dass ich die Nacht bei dir verbracht habe und wir am Frühstücken waren?«

»Nun ...«

»Die Antwort ist nie.« Ich schüttle den Kopf und trete auf das Gaspedal, als die Ampel auf Grün schaltet. »Mir ist inzwischen klar, dass ich dir ehrlich hätte sagen sollen, was ich möchte, aber kannst du mir glaubhaft versichern, du wärst dafür offen gewesen?« Aus dem Augenwinkel sehe ich, wie sie unruhig auf ihrem Sitz herumrutscht. Als sich ihre Finger entspannen, weiß ich, ihr ist soeben bewusst geworden, dass sie es nicht gewesen wäre. Sie hätte ohne Unterlass dagegen angekämpft, selbst wenn sie sich eigentlich darauf hätte einlassen wollen. »Vielleicht bin ich das Ganze falsch angegangen, aber ich möchte mit dir zusammen sein.«

»Das möchte ich auch. Ich mache mir nur Sorgen«, erwidert sie, als ich in ihrer Einfahrt parke und den Motor abstelle. Sie löst ihren Anschnallgurt, woraufhin ich sie über die Mittelkonsole auf meinen Schoß ziehe und die Arme um ihre Taille lege.

»Sag mir, worüber du dir Sorgen machst.«

»Meine Eltern.« Sie senkt den Kopf, konzentriert sich auf meine Hand, und zeichnet mit ihren Fingern die Schwielen nach. »Sie werden Dinge tun oder sagen, die dich verärgern, und das will ich nicht.«

»Es ist mir egal, was deine Mutter oder dein Vater von mir halten, Aria. Mir ist wichtig, was du denkst.« Ich hebe ihre Hand und küsse sie auf ihre Knöchel. »Anna weiß über dich und mich Bescheid.«

»Was? Wie ist das passiert?«

»Jemand, den sie kennt, hat uns wahrscheinlich in der Stadt gesehen.« Meine Mundwinkel verziehen sich zu einem Lächeln, als ihre Augen auf meinen Mund fallen.

»Allzu subtil war ich auch nicht mit der Tatsache, dass ich dich gerne berühre und mit dir zusammen bin.«

»Oh …« Sie leckt sich über die Lippen, dann räuspert sie sich. »Was hat sie gesagt?«

»Nicht viel, weil Olivia da war.« Ich streichle mit meinem Daumen ihr Kinn entlang. »Sie fragte, ob ich dich Olivia vorstellen würde, was ich bejaht habe. Ich sagte ihr, ich würde sie darüber informieren, wenn es so weit ist.«

»Du … Du möchtest, dass ich Olivia kennenlerne?«

»Ich will mit dir zusammen sein, also ja, du sollst meine Tochter treffen. Allerdings musst du wirklich dafür bereit sein, da ich sie noch nie jemandem vorgestellt habe. Du musst dir also sicher sein, bevor wir diesen Schritt gehen.«

Ihr Blick wandert wieder zu unseren Händen und sie legt ihre über meine. »Ich bin gern mit dir zusammen. Es ist einfach und entspannt. Du machst mich glücklich, und ich habe das Gefühl, ich kann ich selbst sein.«

»Das kannst du immer, wenn du bei mir bist, Aria. Ich mag dich so, wie du bist. Und ich kann dir versichern, du bist nicht die Einzige, die sich Sorgen über das macht, was passieren könnte. Genau deshalb müssen wir in Zukunft auf derselben Seite stehen. Vertrau darauf, dass ich mit deinen Eltern umgehen kann und dich genauso unterstützen werde, sollte Anna versuchen, in irgendeiner Form Theater zu machen.«

»Ich denke, wenn du mit meinen Eltern klarkommst, schaffe ich das auch mit Anna.«

»Gut.« Als sie sich zu mir umdreht, umfasse ich ihre Wange und küsse sie. »Nichts ändert sich zwischen uns, außer der Tatsache, dass ich dir gehöre und du mir.«

»Das gefällt mir«, sagt sie leise und lehnt ihre Stirn

gegen meine. Ich schließe die Augen und fühle mich zum ersten Mal seit Wochen wieder richtig gut.

10. Kapitel

Aria

Ich sitze in meinem Büro und tippe lächelnd zwei weitere Zeilen. Vor einer Woche habe ich den Liebesroman, den ich eigentlich schreiben wollte, beiseitegelegt und angefangen, eine ganz neue Welt aufzubauen. Obwohl mir meine Agentin kein neues Angebot des Verlags vorgelegt hat, liebe ich jedes einzelne Detail, das in die Geschichte einfließt. Das Beste daran ist, dass ich dieser Reihe mehr romantische Elemente hinzufügen konnte, und ohne nachzudenken, machte ich Tide zu meinem Helden. Ein Mann, der kompliziert, aber tiefgründig und auf seine Weise süß ist. Als mein Telefon klingelt, gehe ich ran und stelle auf Lautsprecher, ohne zu überprüfen, wer mich zu erreichen versucht.

»Hallo.«

»Aria, hier ist Mom.«

Meine Finger rutschen von der Tastatur und ich verkneife mir einen Fluch. Abgesehen von gelegentlichen Textnachrichten oder Anrufen habe ich meine Eltern nicht mehr gesehen, seit sie neulich bei mir zu Hause aufgetaucht sind – was sehr angenehm war. Ich bin mir aber sicher, dass meinem Glück ein baldiges Ende bevorsteht.

»Hallo, Mom.«

»Unsere Party steht vor der Tür und ich wollte sichergehen, dass du kommst.« Sie macht eine Pause und holt tief Luft. »Und wissen, ob du jemanden mitbringst.« Da ich ihr während einem unserer Telefonate erzählt habe, dass ich mich mit Tide treffe, sollte sie die Antwort kennen. Ich senke die Lider. Ob sie meine Beziehung zu ihm jemals anerkennen wird?

»Kann ich drei Personen mitbringen?« Zu ihrer Party zu gehen, ist das Letzte, was ich will. Genauso wenig möchte ich Tide zu einer Veranstaltung schleppen, wo meine Eltern anwesend sind. Er soll aber nicht denken, es sei mir peinlich, mit ihm zusammen zu sein, und ich habe das Gefühl, das würde er tun, wenn ich ihn nicht frage, ob er mich begleitet. Wenn Colton und Gia aber mit von der Partie sind, wird das Ganze vielleicht ein wenig erträglicher. Bisher habe ich mich immer amüsiert, wenn ich etwas mit ihnen unternahm.

»Nur Freunde?«, hakt Mom nach, und ich verdrehe die Augen.

»Mom, ich habe dir gesagt, dass ich mit Tide zusammen bin, aber ich möchte auch ein paar Freunde mitbringen.«

»Hältst du das für klug, wenn Josh da sein wird?«

Ich beiße die Zähne zusammen. »Wenn du dir Sorgen um Joshs Gefühle machst, Mom, bleibe ich daheim.«

»Sei nicht theatralisch, Aria.« Klar, ich bin diejenige, die theatralisch ist. »Bring deine Freunde mit, aber stell gefälligst sicher, dass sie wissen, wie man sich angemessen kleidet.«

Verdammt, ich habe vergessen, dass die Feier mehr ein Event ist, zu dem sich die Leute schick machen, um voreinander rumzuprahlen. Keine Ahnung, ob Tide jemals in seinem Leben etwas anderes als Jeans getragen hat, was bedeutet, er könnte sauer sein, wenn er erfährt, dass er einen Anzug tragen muss. »Ich werde es ihnen ausrichten.«

»Dann sehen wir uns dort. Hab einen schönen Abend.« Sie legt auf, und als die Leitung unterbrochen wird, frage ich mich, ob ich jemals ein *Ich liebe dich* von ihr gehört habe. Ich glaube nicht. Mein Vater tut das auch nur im Rausch, allerdings sagt er es dann zu beinahe jedem. Eine Leere breitet sich in mir aus, also schiebe ich mich von meinem Schreibtisch weg und nehme mein Handy mit in die Küche. Ich hole mir eine Tasse Kaffee, bevor ich nach draußen auf die Veranda trete. Die frische Luft wird hoffentlich helfen, meine Gedanken zu sortieren. Während ich einen historischen Liebesroman in der Kindle-App auf meinem Smartphone lese, erscheint plötzlich der Name meiner Agentin auf dem Display. Eine Mitteilung, in der sie mich fragt, ob ich Zeit für einen Anruf habe. Lächelnd antworte ich mit einem Ja, und einen Moment später klingelt mein Telefon.

»Hast du gute Nachrichten für mich?«, erkundige ich mich, sobald ich abgehoben habe.

»Nein, ich habe gute und *wirklich* gute Nachrichten.« Ihre Aufregung ist deutlich zu hören. Da Rachel sonst ziemlich entspannt ist, selbst wenn sie sich meldet, weil sie mir einen sechsstelligen Deal an Land gezogen hat, weiß ich, dass die aktuellen Neuigkeiten riesig sein müssen. »Hast du Zugriff auf deine E-Mails?«

»Ja.«

»Schau dir an, was ich dir geschickt habe.« Ich stelle den Anruf auf Lautsprecher und checke mein Postfach. Als ich den Inhalt eines Angebots erblicke, das sie mir gesendet hat, erfasst mich eine Welle der Aufregung. Es ist wesentlich höher als das letzte Mal, als ich bei diesem Verlag unterschrieben habe, was bedeutet, dass man dort an meine neue Reihe glaubt. »Was hältst du davon?«

»Ich denke, ich akzeptiere«, antworte ich grinsend.

»Nun zu den noch besseren Nachrichten, meine Liebe.« Ich höre sie durchs Zimmer laufen, dann fällt eine Tür ins Schloss. »Sitzt du?«

»Ja.«

»Paramount hat uns diesen Morgen ein Angebot unterbreitet. Sie möchten *The Winds* als einen Dreiteiler auf die große Leinwand bringen. Wenn du zustimmst, starten die Dreharbeiten Ende nächsten Jahres.«

»Wie bitte?« Mein Herz pocht wie wild in meiner Brust und pumpt Adrenalin durch meinen Körper. Sogar meine Hände beginnen zu zittern. »Du machst Witze.«

»Das mache ich nie, Aria, und ich würde definitiv niemals über so etwas scherzen.«

»Ich weiß nicht, was ich sagen soll.« Die Verfilmung der eigenen Buchreihe ist der Traum eines jeden Autors beziehungsweise einer jeden Autorin. Angesichts der vielen Talente auf dem Markt hätte ich niemals geglaubt, dass mir das eines Tages passieren würde.

»Gar nichts. Alles, was du tun musst, ist, die Verträge zu unterzeichnen, wenn ich sie dir rüberschicke, dann sehen wir weiter.«

»Vielen lieben Dank, Rachel. Du bist eine echte Zauberin.«

»Aria, ich habe bloß ein paar Anrufe getätigt und dein Buch vorangetrieben. Der Erfolg gebührt allein dir. Sie haben deine Geschichte gelesen, fanden sie toll und wollten mit dir zusammenarbeiten. Wie ich dir schon vor Jahren gesagt habe: Du hast eine Begabung und in deiner Autorenkarriere stehen dir noch viele großartige Dinge bevor. Ich kann mich glücklich schätzen, dass du mich auf deine Reise mitgenommen hast.«

Meine Augen füllen sich mit Tränen und ich kämpfe gegen sie an. Ich bin sprachlos. Rachel hat mich schon vor der Veröffentlichung meines ersten Romans unterstützt, und selbst wenn sie glaubt, nichts mit meinem Erfolg zu tun zu haben, weiß ich es besser. Sie ist in der Branche bekannt, wird von den Leuten respektiert und sie schätzen ihre Meinung. Auch wenn sie mein Buch nicht an Paramount weitergeleitet hat, haben die Leute dort ihren Namen gesehen und ihn bei ihrer Entscheidung berücksichtigt. »Ich liebe dich.«

»Gleichfalls, meine Liebe, und ich kann es kaum erwarten, mit dir ans Set zu gehen, um denjenigen anzuschmachten, den sie als Hyde besetzen«, sagt sie, was ich mir sofort bildlich ausmale. Rachel mit ihrer übergroßen Brille und den langen grauen Haaren, die sie zu einem Knoten zusammengebunden hat – ein drastischer Kontrast zu ihren äußerst unkonventionellen Outfits –, wie sie neben einem jugendlichen Filmstar steht und mit ihm flirtet.

»Davon werde ich auf jeden Fall Fotos schießen, damit du sie mit Charles teilen kannst«, erwidere ich, und sie schnaubt. Charles, ihr Sohn, wird dieses Jahr siebzehn. Sie hat ihn mit vierzig bekommen, und er hasst es, wenn sie ihn in Verlegenheit bringt. Besonders wenn sie flirtet, was sie oft tut. Zum Glück findet ihr Ehemann, Charles Senior, das lustig.

»Für die Chance, auf einem echten Filmset zu sein, vergibt er mir vielleicht sogar«, entgegnet sie und ein Lächeln liegt in ihrer Stimme. »Wir werden uns morgen Nachmittag noch mal unterhalten, wenn ich die Verträge erhalte. Dann haben wir bestimmt noch mehr zu besprechen, aber bis dahin genieße deinen Abend und feiere gebührend.«

»Mache ich«, versichere ich ihr und sehe, wie Tides Truck in die Einfahrt biegt.

»Ich will dich fragen, warum du so glücklich klingst, aber leider muss das warten. Die Arbeit ruft.«

Lachend schüttle ich den Kopf. »Gute Nacht, Rachel.«

»Gute Nacht, wir hören uns morgen.« Als sie auflegt, stecke ich mein Handy in die Tasche meiner Strickjacke und stehe auf.

»Ist alles in Ordnung?«, will Tide wissen, als er aussteigt.

Ich denke keine Sekunde nach. Springe die Stufen hinunter und renne über die unbefestigte Auffahrt in seine Arme, mit denen er mich bereitwillig auffängt.

»Heiliger Bimbam«, ächzt er, als ich die Beine um seine Hüften schlinge und meinen Mund auf seinen presse. Dann umfasse ich sein Gesicht und schaue ihn an.

»Ich habe megatolle Neuigkeiten.«

»Ja?« Er lächelt, weil ich so aufgeregt bin, und ich nicke. »Hast du endlich das Angebot bekommen, auf das du gewartet hast?«

»Ja.« Er stellt mich auf die Füße, und ich schaue zu ihm hoch. »Aber Paramount hat angerufen. Meine erste Buchreihe soll in einen dreiteiligen Film verwandelt werden.«

»Du machst Witze.« Er sieht fassungslos aus.

Lachend lege ich meine Hände auf seine Brust. »Alles

okay mit dir?«

»Ich sollte schockiert sein, aber ich habe die ersten beiden Bände durch und gerade mit dem dritten angefangen, von daher bin ich überhaupt nicht überrascht.«

»Du liest meine Bücher?« Als ich einatme und mich gegen ihn lehne, fühlt sich meine Brust plötzlich ganz seltsam an. Mein Ex hat nicht eines gelesen, und meine Eltern erst recht nicht. Dass sich Tide Zeit dafür genommen hat, bedeutet mir so viel mehr, als ihm bewusst ist. Und er tut es nicht, weil er glaubt, mich damit zu beeindrucken; er macht es, weil er es möchte.

»Du hast Talent, Baby. Ich war mir nicht sicher, ob ich mich darauf einlassen kann, weil Dean Koontz normalerweise meine erste Wahl ist, wenn ich mal zum Lesen komme. Allerdings war ich schnell von der Handlung gefangen und bisher habe ich die Geschichte sehr genossen.«

Ich stelle mich auf die Zehenspitzen, um meine Lippen auf seine zu drücken, woraufhin er seine Arme um meine Taille schlingt und den Kuss vertieft. Als er sich wieder von mir löst, geht meine Atmung keuchend und meine Stirn an sein Kinn lehnend, verschränke ich die Finger in seinem Nacken. »Danke.«

»Wofür?«, hakt er leise nach und küsst mich zärtlich auf den Scheitel.

»Dafür, dass du so bist, wie du bist«, antworte ich und wünschte, ich könnte ihm klarmachen, wie leicht es ist, mit ihm glücklich zu sein.

»Aria.« Seine Stimme ist rau und er zieht mich noch enger an sich.

Für einen Moment schließe ich die Augen, um mich

zusammenzureißen, dann sehe ich zu ihm auf. »Ich habe uns Guinness-Eintopf zum Abendessen gemacht, aber nach diesen Neuigkeiten würde ich gern Gia anrufen, um zu fragen, ob sie und Colton mit uns feiern wollen.«

Er lässt mich los und nimmt meine Hand, um mich nach drinnen zu führen. »Colton arbeitet heute Abend, aber vielleicht kann Gia uns im Rusty Rose auf einen Drink treffen. Allerdings erst, nachdem ich etwas von deinem Eintopf hatte«, erklärt er und entlockt mir damit ein Lachen. Ich war nie der Meinung, kochen zu können, aber Tide hat bisher jede von mir zubereitete Mahlzeit verschlungen und selbst alle Reste aufgegessen.

»Alles klar«, stimme ich zu.

Während er duscht, wie sonst auch, wenn er nach einem langen Arbeitstag zu mir kommt, rufe ich Gia an und berichte ihr von den Neuigkeiten. Noch während unseres Telefonats schickt sie Coltons Mutter eine Nachricht, die sofort einwilligt, auf Gino aufzupassen, damit wir in der Bar miteinander anstoßen können.

»Herzlichen Glückwunsch, Aria.« Colton prostet mir zu, gefolgt von Tide, woraufhin Gia und ich uns mit unseren Martinigläsern anschließen.

»Danke, ihr Lieben.« Ich werfe einen Blick in die Runde. Hätte man mich gefragt, wie ich mir mein Leben nach meinem Umzug nach Tennessee vorstelle, hätte ich nicht zu träumen gewagt, einen Mann zu finden, der solche Gefühle in mir auslöst wie Tide, oder Freunde wie

Gia und Colton. Bei ihnen allen spüre ich die Verbundenheit echter Beziehungen. Etwas, was ich zuvor noch nie in meinem Leben hatte, für das ich aber unglaublich dankbar bin.

»Du musst mir versprechen, dass ich am Set vorbeischauen darf, wenn sie anfangen zu drehen. Besonders wenn sie jemanden wie Chris Hemsworth für eine Rolle besetzen«, sagt Gia, und ich lächle sie an.

»Er ist ein bisschen zu alt für einen Typen aus meinen Büchern, also bezweifle ich, dass er ein Teil des Casts sein wird.«

»Und du bist verheiratet und hast ein Kind, weshalb du sowieso nicht in seiner Nähe sein musst«, wendet Colton ein, woraufhin mich Gia ansieht und grinsend die Augen verdreht.

»Apropos irgendwo vorbeischauen.« Ich nehme einen Schluck von meinem Getränk und lege meine Hand auf Tides Oberschenkel. »Die Party meiner Eltern steht vor der Tür, und ich fände es toll, wenn ihr mich begleiten würdet. Dann könnte es tatsächlich erträglich werden.«

»Du willst nicht hin?«, hakt Gia nach, und ich schüttle den Kopf.

»Nein, meine Eltern und ich haben eine sehr seltsame Beziehung. All ihre Freunde inklusive meines Ex werden da sein«, entgegne ich und Tides Oberschenkelmuskeln spannen sich unter meinen Fingern deutlich an.

»Warum zum Teufel wird dein Ex da sein?«, fragt er und sein knurrender Tonfall überrascht mich.

»Er und meine Mutter stehen sich nahe.« Ich nippe ein weiteres Mal an meinem Drink.

»Himmel«, murmelt er und fährt sich mit der Hand

durch die Haare, die er nicht gestylt hat, weshalb er etwas wilder aussieht als sonst.

»Du musst mir nicht sagen, dass meine Familie verkorkst ist. Das ist mir klar.«

»Warum hast du zugestimmt, dort aufzutauchen?«, will Colton wissen.

Ich zucke mit den Schultern. »Keine Ahnung. Schuldgefühle vielleicht, aber ich bin mir nicht sicher.«

»Tja, wir sind auf jeden Fall dabei«, wirft Gia ein. »Und wenn es furchtbar ist, können wir einfach abhauen und etwas anderes machen.«

»Gib mir Bescheid, an welchem Abend die Feier stattfindet, dann nehme ich mir frei.« Colton seufzt, womit er deutlich macht, dass er nur mitkommt, weil er Gia begleiten möchte.

»Unter keinen Umständen lasse ich zu, dass du dich dieser Situation allein stellst«, bemerkt Tide und klingt etwas entrüstet. Ich sehe, wie Gia ihre Lippen zusammenpresst, als würde sie versuchen, nicht laut loszulachen.

»Ich bin gleich zurück. Ich schaue nur mal rasch hinter der Bar nach dem Rechten.« Colton küsst seine Frau auf die Wange, bevor er zur Theke hinübergeht.

Ich widme mich erneut meinem Drink, verschlucke mich einen Moment später aber, als ich keinen Geringeren als meinen Vater entdecke, der durch den Raum zur Bar torkelt. »Alles okay?« Tide reibt mir über den Rücken, während ich mir eine Serviette schnappe, um mir den Mund abzuwischen.

»Mein Vater ist hier.« Ich räuspere mich, woraufhin sich sowohl Tide als auch Gia umsehen. Mein Vater lässt sich auf einem der Hocker nieder und versucht, Coltons Aufmerksamkeit zu erregen. Als er es schließlich geschafft hat, legt er einige Geldscheine auf den Tresen. Colton nimmt eine Flasche Bourbon aus dem obersten Regal und füllt das Glas meines Vaters halbvoll, bevor er zu Tide schaut und sich die beiden scheinbar stumm etwas mitteilen.

»Keine Sorge. Er ist immer gut drauf, wenn er getrunken hat. Wenn er jetzt rüberkäme, würde er sich wahrscheinlich so verhalten, als wäre er dein bester Freund«, versichere ich Gia, die etwas nervös wirkt. Wahrscheinlich hat sie nach dem, was ich gerade über meine Eltern und meine Beziehung zu ihnen gesagt habe, eher Theater erwartet.

»Trinkt er viel?«, erkundigt sie sich.

»Ja.« Ich presse meine Lippen zusammen, als er seinen Drink in einem Zug leert, mit einem Fingerzeig nach einem weiteren verlangt und dabei fast von seinem Stuhl fällt. Früher war mir das megapeinlich. Inzwischen bin ich über diesen Punkt hinaus und nur noch genervt über seinen Widerwillen, zu akzeptieren, dass er ein Problem hat und Hilfe braucht. »Ich sollte sicherstellen, dass er heil nach Hause kommt.« Zum Glück gehört er nicht zu den Trinkern, die sich hinter ein Steuer setzen. Allerdings fährt er öfter mal bei irgendwelchen Fremden mit und am Ende fehlt seine Brieftasche oder seine Kreditkarten werden gestohlen und bis zum Limit belastet.

»Ich begleite dich.« Tide schiebt seinen Stuhl vom Tisch zurück, aber ich greife nach seinem Arm. Als er meinem Blick begegnet, sehe ich ihn prüfend an. Mein Vater mag eitel Sonnenschein sein, wenn er trinkt, doch ich bin mir nicht sicher, wie er auf einen verärgerten Tide reagiert. »Ich bin ganz ruhig, Baby, versprochen.«

»Okay.« Ich atme tief durch und wende mich zu Gia um, als sie sich erhebt.

»Ich werde mich mal zu Colton gesellen.«

»Okay.« Ich lasse mein Getränk zusammen mit meiner Jacke zurück und nehme Tides Hand, als wir zu meinem Vater gehen. Er nippt an seinem zweiten Drink und starrt ausdruckslos auf den Fernseher an der Wand hinter der Bar, auf dem die Höhepunkte eines Footballspiels laufen.

»Dad.« Als ich seine Schulter berühre, dreht er sich zu mir um. Ein überraschter Ausdruck tritt auf sein Gesicht.

»Aria.« Er schaut sich irritiert in dem Lokal um, dann wieder zu mir. »Was machst du hier?«

»Ich trinke etwas mit Tide und Freunden von uns«, antworte ich und sein Blick fällt auf Tides Hand, mit der er meine fest umschließt.

Lächelnd neigt Dad den Kopf zurück. »Du bist der neue Freund.« Er lacht und sieht mich an. »Deine Mutter beschwert sich ununterbrochen über ihn.«

»Dad« stoße ich verärgert hervor, doch er grinst nur.

»Ich habe gehört, dass du zur Party kommen wirst.« Er deutet zu Tide. »Keine Ahnung, ob Aria dich gewarnt hat, aber ihr Ex wird da sein.«

»Dad!«, wiederhole ich, und er zuckt mit den Schultern.

»Er sollte es vorher wissen, besonders wenn deine Mutter involviert ist. Sie glaubt, du und Josh könntet das wieder hinbiegen.«

»Was nicht passieren wird. Niemals.«

»Da bin ich deiner Meinung, aber deine Mutter sieht das anders.«

»Wie auch immer.« Ich schüttle den Kopf. Dieses Gespräch ist sinnlos. »Wir wollten nur fragen, ob du jemanden brauchst, der dich nach Hause fährt.«

»Noch nicht. Deine Mutter ist mit einer Freundin unterwegs, also mache ich mich erst auf den Heimweg, wenn sie mir Bescheid sagt, dass sie wieder zu Hause ist.« Mir dreht sich der Magen um und meine Hand verkrampft sich um Tides Finger. Während meine Mutter wahrscheinlich gerade mit einem anderen Mann zusammen ist, was mein Vater zu wissen scheint, sitzt er hier und ertränkt seinen Kummer in Alkohol, anstatt sich der Situation zu stellen. »Habt ihr Lust auf einen Drink mit mir?«

»Nein danke, wir wollten gerade aufbrechen.« Unbehaglich wippe ich auf meinen Füßen auf und ab. Wenn ich eine normale Beziehung zu meinem Vater hätte, würde ich ihn auf seine Wange küssen oder ihn umarmen und ihm sagen, dass ich ihn liebe. Aber unsere Beziehung ist keineswegs normal und ich kann mich nicht erinnern, wann ich ihn oder Mom zuletzt umarmt habe. »Komm gut nach Hause, Dad, und wenn du jemanden brauchst, der dich fährt, kannst du mich anrufen.«

»Alles klar.« Er wirkt enttäuscht. »Wir sehen uns dann auf der Party.«

»Ja.« Als ich auf dem Absatz kehrtmache, entdecke ich Gia und Colton, die an den Tisch zurückkehren, an dem wir gesessen habe.

Als wir sie erreichen, nehme ich meinen Mantel und ziehe ihn an. Mein Blick fällt auf unsere Getränke auf dem Tisch, die wir kaum angerührt haben, und ich wende mich an Gia. »Bist du sehr geknickt, wenn wir jetzt aufbrechen?«

»Überhaupt nicht«, antwortet sie leise und sieht meinen Vater an, der noch immer enttäuscht zu uns rüberguckt.

»Ich werde euch rausbringen«, bietet Colton an und ergreift die Hand seiner Frau.

»Ist mit dir alles okay?«, fragt mich Tide gedämpft, als wir auf seinen Truck zugehen.

»Ja, ich bin nur genervt, dass mein Vater bei eurem ersten Treffen betrunken war. Was vermutlich nicht von Bedeutung ist, da er das beim nächsten Mal auch sein wird.«

»Ich habe ihn schon mal getroffen, Aria. Er erinnert sich nur nicht an mich.«

»Na toll.« Als ich seufze, bleibt Tide stehen. Er dreht mich zu sich herum, nimmt mein Kinn zwischen Daumen und Zeigefinger und neigt meinen Kopf zurück.

»Ich habe es dir schon mal gesagt, Baby: Ich scheiß drauf, was deine Eltern denken oder tun. Allein du bist mir wichtig.« Er küsst mich, dann lehnt er sich wieder zurück. »Wir sind ein Team, okay?« Er wartet auf meine Zustimmung, und sobald ich nicke, nimmt er meine Hand und führt mich den Rest des Weges zu seinem Truck, wo Gia und Colton stehen.

»Es tut mir leid wegen heute Abend, Leute.«

»Entschuldige dich nicht. Das ist keine große Sache«, sagt Gia, ehe sie ihren Ehemann anschaut. »Wir sehen uns in ein paar Stunden zu Hause.«

»Ja, Baby.« Nachdem er ihr einen Kuss auf die Stirn und ihren Mund gedrückt hat, umarmt er mich zum Abschied. »Wir werden das bald nachholen, Aria.«

»Das fände ich schön.« Ich lächle ihn an und umfasse

seinen Arm. »Wenn mein Vater nicht nach Hause kommt, rufst du mich an?«

»Natürlich.« Seine Miene wird sanfter, dann wendet er sich Tide zu. »Wir reden später noch mal.«

»Alles klar, Mann.« Die beiden verabschieden sich mit einem Fistbump, bevor sie Gia und mir in Tides Wagen helfen.

Als wir für einen Moment allein im Truck sitzen, spüre ich, wie Gia ihre Hand auf meiner Schulter legt und einmal tröstend zudrückt. Ich warte darauf, dass sie etwas sagt. Als sie schweigt, wird mir jedoch klar, dass echte Freundschaft nicht aus Worten besteht, mit denen man die Stille füllt. Es geht um stumme Gesten wie diese und darum, füreinander da zu sein.

11. Kapitel

Aria

Ich starre aus dem Fenster der Pizzeria und frage mich, wie die Zeit so schnell verfliegen konnte. An dem Abend, als wir meinen Vater in der Bar trafen, sagte Tide, dass er an Olivias Geburtstag mit uns beiden zu Abend essen möchte. Was mir damals noch unendlich weit weg vorkam. Die letzte Woche war vollgepackt mit Vertragsangelegenheiten, der Arbeit an meiner neuen Buchreihe und den freien Momenten, die ich mit Tide verbrachte, und verging wie im Flug. Ich hatte keine Zeit, um mir Sorgen zu machen, aber jetzt, wo ich hier sitze, ist mir vor Aufregung übel. Ich glaube nicht, dass ich jemals in meinem Leben so nervös war oder das Gefühl hatte, es würde derart viel auf dem Spiel stehen.

»Ich bin so nervös.« Ich schüttle die zitternden Hände aus und funkle Gia finster an, die sich königlich über mich amüsiert. »Das ist nicht lustig.«

»Ein bisschen schon.« Sie holt Gino aus seinem Babysitz und er beginnt zu quengeln. »Außerdem ist es süß, dass du wegen eures Kennenlernens so aufgeregt bist. Ich habe aber keinerlei Zweifel, dass sie dich sofort in ihr Herz schließen wird. Sie ist ein gutes Kind.«

»Und wenn sie mich nicht leiden kann?«, hake ich nach, woraufhin Gias Blick erst zu dem Dutzend rosa und goldener Luftballons wandert, die über meinem Kopf schweben, dann zu der großen Geschenktüte, die ich mitgebracht habe.

»Sie wird dich mögen.«

»Du kannst Liebe nicht kaufen, Gia.«

»Da hast du recht. Sie wird es aber süß finden, dass du ihr Luftballons und ein Geschenk zum Geburtstag gekauft hast. Und wenn sie sieht, wie glücklich du ihren Vater machst, wird sie dich nur noch mehr lieben.«

»Oder sie hasst mich, weil ich mit ihrem Vater zusammen bin«, murmle ich, und Gia seufzt.

»Mach dir keine Sorgen um Dinge, die noch gar nicht passiert sind. Warte ab, bis du sie kennengelernt hast.« Sie drückt mir Gino in die Hand, und ich sehe hinunter in sein kleines Gesicht.

»Du hast recht. Ich stelle mich nur grundsätzlich gern auf das Schlimmste ein. Wenn alles gut läuft, bin ich erleichtert, und wenn nicht, bin ich wenigstens nicht enttäuscht«, offenbare ich und streichle über Ginos Wange. Fröhlich umklammert er meinen Finger.

»Das verstehe ich«, erwidert sie. »Möchtest du einmal selbst Kinder haben?«

»Ja.«

»Dann wird alles gut werden.« Als die Türglocke läutet und Tide mit seiner Tochter hereinkommt, schmilzt mir förmlich das Herz. In den letzten Wochen hat mir Tide unzählige Bilder von Olivia auf seinem Handy gezeigt, aber zu sehen, wie er sie auf dem Arm hat, ist etwas ganz anderes. Sie trägt ein Rüschenkleid mit Strumpfhosen, ihr Haar ist gelockt und auf ihrem Kopf hat sie eine entzückende Krone. Sie lächelt breit.

»Tante Gia.« Olivia zappelt, und als Tide sie absetzt,

rennt sie zu Gia und springt auf ihren Schoß.

»Alles Gute zum Geburtstag, meine Süße«, sagt Gia, und Tide beugt sich vor, um mich auf die Wange zu küssen.

»Geht es dir gut, Babe?«

»Ja.« Nun, da er hier ist, bin ich gleich viel entspannter. Ich überreiche Colton seinen Sohn. »Ich vermute, du möchtest ihn gern nehmen.«

»Immer«, entgegnet er grinsend.

»Engel«, ruft Tide, woraufhin sich Olivia zu ihm umdreht. Der Kosename ist super niedlich. »Komm her, ich möchte dir Aria vorstellen.«

Ein wenig unsicher dreinblickend, folgt sie seiner Aufforderung. Verängstigt oder verärgert scheint sie aber nicht zu sein, was eine Erleichterung ist. »Hallo.« Sie streckt mir ihre Hand entgegen, und ich ergreife diese, auch wenn ich Olivia am liebsten umarmen würde.

»Es ist so schön, dich endlich kennenzulernen, Olivia. Dein Vater hat mir viel über dich erzählt und mir ganz viele Fotos von dir gezeigt. Er ist sehr stolz auf dich.«

»Er hat mir auch welche von dir gezeigt. Du bist sehr hübsch.«

»Danke.« Lächelnd berühre ich ihre Krone. »Hattest du bisher einen schönen Geburtstag?« Am Morgen hat sie mit ihrem Vater und ihrer Klasse Cupcakes gegessen und den Abend verbringt sie mit uns, weil sie am Wochenende bei ihrer Mutter ist und Anna eine Party für sie geplant hat. Nach der Schule wollten Tide und Olivia bei ihren Großeltern vorbeischauen und auf dem Weg hierher haben sie offenbar Colton aufgegabelt. Die Bar muss also einmal auf ihn verzichten.

»Ja«, antwortet sie mir, ehe sie ihren Vater ansieht. »Gehen wir nach dem Pizzaessen noch zur Bowlingbahn?«

»Auf jeden Fall.«

»Möchtest du in meinem Team sein?«, wendet sie sich an mich.

Oh Gott, ich fange gleich an zu weinen.

»Sehr gern, aber du solltest wissen, dass ich eine Niete im Bowlen bin.«

»Ist schon in Ordnung.« Sie grinst. »Wir bekommen die Kinderversion der Bahn, also gewinnen wir trotzdem.«

»Schummler«, murmelt Tide, was Olivia mit einem unbeeindruckten Schulterzucken quittiert. »Also schön, Frechdachs, wie wäre es, wenn wir unsere Pizza bestellen?«

»Okay, Dad.« Ihr Interesse an mir lässt schnell nach, als sie sich entscheiden muss, was sie essen möchte. Im Anschluss schneidet sie für Gino lustige Grimassen, die dafür sorgen, dass er fröhlich vor sich hinbrabbelt und lacht.

»Ich habe dir gesagt, alles wird gut«, meint Gia, und ich verdrehe die Augen. An Tide gelehnt, beobachte ich Olivia und Gino. Als ich sie mir mit einem kleinen Bruder oder einer kleinen Schwester vorstelle, frage ich mich, ob Tide noch mehr Kinder möchte. Bisher haben wir nicht darüber gesprochen. Auch wenn ich das Thema zuvor nicht auf dem Schirm hatte, nun, da ich ihn mit Olivia erlebt habe, wird es mir wahrscheinlich nicht so schnell aus dem Kopf gehen.

»Sie mag dich«, flüstert Tide mir ins Ohr, und ich drehe mich zu ihm um.

»Sie ist wahrscheinlich eines dieser Kinder, das nur selten jemanden nicht leiden kann, was bedeutet, dass du als Vater einen guten Job gemacht hast.«

»Nein, sie mag *dich*. Normalerweise ist sie sehr schüchtern, wenn sie neue Leute kennenlernt. Bei netten Personen ist das anders.«

»Du findest wirklich immer die richtigen Worte.«

Sein Blick heftet sich auf meinen Mund, und ich lecke mir über die Lippen, bevor ich mich abwende, um nach der Speisekarte zu greifen. Ich möchte nicht in Versuchung geraten, ihn zu küssen, auch wenn das stets passiert, sobald er in der Nähe ist.

»Das kann nicht sein!«, rufe ich verzweifelt, als meine Bowlingkugel von dem Bumper abprallt und in der Rinne auf der gegenüberliegenden Seite der Bahn landet. Was nicht so furchtbar wäre, wenn es das erste und nicht schon das vierte Mal wäre. Dabei bin ich bis jetzt erst viermal eingesetzt worden. Schlimmer noch ist, dass ich bisher insgesamt nur sieben Pins umgeworfen habe. Ich drehe mich zu Olivia um und werfe resigniert die Arme in die Luft. »Es tut mir leid.«

»Ist schon in Ordnung.« Sie lacht und nimmt ihre Kugel. »Wir gewinnen trotzdem.« Als sie an mir vorbeigeht, gebe ich ihr ein High-Five, dann beobachte ich ihren meisterlichen Wurf, mit dem sie einen weiteren Strike einheimst. Begeistert klatsche ich und vollführe einen Jubeltanz, ohne mich darum zu kümmern, dass ich vermutlich wie ein Trottel aussehe, denn Olivias Lachen und ihre

Fröhlichkeit sind ansteckend.

»Gut gemacht.« Ich schaue auf die Anzeigetafel und grinse, weil sie alle Erwachsenen schlägt und die Bumper eigentlich nicht braucht. Mit ihnen fühlt sie sich wahrscheinlich nur sicherer. »Ich stimme dafür, immer in deinem Team zu sein, wenn wir bowlen.«

»Ich stimme dafür, nächstes Mal in der Mädchenmannschaft zu sein«, sagt Gia und bedenkt ihre Mitspieler mit einem spöttischen Blick, ehe sie ihre Kugel wie ein kleines Kind mit beiden Händen ins Rollen bringt. Als sie bis auf drei alle Pins umhaut, beschließe ich, ab sofort wie sie zu werfen. Überraschenderweise funktioniert es tatsächlich, denn bei meinem nächsten Versuch fallen ganze zehn Pins um. Woraufhin ich erneut vor Freude tanze. In der Erwartung, dass Olivia genauso happy ist, drehe ich mich um und erstarre, als ich Anna bei Olivia, Tide und Colton auf der oberen Ebene der Bahn stehen sehe. Mir wird schlecht.

Ich zwinge mich, meinen Blick abzuwenden, und schaue stattdessen zu Gia hinüber. Sie presst wütend die Lippen aufeinander und schüttelt den Kopf. Da ich nicht so recht weiß, was ich tun soll, gehe ich zu ihr und Gino, um mich neben sie zu setzen. »Ist alles in Ordnung?«

»Sie ist eben erst aufgetaucht. Tide hat sie entdeckt und ist ihr mit Colton entgegengegangen. Olivia ist ihnen direkt gefolgt.« Als ich Anna genauer in Augenschein nehme, wird mir klar, warum sich Tide damals für sie entschieden hat. Optisch ergeben sie ein perfektes Paar. Beide sind groß und überaus attraktiv, was nicht verwunderlich ist, da sie ein so süßes Kind wie Olivia zustande gebracht haben. »Hey.« Gia stupst mich mit ihrer Schulter an. »Du musst dir keine Sorgen machen, wenn es um sie und Tide geht. Dieser Zug ist schon vor langer Zeit abgefahren.«

»Sie passen aber zusammen, oder?«

»Offensichtlich nicht. Sonst hätten sie sich nicht getrennt.«

»Vermutlich hast du recht«, stimme ich zu und erinnere mich daran, wie Tide mir sagte, ich solle ihm vertrauen. »Soll ich da raufgehen?«

»Willst du das?«

»Nicht wirklich.«

»Würde ich auch nicht«, erwidert sie und klingt etwas irritiert, als Anna Tides Arm umklammert. »Warum machen Frauen das?«

»Was?« Ich grabe meine Nägel in meine Handflächen, um die rasende Eifersucht in meinem Innern in Zaum zu halten.

»Für einen Mann kämpfen, für den sie zuvor nie gekämpft haben, nur weil es jemand Neues in seinem Leben gibt.« Sie dreht sich zu mir um. »Coltons Ex hat das Gleiche getan und ich verstehe es einfach nicht.«

»Vielleicht erkennen sie plötzlich, was ihnen entgeht.«

»Oder vielleicht ...«, sie hält Gino die Ohren zu, »sind sie einfach nur blöde Ziegen.«

»Gut möglich.« Ich kann nicht anders, als zu lächeln.

»Babe.« Beim Klang von Tides tiefer Stimme zucke ich zusammen. »Olivia wird mit ihrer Mutter nach Hause fahren.«

»Oh.« Ich versuche, meine Enttäuschung zu verbergen, als er mir hoch hilft. »Ist alles okay?«

»Ja. Anna war in der Gegend und dachte, sie könnte uns

den extra Weg ersparen, um Olivia zu ihr zu bringen. Also ist sie hergekommen, um sie abzuholen.«

Eine Million Dinge liegen mir auf der Zunge, aber ich schweige, weil ich weiß, dass diese nicht hilfreich wären. Tides verkniffenem Gesichtsausdruck nach zu urteilen, würden sie die Situation nur schlimmer machen. Ich umschließe Olivias Finger mit meinen. »Ich hatte unglaublich viel Spaß mit dir.«

»Ich auch.« Sie schaut über ihre Schulter, und ich folge ihrem Blick. Anna steht oben auf der Treppe, die Arme vor der Brust verschränkt, und starrt Colton wütend an, der ihr den Weg zu versperren scheint. »Deine Luftballons und dein Geschenk befinden sich im Truck deines Vaters. Willst du sie mitnehmen?«

»Ich gebe sie ihr gleich, wenn wir draußen sind«, wirft Tide ein und drückt meine Hand.

Richtig. »Bis bald«, verabschiede ich mich von Olivia.

»Tschüss, Aria.« Sie schlingt die Arme um meine Hüfte, aber bevor ich die Geste erwidern kann, rennt sie zu ihrer Mutter. Tide ist mit Sicherheit angefressen, aber aktuell kann ich nichts dagegen tun.

»Ich warte hier mit Gia.«

»Bin in einer Minute zurück.« Er gibt mir einen flüchtigen Kuss, ehe er die Stufen hinaufgeht. Oben angekommen, ignoriert er alles, was Anna sagt, um sich stattdessen voll und ganz auf Olivia zu konzentrieren. Ich schaue ihnen nach, ehe ich Gia dabei helfe, Gino in seinem Tragekorb festzuschnallen und die Wickeltasche einzuräumen. Nachdem wir unsere Schuhe zurückgegeben haben, gehen wir nach vorn, um auf die Jungs zu warten, und entdecken ein funkelndes blaues Stoffeinhorn an der

Wand der Spielhalle. Wir sind uns sofort einig, dass Gino dieses braucht. Als wir sehen, dass wir nur fünfhundert Gewinntickets dafür brauchen, versuchen wir unser Glück bei Whac-A-Mole oder wie auch immer das Spiel heißt. Man sollte meinen, zwei erwachsene Frauen sind gut darin, ein Objekt auszuschalten, das aus einem Loch herausspringt, was sich schnell als falsch herausstellt, denn Gia und ich verlieren jede Runde. Abwechselnd halten wir Gino, der von den Lichtern und der Musik fasziniert ist, und werfen dem Automaten unser Geld in den Rachen. Jeder Misserfolg stimmt uns entschlossener. Selbst als Tide und Colton zu uns stoßen, geben wir nicht auf.

»Werdet Gia und du einen Entzug brauchen, um von diesem neuen Laster loszukommen?«, flüstert Tide mir ins Ohr und umarmt mich von hinten, was dazu führt, dass ich erschauere, eins der kleinen Viecher nicht treffe, als es auftaucht, und erneut verliere.

»Du bist schuld, dass ich gerade einhundert Gewinntickets verloren habe«, beschwere ich mich, und er grinst mich an, nimmt mir den Schläger ab und schiebt zehn Dollar in den Spielautomaten.

»Tritt zurück und beobachte einen Meister bei der Arbeit.«

Ich verschränke die Arme vor der Brust und verfolge mehrere Minuten lang seine Versuche. Auch er verliert ein ums andere Mal. Eine Tatsache, die mich nicht schadenfroh stimmen sollte, es aber tut.

»Überwältigend.« Ich klatsche ironisch in die Hände. »Das war hervorragend. Ich glaube nicht, dass ich jemals etwas Beeindruckenderes gesehen habe. Du bist wahrlich ein echter Meister.« Zur Antwort packt mich Tide, beugt mich hintenüber und beißt frech in meinen Hals. Kichernd versuche ich, seinen Überfall abzuwehren.

»Lass es mich versuchen«, fordert Colton und schiebt einen Zwanziger in den Slot. Gia verdreht die Augen. »Wie viel Geld habt ihr zwei in dieses Ding gesteckt, bevor wir aufgetaucht sind?«, fragt Colton, nachdem er sechsmal hintereinander verloren hat.

»So um die zwanzig Dollar, vielleicht ein bisschen mehr.« Ich zucke mit den Schultern.

»Also haben wir fünfzig Dollar investiert, um ein Stofftier zu gewinnen, dessen Herstellung vermutlich nur einen kostet?« Er schüttelt den Kopf. »Ich sollte nachsehen, ob sie das verdammte Ding verkaufen.«

»Dann ist der ganze Spaß dahin«, protestiert Gia, übergibt mir Gino und nimmt ihrem Mann den Schläger ab, bevor er das Spiel beenden kann.

»Du schaffst das!«, feuere ich sie von der Seite an. Keine Ahnung, ob es ihre Frustration ist oder etwas anderes, aber am Ende trifft sie alle Maulwürfe und gewinnt jedes Spiel, bis das Geld ausgeht. Wir schnappen uns die Tickets und bringen sie nach vorne zum Tresen, ohne daran zu zweifeln, dass wir die fünfhundert Stück zusammenhaben. Als die ältere Frau die Gewinntickets in das Zählgerät eingibt und die Summe auf dem Bildschirm erscheint, fallen mir beinah die Augen aus dem Kopf, weil wir nicht mal annähernd genug haben und uns entweder mit Süßigkeiten oder Plastiknippes begnügen müssen. Wir entscheiden uns für die Süßigkeiten, schieben uns eine Handvoll Skittles in den Mund und kriegen uns auf dem Weg zum Auto gar nicht mehr ein vor Lachen. Die beiden Männer wiederum lachen über uns, weil wir so furchtbar albern sind.

Als wir den Parkplatz erreichen, umarme ich Gia und erinnere sie daran, dass wir morgen zum Shoppen verabredet sind, ehe ich Colton zum Abschied zuwinke. Als Tide mir die Tür seines Trucks aufhält, klettere ich auf den Beifahrersitz. »Danke«, sage ich lächelnd, und er umfasst meine Wange und küsst mich, zärtlich und langsam, als hätte er alle Zeit der Welt. Als er meinen Mund wieder freigibt, öffne ich blinzelnd die Augen und bin mir nicht sicher, warum sich dieser Kuss so anders angefühlt hat – süßer als alle, die wir bisher miteinander teilten.

»Schnall dich an, Baby«, verlangt er und wirft die Wagentür zu. Dann umrundet er die Motorhaube und rutscht hinter das Lenkrad.

»Der Abend hat Spaß gemacht.«

»Stimmt.« Er greift nach meiner Hand und zieht mich auf seinen Schoß. »Nur doof, dass Anna aufgetaucht ist.«

»Ja, aber die Zeit mit Olivia bis dahin habe ich sehr genossen.«

»Sie auch. Nächste Woche, wenn sie wieder bei mir ist, unternehmen wir etwas zusammen, damit ihr euch besser kennenlernen könnt.«

»Das fände ich schön.«

»Bist du schon einmal Kanu gefahren?«

»Als ich jünger war, aber seitdem nicht mehr.«

»Ich habe eins. Wir drei können auf den See rausfahren und anschließend irgendwo picknicken. Zu dieser Jahreszeit, wenn sich die Blätter verfärben, ist es draußen herrlich.«

»Klingt super.« Ich drücke seinen Oberschenkel und er

legt seine Finger auf meine.

Entspannte Stille breitet sich auf dem Heimweg zwischen uns aus, und während ich aus dem Fenster starre, denke ich über all die Dinge nach, die ich in meinem Leben durchmachen musste. So schwer es ist, das zuzugeben, weiß ich, dass ich ohne den erlittenen Schmerz mein jetziges Glück nicht voll und ganz zu schätzen wüsste. Viel von diesem Glück hat mit dem Mann an meiner Seite zu tun.

12. Kapitel

Tide

»Verdammt, Aria«, stöhne ich, drücke sie rücklings auf die Matratze und stehe auf, um mich meiner Klamotten zu entledigen. »Zieh dein Oberteil aus, Baby.« Sie folgt meiner Aufforderung und lässt ihr Shirt neben dem Bett auf den Boden fallen, ehe sie ihren BH aufhakt. Als sie sich wieder hinlegt, die Beine anwinkelt und ihre Brüste umfasst, sehnt sich mein Schwanz nur noch mehr nach ihr.

Ich zerre mir die Jeans vom Leib und lasse meinen Blick über jeden Zentimeter von ihr schweifen. Noch nie habe ich eine Frau getroffen, die innerlich und äußerlich so schön ist wie sie. Ich hätte nicht gedacht, dass mich ein weibliches Wesen einmal derart für sich vereinnahmen könnte wie sie. Ich geselle mich zu ihr und streichle ihre Wade entlang bis hoch zu ihrem Oberschenkel. Als sie unter meinen Berührungen erzittert, muss ich lächeln. Rasch lasse ich die Hand weiter nach oben und unter die dunkle Spitze ihres Höschens gleiten.

»Alles in Ordnung?«, frage ich, als sie sich auf die Ellenbogen stützt.

»J-ja«, stammelt sie, als ich meinen warmen Atem über ihre Mitte streichen lasse. »Oh Gott.« Sie lässt sich zurücksinken und versucht, ihre Beine zu schließen.

»Nein.« Ich packe sie und mache mich durch das dünne

Material ihres Höschens über sie her, während ich gleichzeitig mit meinem Daumen ihre Klit umspiele. Einen Moment später dringe ich mit den Fingern in sie ein. Ich will alles von ihr. Ohne nachzudenken, reiße ich ihr den Slip vom Leib und ignoriere ihr überraschtes Keuchen, als ich ihren Po packe und sie meinem Mund entgegenhebe. Ich verwöhne sie mit meiner Zunge, als könnte ich nicht genug von ihr bekommen, und genieße jedes Stöhnen und Wimmern, das sie ausstößt, während ich sie immer näher an den Rand eines Höhepunkts bringe. Als sie die Finger in meinen Haaren vergräbt, sauge ich hart an ihrer Klit und lasse auch nicht von ihr ab, als sie meinen Namen schreit. Sobald ihr Körper erschlafft, küsse ich ihren Bauch hinauf und beuge mich über sie. Flatternd hebt sie die Lider und umfasst meine Wange.

»Hi«, sagt sie leise, was mir ein Grinsen entlockt.

»Alles okay mit dir?«

»Ja.« Sie schlingt die Beine um meine Hüften und legt die Hände auf meinen Oberkörper.

»Gut.« Ich küsse sie zärtlich auf den Mund, dann über ihren Hals und arbeite mich tiefer. »Habe ich schon mal erwähnt, wie perfekt deine Brüste sind?«

»Nein.« Die Freude in ihrer Stimme ist nicht zu überhören, also sehe ich hoch, um ihr direkt in die Augen zu schauen.

»Sie haben die perfekte Größe.« Ich umfasse eine und drücke sie sanft. »Sie passen genau in meine Hände.« Ich küsse den rosigen Nippel und beobachte, wie er hart wird. »Die beiden scheinen mich ebenfalls zu mögen.«

»Definitiv.« Aria wölbt sich mir entgegen, als ich ihre

Brustspitze mit der Zunge umspiele, ehe ich zärtlich hineinbeiße.

»Ich möchte nicht, dass sich die zweite ausgeschlossen fühlt«, bemerke ich lächelnd und widme mich der anderen. Gleichzeitig greife ich wieder zwischen ihre Beine, und sie hebt mir erwartungsvoll ihr Becken entgegen. Kurz massiere ich ihre Klit, ehe ich ein weiteres Mal zwei Finger in sie schiebe.

»Oh Gott.« Sie gräbt die Nägel in meine Haut, und ich spüre, wie sich ihre Pussy vor Lust zusammenzieht. Ich will endlich in ihr sein, also nehme ich die Hand weg und positioniere mich vor ihrem Eingang.

Ich lehne mich nach hinten, um zu sehen, wie ich in sie hineingleite, und verbeiße mir einen Fluch, als sie erneut den Rücken durchbiegt und mich dadurch zwingt, mich mit einem sanften Stoß in ihr zu versinken. »Himmel, versuchst du, mich umzubringen?«

»Ich brauche dich.« Verdammt, ihre Worte machen mich fertig und ich verliere die Kontrolle. Ich dringe ein ums andere Mal hart und tief in sie ein, und sie gibt sich mir völlig hin. Als sie zwischen uns fasst, ziehe ich mich ein Stück zurück und beobachte, wie sie mit sich selbst spielt und sich stöhnend unter mir windet.

»Du bist so eng und nass, Baby, ich wünschte, du könntest fühlen, wie es ist, in dir zu sein.« Ich beuge mich vor und beiße in ihre Unterlippe, ehe ich ihren Mund erobere, woraufhin ihre Pussy zu pulsieren beginnt. Wir sind nah dran, so verdammt nah dran. »Du musst für mich kommen, Aria, denn ich kann nicht viel länger an mich halten.«

»Bitte, mehr«, stöhnt sie, was mich beinah um den

Verstand bringt. Ich gleite aus ihr heraus, drehe sie auf den Bauch und drücke ihr Becken in die Höhe. Mit einem einzigen Stoß versenke ich mich in ihr und verpasse ihrem Po einen kräftigen Klaps. Sie wirft den Kopf in den Nacken und stützt sich auf den Unterarmen ab. Als ich meinen Handabdruck auf ihrer Haut sehe, wiederhole ich die Prozedur und beobachte, wie sie in den Abgrund stürzt. Eine Sekunde später folge ich ihr. Dunkle Flecken tanzen am Rande meines Sichtfelds und wir genießen noch einen Moment die Nachwellen der Lust. Zittrig und völlig erschöpft lasse ich mich schließlich auf sie fallen, ehe ich uns auf die Seite drehe, ohne unsere Verbindung aufzugeben.

»Geht es dir gut?«, erkundigt sie sich und platziert meine Hand zwischen ihren Brüsten. Sie klingt atemlos und zufrieden.

»Ich bin noch nie glücklicher gewesen.«

Sie brummt zustimmend, beschwert sich aber lauthals, als ich mich aus ihr herausziehe und sie zu mir herumdrehe.

»Wie geht es deinem Hintern?« Ich stütze mich auf einen Ellenbogen und streichle über ihren Po.

»Er fühlt sich ziemlich warm an.« Sie errötet und bringt mich damit zum Lächeln. Ich beuge mich vor, um sie zu küssen. »Wie wäre es mit einer Dusche? Ich weiß, dass du bald losmusst, um dich mit Gia zu treffen.«

Bei der Erwähnung ihrer Pläne für heute bemerke ich, dass sie etwas von dem glücklichen Strahlen verliert, das vor wenigen Sekunden noch da war. »Was ist los mit dir?«

»Ich denke nicht, dass wir zur Party gehen sollten«, platzt es aus ihr heraus, woraufhin ich die Finger, die auf ihrer Hüfte ruht, zur Faust balle. »Ich wollte das von Anfang an nicht. Keine Ahnung, warum ich dem zugestimmt habe.« Sie macht eine wegwerfende Geste. »Ich meine, ich kenne den Grund, aber ich hätte es nicht tun sollen.«

Ich mustere sie eindringlich und bemerke die Sorgen, die sie zu verbergen versucht. Also beuge ich mich vor und gebe ihr einen Kuss auf die Stirn. »Wenn du nicht hinwillst, ist das okay für mich, Baby, aber du musst darauf vertrauen, dass ich mit deinen Eltern und deinem Ex umgehen kann.«

»Ich vertraue dir. Ich bin nur ...« Sie befeuchtet sich die Lippen und wendet den Blick ab. »Ich bin einfach besorgt.«

»Worüber?« Als ich ihre Wange umfasse, sieht sie mich wieder an.

»Dass ich mich nicht beherrschen kann, wenn sie dich schlecht behandeln«, gesteht sie. Augenblicklich entspannt sich meine Kiefermuskulatur. »Mir ist bewusst, dass es verrückt erscheint, weil das mit uns noch so frisch ist, aber ich ...« Sie verstummt und knabbert einen Moment an ihrer Unterlippe rum. »Ich würde dich ihnen vorziehen«, flüstert sie schließlich.

Ich atme tief ein, lege die Arme um sie und drehe mich mit ihr auf den Rücken. Ich greife in ihr Haar, während ich beruhigend über ihre Wirbelsäule streichle. »Ich möchte nicht, dass du diese Wahl je treffen musst, Aria.«

»Ich wünschte, meine Eltern wären normal.« Der Schmerz in ihrer Stimme tut mir im Herzen weh.

»Ich wünschte, ich hätte die Macht, das wahrzumachen.« Ich küsse sie auf den Scheitel und drücke sie noch enger an mich. »Worauf auch immer du Lust hast, werden wir tun. Wenn du nicht zur Party deiner Eltern willst, unternehmen wir etwas anderes. Wenn du hinwillst, dann gehen wir. Du musst dich nicht sofort entscheiden.«

»Danke.« Sie legt die Hände auf meine Brust, stützt ihren Kopf darauf ab und sieht mich an. »Ein Teil von mir möchte zu dieser Feier, nur damit ich es allen unter die Nase reiben kann, wie glücklich ich bin.«

»Jeder bedeutet in diesem Fall *deinem Ex*?«, mutmaße ich amüsiert.

»Genau.« Sie lacht. »Ich weiß, es ist unreif, aber er hat es immer so aussehen lassen, als wäre es meine Schuld, dass keiner von uns zufrieden war. Obwohl ich wusste, dass das nicht stimmt, habe ich mich zeitweise immer wieder unter Druck gesetzt, um die Frau zu sein, die er wollte. In der Hoffnung, dass zwischen uns alles besser laufen würde.«

»Zu einer Beziehung gehören immer zwei. Manchmal funktioniert es einfach nicht.«

»War es bei dir und Anna so?«, fragt sie vorsichtig.

Liebevoll fahre ich ihr durch das Haar. »Unsere Trennung war unvermeidbar. Von Beginn an haben wir uns um irgendwelchen Mist gestritten, der eigentlich völlig unbedeutend war. Olivia war der Klebstoff, der uns zusammenhielt. Viel länger, als gut für uns war.«

»Zumindest hast du das bemerkt, bevor du ein Leben geführt hast, dass dich nur unglücklich gemacht hätte.«

Ich atme tief durch, ehe ich ihr die Wahrheit sage. »Möglicherweise wusste ich, dass es nicht funktionieren würde und unsere Beziehung nicht gesund war, aber ich hätte es nie aufgegeben. Ich wollte nicht, dass mir Zeit mit Olivia entgeht.«

»Es tut mir leid.« Zärtlich fährt sie mit den Fingerspitzen meinen Kiefer entlang, und ich kann keinerlei Urteil oder Verärgerung in ihrem Blick entdecken.

Ich nehme ihre Hand, küsse die Innenfläche und drücke diese fest auf die Stelle, unter der mein Herz schlägt. »Natürlich ist das Ganze immer noch ätzend, aber als Olivia älter geworden ist, wurde es einfacher. Da wir uns das Sorgerecht nun teilen, habe ich nicht mehr das Gefühl, allzu viel zu verpassen.«

»Du bist ein großartiger Vater und sie liebt dich.«

»Ich versuche es, aber ich bin mir sicher, dass sie mir eines Tages erzählen wird, was ich alles verbockt habe. Andererseits gehört das wohl zum Elternsein dazu. Keiner weiß, wie man es perfekt macht. Man kann nur das Beste hoffen.«

»Da hast du vermutlich recht.« Sie senkt den Blick.

Ich lege meine Finger unter ihr Kinn und zwinge sie, mich wieder anzusehen. »Mir ist bewusst, dass dein Verhältnis zu deinen Eltern schwierig ist, Baby, aber du tust das Beste für dich, wenn es darum geht, dich mit ihnen zu arrangieren. Du hast das Recht, Grenzen zu setzen, um dich zu schützen.«

»Ich weiß, aber was du gesagt hast, stimmt mich nachdenklich. Vielleicht muss ich die Dinge anders betrachten und aufhören, zu erwarten, dass sich meine Eltern ändern, und sie stattdessen akzeptieren, wie sie sind.«

»Das wäre wahrscheinlich nicht schlecht«, stimme ich zu, bevor ich sie auf den Rücken drehe und mich über ihr aufbaue. »Ich habe Freunde und Familie, die mir immer wieder gezeigt haben, was für Menschen sie sind, und nichts, was sie tun oder sagen, überrascht mich noch. Manchmal musst du Leute einfach in eine Schublade stecken, damit deine Gefühle nicht verletzt werden.«

»Du bist ziemlich schlau.«

»Nein.«

»Doch.« Sie stoppt mich, als ich mich vorbeuge, um sie zu küssen. »Selbst wenn wir nicht zusammengekommen wären, hätte ich mich unglaublich glücklich geschätzt, dich zu meinen Freunden zu zählen.«

»Wir hätten niemals Freunde sein können, Aria«, sage ich ehrlich, und sie zieht irritiert die Brauen zusammen.

»Warum nicht?«

»Weil ich ständig versucht hätte, Wege zu finden, um dich ins Bett zu kriegen.«

»Du bist ein Idiot.« Sie lacht.

»Aber es ist die Wahrheit.« Ich vergrabe mein Gesicht in ihrer Halsbeuge und sauge an ihrer Haut. Mein Treiben entlockt ihr ein weiteres Kichern.

»So, jetzt müssen wir aber duschen gehen. Du bist mit Gia verabredet und ich muss meiner Mutter helfen, den ganzen Halloweenmist vom Dachboden zu holen.«

»Deine Mutter schmückt euer Haus immer noch zu Halloween?«

»Meine Mutter dekoriert zu jeder verdammten Jahreszeit und Festivität, aber sie liebt Halloween besonders. Sie ist immer die beliebteste Anlaufstelle in ihrer Gegend, weil sie allen Kindern die großen Schokoriegel gibt.«

»Das finde ich toll. Als ich noch in San Francisco wohnte, habe ich das Gleiche gemacht. Es ist schade, dass ich die Kinder in ihren süßen kleinen Kostümen dieses

Jahr nicht sehen werde.«

»Ich habe Olivia an Halloween bei mir. Wir verbringen erst etwas Zeit bei meiner Mom, dann ziehen wir mit ihr durch die Nachbarschaft, um die Leute nach Süßem oder Saurem zu fragen. Du wirst es also nicht verpassen.«

»Wirklich?« Ihre schönen Augen fangen an zu leuchten. »Verkleidest du dich auch?«

»Das letzte Mal bin ich als Pascal und Olivia als Rapunzel aus *Rapunzel – Neu verföhnt* gegangen.«

»Oh mein Gott, bitte sag mir, dass du Bilder davon hast«, erwidert sie amüsiert.

»Ich werde sie dir heute Abend zeigen.« Ich küsse sie erneut, ehe ich sie in die Dusche bringe.

Ich stehe in Moms Küche, als mein Handy klingelt. Erfreut stelle ich fest, dass Aria anruft.

»Hey, Babe«, begrüße ich sie und ignoriere meine Mutter, die mir einen vielsagenden Blick zuwirft und schmunzelt.

»Hey«, erwidert sie leise. »Ich habe mit Gia über alles gesprochen und sie meint, wir sollten zur Party meiner Eltern gehen. Auf diese Weise kann ich sagen, dass ich es versucht habe, und wenn etwas schiefgeht, können wir früh verschwinden und zusammen etwas essen.« Sie senkt die Stimme. »Ich glaube allerdings, dass sie nur einen Grund haben will, um das Kleid anzuziehen, das sie gefunden hat.«

»Gar nicht wahr«, ruft Gia im Hintergrund.

»Bist du sicher, dass du hinwillst?«, wendet sich Aria

unsicher an mich.

»Wie gesagt, Baby, ich bin bei allem dabei, was du möchtest.«

»Danke.« Sie klingt erleichtert. »Sehen wir uns in ein paar Stunden bei mir?«

»Ja, und ich bringe Abendessen mit. Lass mich einfach wissen, worauf du Lust hast.«

»Warum esst ihr zwei heute nicht hier?«, fragt Mom, was beweist, dass sie mein Gespräch belauscht hat. Ich ziehe eine Braue in die Höhe. »Schau mich nicht so an. Ich möchte sie endlich kennenlernen.«

»Hat mich deine Mom gerade zum Dinner eingeladen?« Aria klingt plötzlich nervös, was mich überrascht, da sie mehr als nur einmal mit meiner Mutter telefoniert hat und die beiden dazu neigen, über Gott und die Welt zu quatschen.

»Ja.«

»Okay, dann treffen wir uns bei deinen Eltern.«

»Baby, das musst du nicht tun«, versichere ich ihr, was meine Mutter dazu veranlasst, mir einen finsteren Blick zuzuwerfen.

»Doch, ich möchte es gern. Dann sehen wir uns in ein paar Stunden bei euch.«

Seufzend schüttle ich den Kopf. »Ich hole dich ab, dann fahren wir gemeinsam her.«

»Bist du sicher? Du bist doch schon da, oder?

»Ja, aber ich fahre nach dem Abendessen nicht getrennt von dir nach Hause.«

»Okay.« Ich höre das Lächeln in ihrer Stimme. »Dann bis später.«

»Bis nachher, Baby.«

»Bye.« Sie legt auf, und ich schiebe mein Handy zurück in meine Gesäßtasche.

»Du liebst sie, nicht wahr?«

Stirnrunzelnd drehe ich mich zu Mom um. »Was?« Irritiert mache ich Anstalten zu verneinen.

»Wenn du mit Olivia sprichst, hast du denselben Ausdruck im Gesicht«, unterbricht sie mich und ihre Miene wird sanft. »Es ist süß.« Sie nimmt einen der Beutel, die wir vom Dachboden heruntergebracht haben. »Wie auch immer«, sagt sie und macht sich auf den Weg Richtung Vordertür. »Schnapp dir die Kiste mit den Fledermäusen. Es gibt noch viel zu erledigen, bevor du Aria abholst«, ruft sie mir über ihre Schulter hinweg zu.

Kopfschüttelnd betrachte ich die Kisten und suche nach jener, die sie will. In meinen Gedanken wiederhole ich ihre Aussage immer wieder. Ich versuche, mich davon zu überzeugen, dass sie falschliegt. Dass mir Aria am Herzen liegt und ich jede Minute mit ihr genieße, die ich mit ihr verbringe, ich sie aber nicht liebe. Doch je länger ich darüber nachdenke, desto klarer wird mir, dass Mom recht hat. Irgendwie habe ich mich in Aria verliebt, ohne es zu bemerken. Andererseits glaube ich, dass es bereits angefangen hat, als sie mir das erste Mal die Tür aufmachte und so entzückend zerstreut war. Seitdem sind meine Gefühle für sie nur noch tiefer geworden.

Jetzt muss ich nur herausfinden, was ich mit dieser Erkenntnis anfangen soll.

13. Kapitel

Aria

»Oh mein Gott, davon brauche ich unbedingt einen Abzug.« Lachend deute ich auf das Foto von Tide in der Badewanne, auf dem er ungefähr drei ist und mit Irokesenfrisur und Shampoobart in die Kamera grinst.

»Ich lasse dir ein paar drucken«, erwidert Jolene, Tides Mutter, und ignoriert den Blick, mit dem Tide sie bedenkt.

»Werden wir heute auch etwas essen?«, erkundigt sich Tides Vater Hunter. Ich presse die Lippen zusammen, um nicht zu grinsen. Er und sein Sohn ähneln sich nicht nur optisch, sondern auch in ihren Persönlichkeiten. Sie haben beide Ecken und Kanten, was ihre einfühlsamen und fürsorglichen Qualitäten noch liebenswerter macht.

»Du tust, als hätte ich dich nicht vor ein paar Stunden erwischt, wie du die übrig gebliebenen Spaghetti verputzt hast, nachdem du heimgekommen bist.« Jolene sieht ihren Mann liebevoll tadelnd an, der unschuldig mit den Schultern zuckt.

»Es duftete so gut aus der Küche, als ich zur Tür rein bin, und seitdem freue ich mich auf deinen Braten. Es ist nicht meine Schuld, dass du so eine tolle Köchin bist.«

»Wie auch immer«, antwortet sie mit einem kleinen Augenverdrehen, was beweist, dass er mit seinem Kompliment sein Ziel nicht verfehlt hat. »Bereit für das Dinner?« Sie schaut zwischen Tide und mir hin und her.

»Klar doch.« Ich gebe ihr das Album zurück, das ich mir angesehen habe, und sie schiebt es an seinen angestammten Platz im Bücherregal. »Kann ich dir irgendwie helfen?«

»Es gibt nicht viel zu tun. Normalerweise befüllen wir unsere Teller in der Küche, dann gehen wir rüber ins Esszimmer.«

»Nicht ganz«, wendet Hunter ein. »Normalerweise essen wir hier vor dem Fernseher.«

»Das können wir gern tun, wenn ihr wollt«, sage ich, als Tide meine Hand nimmt und mich auf die Füße zieht.

»Das werden wir nicht, Hunter.« Jolene schaut ihren Mann eindringlich an. »Es wird dich nicht umbringen, wenn du mal eine deiner TV-Shows verpasst, da du sowieso alle aufzeichnest und sie dir später angucken kannst.«

»Okay, Frau. Wir dinieren im Esszimmer.« Er erhebt sich aus seinem Fernsehsessel. »Bei Gott, das müssen wir auch. Immerhin hast du Unsummen für diese Tapete bezahlt.«

»Die ist wunderschön und war jeden Cent wert.« Sie dreht sich um und stemmt die Hände in die Hüften. »Das hast du selbst gesagt.«

Hunter sieht seine Frau liebevoll an. »Nein, ich sagte, wenn sie dir gefällt, solltest du sie kaufen, und dass du gute Arbeit geleistet hast.«

Ich versuche, mein Lachen zu ersticken, was in einem lauten Husten endet, als ich nicht mehr länger an mich halten kann. »Entschuldigung.« Ich wedle mit der Hand vor meinem Gesicht herum, während Tide mir auf den Rücken klopft. Seine Mundwinkel zucken dabei verdächtig.

»Besorgen wir dir etwas Wasser.« Jolene greift nach mir und schleift mich mit sich in die Küche, wo sie mir ein Glas einschenkt.

»Danke.« Nachdem ich einen Schluck genommen habe, nickt sie mir zu, geht zu ihrem Doppelofen und holt aus dem oberen eine Bratpfanne, die sie auf die Anrichte stellt. Aus dem unteren Ofen folgen ein Tablett mit Keksen, die aus einem Backmagazin entsprungen sein könnten, und eine Pfanne mit geröstetem Gemüse. Bei dem Anblick knurrt mein Magen erwartungsvoll. Anschließend stellt Jolene Teller für alle bereit.

»Was möchtest du trinken, Baby?« Tide berührt meinen unteren Rücken, und ich sehe ihn über meine Schulter hinweg an.

»Das Wasser hier reicht mir.«

»Bist du sicher?«, klinkt sich Jolene ein. »Ich wollte uns Frauen einen Wein aufmachen. Da sich die Männer wahrscheinlich ein Bier gönnen werden.«

»Dazu sage ich nicht *Nein*«, entgegne ich.

»Würdest du uns eine Flasche Rotwein holen und sie für uns entkorken?«, wendet sich Jolene an Tide.

»Natürlich.« Er drückt mir einen Kuss auf die Schläfe, ehe er ihrer Bitte nachkommt.

Nachdem er zurück ist, schenkt er uns zwei Gläser ein, wir beladen unsere Teller und begeben uns nebenan in das Esszimmer, das durch einen offenen Durchgang von der Küche abgeht. Die Tapete fällt sofort ins Auge. Sie besticht durch eine strahlende Farbe und Applikationen vieler verschiedener Blumen und Vögel, passt aber trotzdem zu dem antik aussehenden Tisch mit den gepolsterten Armlehnstühlen. Wir setzen uns und Hunter spricht ein kurzes Gebet. Was mir gefällt, weil es so wirkt, als würden sie das immer tun. Ganz anders als bei meinen Eltern, die so etwas nur abziehen, um bei ihren Dinnerpartys gut dazustehen. Während Hunter und Tide über die Arbeit sprechen, erzählt mir Jolene von einigen kleinen Baustellen im Haus, die sie selbst erledigen möchte. Ich bin ehrlich beeindruckt von ihr. Anstatt jemanden dafür zu bezahlen, hat sie sich entsprechendes Wissen angeeignet und sich von Tide zeigen lassen, wie man malt, Fliesen legt, Tapeten anbringt und Fußböden ausbessert – alles Dinge, für die ich nicht den Mut hätte. Selbst darüber nachzudenken, ein entsprechendes Projekt in Angriff zu nehmen, ist überwältigend.

»Tide erwähnte, dass du Autorin bist. Ist das dein Vollzeitjob?«, erkundigt sich Jolene während einer Gesprächspause, und ich öffne den Mund, um ihr zu antworten, aber Tide kommt mir zuvor.

»Sie ist sehr erfolgreich, Mom. Sie hat sogar eine Reihe, die verfilmt werden soll.«

»Wirklich?«, fragt Hunter ungläubig, und meine Wangen fangen an zu glühen. Ich hasse es, über mich und meine Arbeit zu sprechen. Ich fühle mich dabei immer unbehaglich.

»Ja.« Tide ergreift unter dem Tisch meine Hand. »Ich habe gerade den letzten Teil dieser Reihe gelesen. Wenn sie es bei den Dreharbeiten richtig angehen, wird es ohne Zweifel ein Hit.«

»Das ist sehr beeindruckend, Aria«, sagt Jolene leise,

und da ich nicht weiß, was ich erwidern soll, zucke ich mit den Schultern.

»Sie redet nicht gern über ihre Karriere.« Tide drückt meine Finger. »Aber vertrau mir – sie hat Talent.«

»Ganz offensichtlich, wenn eines ihrer Werke in einen Film verwandelt wird.«

»Nicht eins. Drei«, korrigiert Tide sie, und Jolene lächelt ihren Sohn liebevoll an, bevor sie sich wieder mir zuwendet.

»Dann musst du mir die Bücher mal geben, damit ich sie lesen kann.«

Mein Herz beginnt, heftiger zu pochen, und mein Magen schlägt einen Purzelbaum. »Das musst du nicht.«

»Ich weiß.« Sie winkt ab. »Aber ich möchte es gern.«

»Mom liest wahnsinnig gern, Baby«, fügt Tide leise hinzu.

»Vor allem liebt sie Bücher mit halbnackten Männern in Kilts auf dem Cover«, grummelt Hunter, was dafür sorgt, dass ich in erheitertes Gelächter ausbreche.

»Entschuldige«, sage ich in Jolenes Richtung. »Ich lache dich nicht aus. Ich mag solche Geschichten auch.«

»Wirklich?«, fragt sie, und ich nicke, ehe ich die Liste meiner Lieblingsautorinnen runterrattere. Einige davon findet sie auch super, was bedeutet, dass wir den Rest des Abendessens damit verbringen, über unsere Lieblingsromane und Szenen daraus zu sprechen. Die Männer hören uns zu, nippen an ihrem Bier und steuern hier und da einen Kommentar bei. Meistens sind sie jedoch der Ansicht, dass man sie vor die Tür setzen würde, wenn sie sich wie die Männer in diesen Storys verhielten. Da sie damit recht haben, widersprechen wir nicht.

Nach dem Dinner gibt es Schokoladenkuchen und Kekse zum Nachtisch, anschließend helfen Tide und ich Jolene beim Aufräumen, während Hunter in das Arbeitszimmer geht, um fernzusehen – was Jolene dazu veranlasst, genervt die Augen zu verdrehen.

»Danke für das Essen, Mom.« Tide umarmt seine Mutter und küsste sie auf den Kopf, während ich die Anrichten noch einmal abwische.

»Gern geschehen.« Sie tätschelt seine Brust. »Dich mit einer warmen Mahlzeit zu versorgen, ist das Mindeste, was ich tun kann, nachdem ich dich heute so eingespannt habe.«

Sie sucht meinen Blick. »Wirst du dieses Jahr Halloween mit uns verbringen, Aria?«

»Definitiv«, versichere ich lächelnd.

»Weißt du schon, wie du dich dieses Jahr verkleiden wirst?«, wendet sie sich an Tide, und er schüttelt den Kopf.

»Noch nicht. Wir müssen Olivia noch zu Rate ziehen, welche Verkleidung sie sich für uns drei ausgedacht hat.« Angesichts seiner Antwort und der Vorstellung, miteinbezogen zu werden, wird mir warm ums Herz.

»Nun, ich kann es kaum erwarten, es zu sehen. Da kommen bestimmt wieder ein paar tolle Fotos zustande.« Sie lacht, dann umarmt sie mich. »Danke, dass du vorbeigekommen bist, Aria.«

»Danke, dass ich hier sein durfte«, entgegne ich, als sie mich loslässt. Tide nimmt meine Hand, wir verabschieden uns noch von seinem Vater, dann begleitet uns Jolene zur Haustür.

»Stört es dich, wenn ich mir deine Nummer von Tide

geben lasse?«, fragt sie mich, als wir auf die Veranda treten. »Ich würde mich gern die Tage mal mit dir zum Mittagessen treffen.«

»Das fände ich schön.«

»Prima.« Sie sieht Tide an. »Ich liebe dich, Schatz.«

»Ich dich auch, Mom.« Tide nickt ihr noch einmal zu, ehe er mich zur Beifahrerseite seines Trucks führt.

Nachdem ich eingestiegen bin, winke ich Jolene und plötzlich wird mir klar, dass ich nur ungern wieder wegfahre. Es war erfrischend, Tide mit seinen Eltern zu erleben. Sein Verhältnis zu ihnen, insbesondere seiner Mutter, sagt viel über den Mann aus, der er ist. Er liebt sie nicht nur; er respektiert sie und genießt ihre Gesellschaft. Mit Sicherheit haben sie, wie jede Familie, auch schwierige Zeiten durchgemacht, aber ich bezweifle, dass sich seine Mom durch die Gegend schläft. Oder sich sein Dad ein frühes Grab schaufelt, indem er seine Gefühle in Alkohol ertränkt. Stattdessen haben sie sich ihren Problemen vermutlich wie normale Erwachsene gestellt und brachten ihrem Sohn bei, dasselbe zu tun, was mich hoffnungsvoll für Tides und meine gemeinsame Zukunft stimmt.

Nicht, dass ich der Meinung bin, eine Beziehung zwischen zwei Menschen, die unter ähnlichen Umständen wie ich aufgewachsen sind, könne nicht funktionieren. Ich denke nur, dass es alles verkompliziert.

Mein Ex Josh hatte ebenfalls eine turbulente Kindheit. Seine Eltern waren entweder ein Teil seines Lebens, sorgten dann aber ständig für Stress und Ärger, oder interessierten sich nicht für ihn. Dazwischen gab es nichts – was er gehasst hat, auch wenn er es niemals zugeben würde.

Wenn ich zurückblicke, wird mir klar, warum er das Verhältnis zwischen meinen Eltern und mir als okay eingestuft hat.

Da wir aber beide in ähnlich unschönen Familien großwurden, taten wir uns schwer, einen Mittelweg zwischen glücklich und unglücklich zu finden. Keiner von uns wusste, wann er innehalten und durchatmen muss, oder wie man die Probleme ansprechen kann, umgemeinsam daran zu arbeiten. Vielleicht war unsere Ehe aber so verkorkst, dass wir tief im Inneren wussten, dass noch mehr Zeit in sie zu stecken, vergebliche Liebesmüh wäre. Mir kam es jedenfalls so vor. Bei ihm zu bleiben, hätte sich als Sisyphusarbeit herausgestellt – eine kräftezehrende, aber auf lange Sicht sinnlose Anstrengung.

»Was schwirrt dir im Kopf rum?«, reißt Tide mich aus meinen Gedanken und legt meine Hand auf seinen Oberschenkel, um sie mit seiner zu bedecken.

»Nur, dass ich deine Eltern sehr mag«, offenbare ich, und er drückt meine Finger. »Sie sind so normal.«

»Sie sind nicht perfekt«, sagt er sanft. »Aber sie konnten herausfinden, was für sie funktioniert. Dad nimmt die ständigen Projekte, die Blumentapete im Esszimmer, die er übrigens hasst, und Moms Dekorationsfaible mit Humor. Sie sorgt wiederum dafür, dass immer eine warme Mahlzeit auf dem Tisch steht, wenn er nach Hause kommt. Außerdem hält sie sich die meiste Zeit von seinem Arbeitszimmer fern, weil das sein Platz ist, besonders während der Fußballsaison.«

»Wie gesagt, sie sind herrlich normal.«

»Ja, ich denke auch.« Er lacht, und ich hoffe, dass wir eines Tages das haben, was seine Eltern teilen. Auch wenn das auf manche Leute langweilig wirkt, klingt es in meinen Ohren einfach wunderbar.

14. Kapitel

Tide

»Es ist seltsam, dass ich noch nie bei dir zu Hause war«, meint Aria ein paar Tage später, als ich die von Bäumen gesäumte Straße entlangfahre, an der ich wohne. Die untergehende Sonne verwandelt indes den Himmel in ein Meer aus Rosa- und Lilatönen.

»Findest du?«

Sie wendet den Blick von der Scheibe ab und sieht mich an. »Du nicht? Ich meine, wir sind schon eine Weile zusammen. Von daher ist es ein wenig eigenartig, dass ich bisher noch nicht bei dir war.«

»Dein Heim ist aber viel schöner als meines und du arbeitest von zu Hause aus, also ist es einfacher, wenn wir unsere Zeit bei dir verbringen. Außerdem liege ich lieber in deinem Bett als in meinem.«

»Tatsächlich?« Sie zieht eine Braue hoch. »Dabei beschwerst du dich jede Nacht über meine Kissen.«

»Nein, ich beschwere mich über die übermäßige Zahl an Kissen, die du hast, aber nicht verwendest.«

»Wie auch immer«, murmelt sie, und ich lächle. Normalerweise hätte ich nicht vorgeschlagen, heute bei mir zu übernachten, aber Anna bringt Olivia morgen ziemlich früh zurück. Für Arias erstes offizielles Aufeinandertreffen mit meiner Ex wollte ich mich auf neutralem Boden befinden. Ich hoffe nur, dass die Sache nicht nach hinten losgeht.

»Das ist es«, sage ich, als ich in meiner Einfahrt halte. Aria mustert den kleinen Garten und das cremefarbene Haus mit den schwarzen Fensterläden.

»Es ist süß, und die Gegend hier ist bezaubernd.«

»Ich glaube, das waren auch die Worte des Maklers.«

»Hast du es gekauft, weil es als süß und bezaubernd beschrieben wurde?«, neckt sie mich mit einem amüsierten Funkeln in ihren schönen Augen.

»Tja, deshalb, und weil es direkt zwischen Olivias Schule und dem Haus meiner Eltern liegt. Das gestaltet vieles einfacher.«

»Ergibt Sinn.«

Wir steigen aus, ich nehme ihre Tasche vom Rücksitz und wir gehen nach drinnen. Während ich ihre Sachen auf den Couchtisch verfrachte, macht sie einen Rundgang durch mein überschaubares Wohnzimmer, das durch eine halbhohe Wand von der Küche getrennt ist. Dann betrachtet sie die gerahmten Fotos an den Wänden. Es sind hauptsächlich Bilder von Olivia, aber darunter finden sich auch einige von meinen Eltern, meiner Schwester und meinen Freunden.

»Es ist nicht viel«, murmle ich, und als sie nichts sagt, fahre ich mir mit der Hand durch die Haare. Ich kenne Aria und weiß, dass sie mich nie verurteilen würde, aber sie ist in einem Anwesen aufgewachsen, das ungefähr eine Million Mal größer ist. Auch ihr aktuelles Heim misst mindestens doppelt so viele Quadratmeter. Nicht zu vergessen, die vielen Hektar Grund, die dazugehören. Könnte ich mir mehr leisten? Wahrscheinlich. Aber das Geld jedes Jahr für einen schönen Urlaub auszugeben, erscheint mir sinnvoller. Außerdem habe ich gern ein finanzielles Polster für Notfälle.

»Ich liebe es. Es ist gemütlich.« Sie dreht sich zu mir um, und ich überbrücke den Abstand zwischen uns, dränge sie rücklings auf die Couch und schiebe ein Knie zwischen ihre Beine.

»Gemütlich also?«, frage ich, meinen Mund ganz nah an ihrem.

»Sehr sogar ... und warm.« Sie legt die Hände auf meine Schultern, und ich spüre, wie sie die Nägel in meine Haut bohrt.

»Warm ist gut.« Ich streiche mit den Lippen über ihre.

»In der Tat«, stimmt sie zu und vergräbt die Finger in meinen Haaren. Ich beiße sacht in ihre Unterlippe, küsse mich über ihre Wange bis zu ihrem Ohr vor und höre ihr Keuchen, was meinen Schwanz steinhart werden lässt. Verdammt, ich war erst vor einer Stunde mit ihr im Bett und will sie schon wieder. Ich werde nie genug von ihr bekommen.

»Den besten Raum hast du noch gar nicht gesehen.« Ich liebkose ihr Ohrläppchen, und als sie mir ihr Becken entgegenwölbt, spüre ich die Hitze ihrer Pussy an meinem Oberschenkel.

»Die Küche?«, keucht sie, und ich muss grinsen, ehe ich mich ihren Hals entlangarbeite.

»Das Schlafzimmer.«

»Das muss ich mir unbedingt angucken.« Sie reibt sich an meinem Bein, und ich küsse sie zärtlich, ehe ich aufstehe und sie mit mir in die Höhe ziehe.

Ohne ein weiteres Wort oder ihr eine Gelegenheit zu

geben, sich weiter umzusehen, führe ich sie in das Schlafzimmer, wo ich sie sofort von ihrem Oberteil befreie. Sie versucht, mir mein Shirt über den Kopf zu ziehen, und ich hebe die Arme, um ihr behilflich zu sein. Anschließend öffne ich ihren BH und verfolge, wie sie den dünnen Stoff über ihre Schulter streift und zu Boden fallen lässt. Ich umfasse ihre Brüste und spüre, wie sich die Spitzen verhärten. »Himmel, du bist wunderschön.« Das ist sie. Alles an ihr ist perfekt, von ihren üppigen Kurven bis zu ihren rosigen Nippeln und ihren Brüsten, die genau in meine Hände passen.

Ich liebe ihren Körper und wie weich sie sich unter mir anfühlt.

Ich liebe sie.

»Tide.« Sie krallt die Finger in meine Seiten, als ich ihren Mund in einem leidenschaftlichen Kuss erobere und sie rücklings auf die Matratze dränge. Als sie in die Kissen sinkt, entledige ich mich meiner Schuhe und beobachte, wie sie ihre Knie anzieht und ihre Brüste bedeckt.

»Versteck dich nicht vor mir, Baby«, sage ich sanft, und sie leckt sich unsicher über die Lippen. »Ich liebe, wie du aussiehst. Ich liebe alles an dir.« Sie mustert mich einen Moment, ehe sie leicht die Beine spreizt und die Hände sinken lässt. Ich entledige mich meiner Jeans und Boxershorts, steige auf das Bett und beuge mich über sie, um an ihrer Unterlippe zu saugen.

»Tide.«

»Ich bekomme langsam das Gefühl, dass du nicht verstehst, wie besessen ich von deinem Körper bin, Baby.«

»Ich bin pummelig.«

Über die Lächerlichkeit dieser Aussage kann ich nur

lachen.

»Lach nicht über mich.« Sie verpasst mir einen Klaps auf den Rücken.

Ich lehne mich zurück, packe ihre Finger und lege sie um meine Erektion. »Baby, ich habe dich vor nicht einmal zwei Stunden genommen und kann es kaum erwarten, wieder in dir zu sein. Dein Körper ist der Wahnsinn. Jeder Zentimeter von dir ist wie ein wahr gewordener feuchter Traum.« Ich erhöhe den Druck ihrer Berührung und beiße die Zähne zusammen, um nicht die Kontrolle zu verlieren. »Du bist perfekt. Alles an dir ist perfekt.«

»Das bin ich nicht«, stöhnt sie, als ich ihre Haut mit Küssen bedecke, bis ich bei ihren Brüsten Halt mache, um ihre Nippel zu liebkosen. Als sie die Finger in meinem Haar vergräbt, pocht mein Schwanz noch drängender, ehe ich zwischen ihre Beine greife und merke, dass sie klatschnass ist.

»Und ob.« Ich beiße in die Innenseite ihres Oberschenkels und dringe erst mit einem, dann mit zwei Fingern in sie ein.

»Sieh mich an, Aria.« Es dauert eine Sekunde, bis sie meiner Aufforderung folgt, als sie es tut, mache ich mich mit dem Mund über sie her. Sie zerrt vor Lust an meinen Haaren, schiebt mich aber ein Stück weg, als wüsste sie nicht, ob ich aufhören oder weitermachen soll. Sobald ihre inneren Muskeln anfangen, sich um meine Finger zusammenzuziehen, sauge ich hart an ihrer Klit und sie kommt. Sie presst die Schenkel zusammen und ein Zittern erfasst sie, bevor ihr Körper zur Ruhe kommt. Ich küsse sie ein letztes Mal auf ihre intimste Stelle. »Ist alles okay mit dir?«

»Nein ... ja.« Lachend umfasst sie meinen Hintern und drückt mich an sich, sodass mein Schwanz gegen ihre Pussy stößt. Ich nehme ihre Hände, halte sie über ihrem Kopf gefangen und dringe in sie ein. Ihr Keuchen vermischt sich mit meinem Stöhnen, als ich mich in ihrer feuchten Hitze versenke.

»Verdammt.« Mein Herz schlägt wie wild, und ich spanne den Kiefer an. Es gibt nichts Besseres, als in ihr zu sein.

»Oh Gott, Tide«, wimmert sie und hebt drängend ihr Becken. Ich gleite noch tiefer in sie hinein, bevor ich mich kurzentschlossen auf den Rücken drehe, sodass sie auf mir ist. Ich umfasse ihre Taille und sie stützt sich auf meiner Brust ab. Ihre langen Strähnen umgeben sie wie ein Schleier. »Reite mich, Aria.«

Ihr Atem stockt, als ich jede ihrer Bewegungen erwidere. Beim Anblick ihrer wilden Haare, ihrer wippenden Brüste und ihrer Hüften muss ich gegen den Drang ankämpfen, sofort zu kommen. Vor ihr glaubte ich zu wissen, was wahre Schönheit bedeutet, doch ich hatte keine Ahnung. Zu beobachten, wie sie mich benutzt, um den Höhepunkt zu erreichen, nach dem sie sich verzweifelt sehnt, ist unglaublich heiß.

»Oh Gott«, haucht sie, als sich ihre Pussy um meinen Schwanz zusammenzieht und sie von einer Welle der Lust übermannt wird. Keine Sekunde später gebe ich mich meinem eigenen Orgasmus hin und verliere mich in ihr. Völlig erledigt halten wir uns in den Armen.

Für ein paar Minuten genießen wir die Stille, und als sich unsere Atmung wieder normalisiert hat, streichle ich über ihren Rücken. »Falls es immer noch nicht bei dir angekommen sein sollte, Baby: Ich finde dich verdammt sexy.«

Sie lehnt sich für einen Moment zurück, um mich anzuschauen, ehe sie sich lachend wieder an mich kuschelt. »So ein Quatsch«, protestiert sie, was mich extrem frustriert.

»Für mich bist du perfekt.« Ich umfange ihr Gesicht mit den Händen und ihre Mimik wird sanfter, als sie merkt, wie ernst ich es meine. »Ich liebe dich, alles an dir, jeden Zentimeter von dir.«

»Tide.« Sie schüttelt den Kopf und ihre Augen füllen sich mit Tränen. Ihr keine Chance gebend, mit mir darüber zu diskutieren, bedecke ich ihren Mund mit meinem und schwöre, alles in meiner Macht Stehende zu tun, damit sie sich eines Tages so sieht, wie ich es tue.

Gegen die Küchenanrichte gelehnt, beobachte ich, wie sich Aria bückt, um ihren Teller in die Spülmaschine zu stellen, und nutze die Gelegenheit, um ihr auf den Po zu hauen.

»Ernsthaft?« Sie blickt mich über ihre Schulter hinweg an und verdreht die Augen.

»Sorry, Baby, wenn du mir deinen Hintern derart ins Gesicht hältst, kann ich nicht anders.« Ich grinse sie über den Rand meiner Kaffeetasse hinweg an.

»Ich halte dir meinen Hintern nicht ins Gesicht.«

»Es fühlt sich an, als würdest du mich in Versuchung führen wollen.« Die Leggings, die sie anhat, betont die Rundung ihrer Rückseite noch mehr. »Vielleicht solltest du dich umziehen, bevor Olivia kommt. Ich glaube nicht, dass ich die Willenskraft habe, die Finger von dir zu lassen, wenn du diese Hose trägst.«

»Tut mir leid, Sir, dann müssen Sie wohl nach besagter Willenskraft suchen, denn ich habe nichts anderes zum Anziehen dabei.« Sie nimmt ihren Kaffee und schaut auf die Uhr, wie schon ungefähr ein Dutzend Mal in den letzten fünfzehn Minuten.

Mit gefällt nicht, dass sie das Aufeinandertreffen mit Anna so aufwühlt. Ich ergreife den Saum ihres Oberteils und ziehe sie zu mir heran. »Nervös?« Ich schiebe ihr eine verirrte Haarsträhne hinters Ohr und sie atmet einmal tief durch.

»Ein bisschen.« Sie mustert mich. »Bist du besorgt?«

»Nein, Olivias Meinung ist die einzige, die mir wichtig ist, und ich weiß bereits, dass sie dich mag.« Ein Klingeln an der Tür unterbricht unseren Moment. »Bereit?« Als sie nickt, stelle ich meine Tasse ab, nehme ihre Hand und gehe gemeinsam mit ihr in den Eingangsbereich.

Kaum dass ich aufgemacht habe, drückt sich Olivia an Aria und mir vorbei. »Sorry, ich kann nicht reden! Ich muss pinkeln.«

»Olivia, so was sagt man nicht«, ruft Anna ihr hinterher. Aria lacht, wird jedoch gleich wieder ernst, als Anna sie ansieht. »Du musst Aria sein.«

»Genau. Schön, dich kennenzulernen.« Als Aria ihr eine Hand hinstreckt, starrt Anna diese nur einen Moment an und ignoriert sie.

»Olivia meinte, ihr drei verbringt den Tag am See.«

»Das ist der Plan«, bestätige ich und unterdrücke den Drang, sie für ihre Unhöflichkeit zurechtzuweisen.

»Du musst sicherstellen, dass sie eine Schwimmweste trägt.« Ihr Blick wandert kurz zu Aria, dann zurück zu mir. »Und ich würde es vorziehen, wenn sie während eurer gemeinsamen Woche nur hier oder bei deinen Eltern ist.«

»Kannst du, aber darauf gebe ich dir keine Garantie.« Wut breitet sich in meinem Innern aus, und Aria umschließt meine Hand noch fester. »Wenn du damit ein Problem hast, können wir das gern gerichtlich klären.«

Anna öffnet den Mund, klappt ihn aber wieder zu, als Olivia zu uns stößt. »Hey, Dad.«

»Hey, Engel.« Ich hebe sie hoch, und sie schlingt die Arme um meinen Hals. »Freust du dich auf den heutigen Tag?«

»Ja.« Sie grinst mich an, dann beugt sie sich zu Aria hinüber, um sie zu umarmen.

»Hey, Süße.« Lächelnd streichelt Aria ihr über die Wange.

»Drück mich zum Abschied, Olivia«, schnauzt Anna, woraufhin sowohl Aria als auch Olivia erschrocken zusammenzucken.

»Verdammt, Anna«, knurre ich.

»Was? Ich muss los«, entgegnet sie, ehe sie mir Olivia abnimmt. »Wir sehen uns in einer Woche. Ruf mich die Tage auf jeden Fall an.«

»Mache ich, Mommy«, erwidert Olivia, und Anna bedenkt mich mit einem letzten Blick, bevor sie auf dem Absatz kehrtmacht und davonstürmt.

»Möchtest du mir helfen, für unser Picknick zu packen?«, wendet sich Aria an Olivia, nachdem ich die Haustür geschlossen habe.

»Ja, können wir Sandwiches mit Erdnussbutter und Marmelade machen?«

»Na klar«, antwortet Aria und geht zusammen mit Olivia in die Küche.

»Während ihr zwei euch darum kümmert, werde ich das Kanu in den Truck laden.« Ich weigere mich, mir von Annas beschissenem Verhalten unseren Tag ruinieren zu lassen.

»Okay, dann bis gleich.« Aria mustert mich eingehend. Mit Sicherheit versucht sie, herauszufinden, wie groß meine Wut ist.

Dass ich normalerweise immer angepisst bin, wenn ich mich mit Anna auseinandersetzen muss, weiß sie noch nicht. Aber ehrlich gesagt, kann mir meine Ex gestohlen bleiben. Mein Ziel ist es, Aria zu einem festen Bestandteil meines Lebens zu machen, ob es Anna gefällt oder nicht.

»Denk dran, Engel, das Wasser ist kalt, also müssen wir alles dafür tun, nicht baden zu gehen«, warne ich Olivia, während ich noch einmal überprüfe, ob ihre Schwimmweste richtig sitzt.

»Ich weiß, Dad.« Über meine Schulter hinweg sieht sie Aria an und verdreht die Augen nach dem Motto *Hörst du, was der Kerl da sagt? Er muss mich für eine Idiotin halten.*

»Ich erinnere dich nur daran, weil du es bei unserem letzten Mal auf dem See witzig fandest, das Boot hin und her zu schaukeln, weshalb wir im Wasser gelandet sind.«

»Das war lustig, aber heute ist es zu kalt zum Schwimmen.« Sie zuckt mit den Schultern und hüpft zu Aria hinüber, um ihre Hand zu ergreifen und sie zum Kanu zu ziehen, das wir bei unserer Ankunft bereits zu dem Steg getragen haben.

Wenn ich die beiden zusammen beobachte, erfüllt mich ein Gefühl der Zufriedenheit, wie ich es noch nie zuvor verspürt habe. Daten ist mir in den letzten Jahren nicht schwergefallen, aber unter diesen Frauen war keine, die ich meiner Tochter hätte vorstellen wollen. Selbst wenn sie noch so nett war, fehlte immer etwas. Bis ich Aria traf, die mich mit ihrer inneren Stärke, ihrer Verletzlichkeit und ihrem Willen, sich nicht unterkriegen zu lassen, völlig umgehauen hat. Wie sehr ich diese Eigenschaften an ihr bewundere und schätze, ist ihr gar nicht bewusst.

»Dad, kommst du?«, ruft Olivia und reißt mich damit aus meinen Gedanken. Sie und Aria versuchen, herauszufinden, wie sie ins Kanu steigen sollen.

»Ja.« Ich jogge zu ihnen und halte das Kanu fest. »Na los, ihr zwei, hüpft rein.« Sobald sie Platz genommen haben, tue ich es ihnen gleich, löse das Seil, das am Steg befestigt ist, und schiebe uns mit dem Paddel ins Wasser. Während ich uns auf dem kleinen See herumfahre, weisen die beiden auf verschiedene Vögel und Fische hin. Aria macht eine Million Bilder von Olivia und den Bäumen, die inzwischen nicht mehr grün sind, sondern in herbstlichen Farbtönen erstrahlen.

Als wir schließlich wieder sichereren Boden unter den Füßen haben, suchen wir uns eine nette Stelle im Gras, und ich hole ein Abdeckvlies, das ich zum Malern brauche und daher auf der Ladefläche meines Trucks aufbewahre. Als ich es ausgelegt habe, packt Aria das Mittagessen aus, das sie und Olivia zubereitet haben. Dazu gehören heiße

Schokolade, Sandwiches mit Erdnussbutter und Marmelade, Chips, Gemüse und Hummus. Während dem Essen wird mir nur allzu deutlich bewusst, dass ich mich an solche Tage mit meinen beiden Mädchen gewöhnen könnte.

»Grandma hat gefragt, wie du dich dieses Jahr zu Halloween verkleiden möchtest«, sage ich zu Olivia und nehme mir eine Handvoll Chips.

Olivia wendet sich an Aria. »Kommst du mit, wenn wir in der Nachbarschaft nach Süßem oder Saurem fragen?«

»Ja. Wenn das für dich in Ordnung ist?«

»Ja, ist okay.« Sie zuckt mit den Schultern, als wäre es keine große Sache. »Willst du Elsa oder Anna sein?«

»Ähm.« Aria sieht mich an und ihre Verwirrung steht ihr ins Gesicht geschrieben.

»Elsa und Anna sind Charaktere aus *Die Eiskönigin – völlig unverfroren*. Sie sind Schwestern«, erkläre ich.

»Oh.« Aria zuckt verunsichert mit den Achseln. »Wer von ihnen möchtest du sein?«

»Ist egal. Beide sind toll. Hast du den Film noch nie geguckt?« Aria schüttelt den Kopf. »Wirklich nicht?« Olivia klingt fassungslos.

»Wirklich nicht.« Aria betrachtet Olivia amüsiert, als die sich auf den Rücken fallen lässt.

»Was ist mit *Die Eiskönigin II*?«

»Ich habe keinen von beiden gesehen.« Aria lacht, als Olivia die Nase krauszieht.

»Können wir die Filme heute Abend gucken, Daddy?«

»Klar«, stimme ich zu, und sie steht auf, klettert auf meinen Schoß und drückt mich, bevor sie zu Aria schaut. »Danach kannst du entscheiden, ob du Elsa oder Anna sein möchtest.«

»Das klingt nach einem Plan.«

Olivia nickt und nimmt mich ins Visier. »Möchtest du Kristoff oder Olaf sein, Daddy?«

»Was dir lieber ist.« Ich beuge mich vor, küsse sie auf die Nasenspitze und sie grinst erfreut.

»Wer sind Kristoff und Olaf?«, will Aria wissen.

»Kristoff ist Annas Freund, und Olaf ist ein Schneemann, der zum Leben erweckt wird. Er ist superlustig. Du wirst ihn lieben. Mom findet ihn toll.« Olivia steht auf, dreht sich im Kreis herum und singt eines von Olafs Liedern.

Ich beobachte ihr Treiben und spüre plötzlich Arias Blick auf mir. Der liebevolle Ausdruck in ihren Augen löst ein warmes Gefühl in meinem Inneren aus. »Was ist?«, frage ich leise, aber sie winkt ab.

»Nichts, ich habe nur gerade gedacht, dass du ein großartiger Vater bist.«

Verdammt, sie das sagen zu hören, weckt in mir den Drang, sie in das Gras zu drücken und zu küssen, bis ihr Hören und Sehen vergeht. »Was haltet ihr davon, wenn wir zusammenpacken und in die Stadt fahren, um Pizza und Snacks für unseren Filmabend zu besorgen«, schlage ich vor, um mich abzulenken.

Da beide einverstanden sind, sammeln wir unsere Sachen ein, dann laden Aria und ich das Kanu in meinen Truck. Auf dem Weg in die Stadt halten wir bei einem Supermarkt, um ein paar Tiefkühlpizzen und Snacks zu besorgen. Als wir fertig sind, haben wir genug Junkfood für eine zehnköpfige Familie im Wagen.

Den Rest des Abends stopfen wir uns die Bäuche mit Leckereien voll und amüsieren uns köstlich über Olaf und

Co. Als wir Olivia schließlich ins Bett bringen, hat sie die Entscheidung getroffen, dass Aria an Halloween Elsa, sie Anna und ich Kristoff sein soll. Von daher beschließen wir, am nächsten Morgen unsere Kostüme zu kaufen. Dass sich Aria inzwischen noch mehr als Olivia darauf zu freuen scheint, sich an Halloween zu verkleiden, überrascht mich kein bisschen.

15. Kapitel

Aria

»Guten Morgen, Baby«, flüstert Tide mir ins Ohr, und als mir der Geruch von frischem Kaffee in die Nase steigt, öffne ich die Augen.

»Hey.« Ich lasse mich von ihm küssen. Als er sich jedoch zurücklehnt und ich sehe, dass seine Haare noch feucht sind und er bereits angezogen ist, ziehe ich eine Schnute. »Du hast ohne mich geduscht.« Ich setze mich auf und drücke die Bettdecke an meine Brust, ehe ich den Becher Kaffee nehme, den Tide mir hinhält.

»Tut mir leid.« Er grinst. Bestimmt hält er es für witzig, dass ich deswegen sauer bin. Aber ich mag unsere gemeinsamen Duschsessions nun mal sehr. »Ich muss los und du solltest dich fertig machen. Gia wird in Kürze hier sein, um dich abzuholen.«

»Was?« Ich runzle die Stirn. Gia und ich wollen uns heute gemeinsam für die Party bei meinen Eltern aufhübschen, während Coltons Mutter auf Gino aufpasst, aber das ist noch Stunden hin. »Es ist noch früh.«

»Ich weiß, aber ihr zwei habt einen Termin bei Rock Salt in der Stadt.«

»Dem Spa?« Mein müdes Hirn läuft noch nicht auf Hochtouren und hat Probleme, den Sinn seiner Worte zu erfassen.

»Ja.«

»Sorry.« Ich schüttle den Kopf. »Ich verstehe nicht ganz.«

Lächelnd stützt er sich auf der Matratze ab und beugt sich über mich – so nah, dass ich seinen Atem auf meinen Lippen spüre. »Du und Gia genießen heute einen Tag im Spa. Colton und ich haben das eingefädelt, damit ihr euch entspannen könnt.«

»Oh.« Bei seinen Worten wird mir warm ums Herz. Eine Wirkung, die er öfter auf mich hat.

»Du musst in dreißig Minuten da sein. Eigentlich wollte ich dich früher wecken, aber mein Anwalt rief an.«

Mein Magen zieht sich zusammen. »Ist alles okay?«

»Ja.« Ich suche in seinem Gesicht nach Anzeichen dafür, dass die Dinge nicht so in Ordnung sind, wie er vorgibt. Seit Anna Olivia letzte Woche zu ihm brachte, führt er Gespräche mit seinem Anwalt. Tide will sicherstellen, dass er für den Fall abgesichert ist, dass Anna ihn vor Gericht zerrt, um das alleinige Sorgerecht zu erwirken. Auch wenn er bisher nicht befürchtet, dass sie Erfolg haben könnte, mache ich mir dennoch Gedanken. Ich weiß ohne Zweifel, dass er ausflippen würde, sollte ihm Zeit mit seiner Tochter genommen werden.

»Versprochen?«

»Ja, Baby, versprochen.« Er beugt sich vor, um mich zu küssen, und streichelt mir über die Wange. »Wir sehen uns am Abend.«

»Okay.«

»Versuch, dich heute zu entspannen.«

»Na klar.« Ich nicke, und er drückt mir zum Abschied einen Kuss auf den Kopf, bevor er zur Tür hinausgeht.

Ich starre in den leeren Raum hinein. Mein innerer Aufruhr gilt nicht länger der Party meiner Familie oder der Tatsache, dass wir Zeit mit meinen Eltern verbringen werden. Stattdessen haben sich meine Besorgnis und meine Nervosität auf Tide verlagert sowie auf das, was Anna treibt beziehungsweise vorhat. Ich verstehe sie nicht. Ich begreife nicht, warum sie über seine Beziehung zu mir wütend ist, wenn sie ihn einst verlassen hat. Ihre Eifersucht oder Feindseligkeit passen für mich genauso wenig ins Bild. Wie kann sie der Ansicht sein, Olivia von ihrem Vater zu trennen, wäre eine gute Sache? Es wäre nicht nur verheerend für Tide, sondern auch für ihre Tochter, die sie eigentlich beschützen will. Warum sie vorsichtig sein möchte, zu wem Olivia Kontakt hat, kann ich grundsätzlich nachvollziehen, aber Tide ist sehr umsichtig vorgegangen, als ich Olivia kennenlernte. Ich weiß, dass er Anna zuvor Bescheid gab, ehe er uns miteinander bekannt machte.

»Aria, du musst dich beeilen.«

Ich schüttle den Kopf, um meinen Verstand zu klären, und erblicke Tide im Türrahmen. »Entschuldige, ich war gerade ganz woanders.« Ich stelle meinen Kaffeebecher ab, werfe die Decke beiseite und schwinge die Beine aus dem Bett. »Siehst du, ich bin auf.« Er lacht, schlingt die Arme um meine Taille und küsst mich tief und innig. »Ich dachte, du wärst schon weg«, sage ich atemlos.

»Mir ist auf dem Weg aufgefallen, dass ich meine Mütze vergessen habe.« Er reibt seine Nase an meiner. »Außerdem wollte ich auf Nummer sicher gehen, dass du aufgestanden bist. Mir ist bewusst, dass es noch ziemlich früh ist.«

»So früh nun auch wieder nicht«, entgegne ich, da es beinahe neun ist und die meisten Leute schon wesentlich länger aus den Federn sind. Üblicherweise gehöre ich zu diesen Menschen.

»Ja, aber du hast bis spät in die Nacht gearbeitet. Ich habe mitbekommen, wie du dich gegen Mitternacht aus dem Bett geschlichen hast, und als ich um zwei Uhr nach dir sah, bist du noch vor deinem Computer gesessen.«

»Sorry.« Die Sache ist mir unangenehm.

»Wofür? Wenn die Geschichte raus will, muss sie raus«, räumt er leichthin ein, und ich frage mich, wann ich vollends begreifen werde, dass er nicht Josh ist. Tide wird nicht wegen Nichtigkeiten wütend oder benimmt sich wie ein Arsch, nur weil er es kann. Er unterstützt mich und ist rücksichtsvoll. Er bedeutet mir alles. »Jetzt muss ich aber los.« Er beugt sich vor und küsst mich. »Hab einen schönen Tag, Baby«, flüstert er.

»Du auch«, erwidere ich, als er seine Mütze von der Kommode nimmt, mir zuzwinkert und den Raum verlässt. Lächelnd gehe ich in das Badezimmer und beeile mich bei meiner Morgenroutine, damit ich bereit bin, wenn mich Gia abholen kommt.

»Keine Ahnung, wie du das siehst, aber ich bin mir nicht sicher, ob ich die Party bei deinen Eltern heute Abend überstehe«, meint Gia schläfrig. Ich drehe meinen Kopf in ihre Richtung und diese Bewegung scheint das letzte bisschen Kraft zu beanspruchen, das ich noch habe. »So entspannt war ich seit Monaten nicht mehr.«

»Geht mir genauso.« Ich schenke ihr ein träges Lächeln

und sie erwidert die Geste. Als wir im Spa ankamen, war Gia so schockiert wie ich, als wir herausfanden, dass unsere Männer für unsere Entspannung keinerlei Kosten und Mühen gescheut haben. Ich hatte eine Massage und eine Maniküre erwartet, aber sie haben uns sämtliche Behandlungen gebucht, die das Spa anbietet: Wir wurden von Kopf bis Fuß verwöhnt, massiert und waren in der Sauna – jetzt möchte ich am liebsten eine für mein Zuhause – und bekamen eine Mani- wie Pediküre. Der Tag war großartig und genau das, was ich brauchte, auch wenn mir das bis dahin nicht klar war. Mein letzter Spa-Besuch fand kurz vor meiner Hochzeit mit Josh statt und bot nicht viel Entspannung. Unsere Mütter redeten sowohl das Spa als auch die geplante Hochzeit schlecht – beides Dinge, für die sie selbst kein Geld ausgaben. Von daher war ich gestresst und besorgt, weil ich in meinem Innern wusste, dass ich einen großen Fehler begehen würde. Allerdings steckte ich schon zu tief drin, um alles abzublasen, obwohl ich es hätte tun sollen.

»Meinst du, unsere Männer haben daran gedacht, einen Smoking für heute Abend zu mieten?«

Gias Frage reißt mich aus meiner Erinnerung.

»Keine Ahnung.« Besorgt kaue ich auf meiner Unterlippe herum. »Hoffentlich.«

»Das hoffe ich auch. Ich freue mich sehr darauf, die beiden so schick angezogen zu sehen.«

»Ja, ich auch.« Ich versuche, mir vorzustellen, wie Tide etwas anderes als Jeans und seinen Parka trägt, den er wegen der fallenden Temperaturen anhat. Nicht, dass ich mich jemals beschweren würde. Denn er sieht damit ungemein gut aus.

»Entschuldigen Sie die Störung.« Maria, die Besitzerin des Rock Salt, betritt den Raum. Die Damen, die unsere Pediküre gemacht haben, ziehen uns weiße Flip-Flops über und fangen an, ihre Utensilien zusammenzupacken. »Ich wollte sehen, ob eine von Ihnen noch ein Glas Champagner möchte, während Sie darauf warten, dass Ihre Nägel trocknen?«

»Wenn Sie nicht wollen, dass ich den Rest des Tages hier in Ihrem Sessel schlafe, muss ich leider verzichten«, antwortet Gia, woraufhin Maria mich fragend ansieht.

»Ich glaube, mir würde es nicht anders ergehen, aber vielen Dank, die Zeit hier war wunderbar.«

»In diesem Fall danke ich Ihnen beiden, dass Sie den Tag bei uns verbracht haben.« Sie schenkt uns ein warmes Lächeln.

»Können wir ein Trinkgeld hinterlassen?«, erkundige ich mich, doch sie schüttelt den Kopf.

»Ihre Rechnung ist zur Gänze beglichen und meine Mädchen haben großzügige Trinkgelder erhalten. Sie können gehen, sobald ihre Nägel trocken sind, was in ungefähr zehn Minuten der Fall sein sollte.« Sie verbeugt sich leicht und verlässt mit ihren Mitarbeiterinnen den Raum.

»Ich denke, ein Besuch jeden zweiten Monat wäre nicht verkehrt«, sage ich und schalte die Massagefunktion meines Sessels aus.

»Also sollte ich nicht planen, dass wir auf absehbare Zeit jede Woche wiederkommen?« Gias enttäuschte Schnute bringt mich zum Lachen.

»Wenn ich mir das jede Woche gönne, kann ich mir die Heimsauna nicht leisten, zu deren Installation ich Tide überreden will.«

»Du bist ein Genie.«

»Ja, oder?« Ich wackle mit den weinrot lackierten Zehen und halte meine Hände hoch, um meine Nägel zu inspizieren, die denselben tiefen Burgunderton aufweisen.

»Diese Farbe wird perfekt zu deinem Kleid passen.«

»Hoffentlich. Hat Colton deines schon gesehen?«

»Nein, ich möchte ihn überraschen. Ich habe es in Ginos Schrank gehängt, weil er dort nie reinschaut.« Sie setzt sich auf und überprüft ihre Nägel, die sie sich in einem klassischen Rot hat lackieren lassen, das in Kombination mit ihrem sexy schwarzen Spitzenkleid für heute Abend fantastisch aussehen wird. »Wollen wir uns etwas zu essen holen und anschließend ein paar Stunden zusammen mit Gino bei mir abhängen, bis wir uns fertig machen müssen?«

»Klingt super«, stimme ich zu und stehe vorsichtig auf. Nach der Zeit in der Sauna und der Ganzkörpermassage fühlen sich meine Muskeln fast zu entspannt an. »Hast du Lust, was bei dem griechischen Restaurant die Straße runter zu bestellen?«

»Gibt es da Salat?«

»Ich glaube schon.« Irritiert sehe ich sie an.

»Schau mich nicht so an. Ich schwöre, ich habe in der letzten Woche zwei Kilo zugenommen, und das, obwohl ich all das Junkfood nicht gegessen habe, nach dem es mich gelüstet hat. Es wäre furchtbar, wenn ich heute Abend nicht in mein Kleid passe, weil ich mich mittags nicht zurückhalten konnte.«

»Du wirst auf jeden Fall in dein Kleid passen.« Ich verdrehe die Augen. Keine Ahnung, wie sie vor der Schwangerschaft und Ginos Geburt ausgesehen hat, aber ich glaube nicht, dass sie abnehmen muss. Worin mir Colton definitiv zustimmen würde. Seine Liebe für sie grenzt schon an Besessenheit, was mir in den letzten Wochen aufgefallen ist, da ich so viel Zeit mit ihnen verbracht habe.

»Aber ich könnte auch einen Salat vertragen. Wenn sie keinen auf der Speisekarte haben, wählen wir ein anderes Restaurant.« Ehrlich gesagt, ist die ständige Sorge darüber, wie ich aussehe und was ich esse, verschwunden, seit Tide in mein Leben getreten ist. Ich erinnere mich nicht einmal an das letzte Mal, an dem ich auf die Waage gestiegen bin. Was nicht heißt, dass ich manchmal nicht immer noch an mein Gewicht denke.

»Heute Abend gibt es kein Halten mehr. Sobald ich den Reißverschluss meines Kleids zugemacht habe, werde ich alles essen, was ich zwischen die Finger bekomme, und trinken, bis Colton mich herumtragen muss.« Sie grinst und steht von ihrem Sessel auf. Ihre Beine scheinen genauso sehr aus Pudding zu bestehen wie meine. »Glaubst du, unsere Nägel sind trocken?«

Ich bücke mich, inspiziere erst ihre, dann meine und nicke. »Ja, aber wir sollten unsere Flip-Flops für alle Fälle anbehalten.« Ich schnappe mir meine Schuhe und Socken und Gia tut es mir gleich. Nach einem kurzen Abschied von Maria, die wir im vorderen Bereich des Spas antreffen, gehen wir nach draußen zu Gias übergroßem Suburban und bestellen zwei griechische Salate bei dem Restaurant, das hier ganz in der Nähe ist. Nachdem wir sie abgeholt haben, fahren wir zu Gia nach Hause, wo wir den Rest des Tages damit verbringen, Gino zu unterhalten, bis wir uns fertig machen müssen.

»Wow.«

Tide steht im Türrahmen von Gias und Coltons Gästebad und sein intensiver Blick treibt meinen Puls in die Höhe. Normalerweise halte ich mein Augen-Make-up dezent, wenn ich meine Lippen dunkel schminke, oder eben andersherum. Heute Abend wollte ich mich aber nicht zurückhalten, weshalb ich mich sowohl für Smokey Eyes als auch einen sinnlichen burgunderfarbenen Lippenstift entschied. Ich wirke nicht nur sexy, sondern fühle mich auch so. Dem Ausdruck in Tides Augen nach zu urteilen, scheine ich ihm auch zu gefallen. Als Gia dieses Kleid auswählte und darauf bestand, dass ich es anziehe, war ich skeptisch. Ich habe noch nie etwas so Figurbetontes getragen, aber genau wie bei der Anprobe in der Boutique denke ich, dass es wie für mich gemacht ist. Das ärmellose, altrosafarbene Oberteil mit V-Ausschnitt zeigt gerade genug Dekolleté, um noch stilvoll zu sein, und die Empire-Taille schmeichelt meinen Kurven, insbesondere durch den fließenden Übergang zum Rock. Dieser ist in einem Meerjungfrauenstil gehalten und der Stoff ist mit Pailletten in verschiedenen Farben besetzt. Außerdem endet er oberhalb meiner Knöchel, sodass meine nudefarbenen High Heels gut zur Geltung kommen.

Während Tides verlangender Blick erneut über mich wandert, angefangen bei meinen Haaren, die ich zur Hälfte hochgesteckt habe, bis zu meinen Füßen, nehme ich ihn ebenso in Augenschein und fühle mich sofort etwas schwindelig. Ich fand ihn schon immer wahnsinnig gutaussehend. Mit den zu einem Knoten zusammengebundenen Haaren und glatt rasiertem Gesicht, was seinen Kiefer noch markanter wirken lässt, sowie in einen schwarzen Smoking gehüllt, der sich perfekt an seinen muskulösen Körper schmiegt, ist er nicht bloß attraktiv. Er ist ... Er ist ... Mir fehlen die Worte, um ihn zu beschreiben. Ich weiß nur, dass er einfach alles ist.

»Ich dachte«, er reibt sich mit der Hand über das Kinn und kommt auf mich zu, »mir wäre klar, wie schön du heute Abend sein würdest. Aber offensichtlich hatte ich nicht den Hauch einer Ahnung. Heiliger, Aria, was zum Teufel?«

»Du magst mein Kleid also?«, frage ich unsinnigerweise, und er umfasst meine Hüfte, um mich an sich zu ziehen.

»Das könnte man so sagen, ja.« Er sieht mich so durchdringend an, dass mir der Atem stockt. »Man könnte auch sagen, dass ich ein wahnsinniges Glück habe. Denn ich sehe dich nicht nur in diesem Kleid, sondern ich bin auch der Einzige, der es dir heute Abend ausziehen wird, damit ich dich um den Verstand vögeln kann.«

»Tide.« Ich packe sein Revers, um nicht den Boden unter den Füßen zu verlieren. Er lehnt sich vor und presst seinen Mund auf meinen.

»Egal was auf dieser Party passiert, Aria, ich werde dich vornüberbeugen und dich in diesem Kleid und diesen Schuhen nehmen, sobald wir zu Hause sind.«

»Okay«, stimme ich ohne Umschweife zu und bekomme gerade noch sein Grinsen zu Gesicht, ehe er meinen Mund erneut erobert. Der Kuss ist heiß, lang und tief, und als er sich wieder von mir löst, bin ich völlig atemlos. Flatternd hebe ich die Lider und bemerke, dass er mich auf eine Art ansieht, bei der mir ganz eng in der Brust wird. Da ich sicher bin, dass jetzt nicht der richtige Zeitpunkt ist, um über die Tatsache zu sprechen, dass ich in ihn verliebt bin, wische ich schweigend mit dem Daumen über seine Unterlippe. »Du hast überall Spuren von meinem Lippenstift.«

»Das ist mir so was von egal«, raunt er.

Lächelnd zwinge ich ihn dazu, mich loszulassen, damit ich besagte Spuren beseitigen kann. Als ich mich über das Waschbecken beuge, um mein Lippenrot aufzufrischen, legt Tide von hinten die Arme um meine Taille und schmiegt sich eng an mich. Sofort fühle ich mich geborgen und beschützt. »Nur so als Vorwarnung, Aria: Sollte dein Ex oder irgendjemand sonst dich heute Abend dumm anmachen, werde ich mich nicht zurückhalten.«

Ich begegne seinem Blick im Spiegel und nicke, denn der Ausdruck in seinen Augen duldet keinen Widerspruch. Aber ehrlich gesagt habe ich gar keine Absicht, mit ihm streiten, wenn er im Notfall für mich eintreten will. Nicht, wenn mein erster Instinkt darin besteht, ihn auf die gleiche Weise zu verteidigen. Ich hoffe nur, dass es nicht dazu kommt.

16. Kapitel

Tide

Ich drücke Arias Oberschenkel, als ich mich hinter die vielen Autos einreihe, deren Fahrer darauf warten, dass jemand kommt und ihren Wagen vor dem Anwesen der Spencers parkt. Auch wenn Aria es nicht gesagt hat, weiß ich, dass es sie nervös macht, heute Abend gleichzeitig ihrem Ex-Mann und ihren Eltern zu begegnen.

»Hier bist du aufgewachsen?«, fragt Gia, die auf dem Rücksitz sitzt und mit vor Staunen weit aufgerissenen Augen aus der Scheibe starrt. Ihre Reaktion überrascht mich nicht. Der Ort, an dem Aria ihre Kindheit verbrachte, sieht aus wie aus einem Film. Helle Lichter erleuchten das zweistöckige Plantagenhaus und weiße Säulen säumen die Veranda, wodurch das Gebäude noch einschüchternder wirkt. Es hat nichts von einem Heim, sondern ähnelt mehr einem Museum, für dessen Besichtigung die Leute Eintritt bezahlen.

»Leider«, erwidert Aria leise und bedeckt meine Hand mit ihrer.

»Es ist wunderschön.«

»Der Schein trügt«, sagt sie, als zwei Männer, die für den Parkservice angeheuert wurden, auf meinen Truck zugehen. Einer kommt zur Fahrerseite, der andere bleibt neben der Beifahrerseite stehen.

»Warte mit dem Aussteigen, bis ich bei dir bin«, fordere ich, als die Türen geöffnet werden. Aria nickt, woraufhin ich aussteige, das Auto umrunde und ihre Hand nehme, um ihr aus dem Wagen zu helfen. Dann führe ich sie zur Verandatreppe, von wo aus auch die anderen Partygäste das Haus betreten.

»Sobald wir drinnen sind, brauche ich ein Bier«, grummelt Colton hinter uns und zum ersten Mal an diesem Abend höre ich Aria lachen. Mein Magen zieht sich zusammen. Ich liebe es, sie glücklich zu erleben, und hasse, dass ihre Familie ihr diesbezüglich immer wieder Steine in den Weg legt.

Das Anwesen ist genau so, wie man es erwartet. Das Foyer ist riesig und zwei geschwungene Treppen führen in den oberen Stock. Von der Eingangshalle kann man direkt in den Garten hinter dem Haus blicken, der vor Girlanden und Menschen nur so wimmelt. Einige Gäste halten Gläser in der Hand, andere Teller mit Essen, während sie sich unterhalten und leise Musik im Hintergrund spielt. »Ich habe dich, Baby«, sage ich leise, als Aria stolpert.

»Danke.« Sie schaut mich an, und ich ziehe sie so nah an mich heran, dass ich sie auf die Stirn küssen kann. Erst als ich sicher bin, dass sie ihre Fassung zurückgewonnen hat, bringe ich sie nach draußen. Ich werfe einen Blick in die Runde. Ihre Mutter steht bei einem Kerl, der an jedem ihrer Worte zu hängen scheint, und ihr Vater unterhält sich mit einer Gruppe von Männern auf der gegenüberliegenden Seite des Gartens.

»Ich finde, wir sollten uns als Erstes etwas zu trinken holen«, schlägt Aria vor, also lasse ich mich von ihr zur

Bar führen, die sich in der Mitte des Gartens unter einem Lichterbogen befindet. Die Mädels bestellen Wodka mit Soda, Colton und ich Bier. Was allerdings nicht auf Lager ist, weshalb der Barkeeper erst nach drinnen laufen muss, um es zu holen. Sobald wir unsere Getränke haben, begeben wir uns zu einem der vielen Stehtische, die überall aufgestellt wurden. Arias aufgesetztes Lächeln verrät mir, dass sie sich unwohl fühlt und ihre Nervosität noch nicht abgeflaut ist.

»Bilde ich mir das ein oder starren die Leute uns an?«, fragt Gia leise.

»Nein, das bildest du dir nicht ein«, antwortet Aria und spannt sich an, als ihre Mom und der Typ, mit dem diese eben noch in ein Gespräch vertieft war, zu uns herüberkommen.

»Aria, da bist du ja«, begrüßt uns ihre Mutter und beäugt uns kritisch. »Und du hast deine Freunde mitgebracht.«

»Mom«, erwidert Aria kühl. Rasch drücke ich ihre Hüfte, um ihr zu signalisieren, dass sie nicht allein ist. »Ich möchte, dass du Gia, Colton und meinen Freund Tide kennenlernst.«

»Willst du Josh gar nicht Hallo sagen?«, entgegnet ihre Mutter, ohne auf ihre Worte einzugehen, und umfasst den Arm ihres Begleiters. Ich presse die Kiefer zusammen, um mich unter Kontrolle zu halten, als mir klar wird, dass der Kerl an ihrer Seite Arias Ex-Mann ist. Der Idiot, der nicht um sie gekämpft hat und bis heute Unterhalt von ihr verlangt, weil er lieber die Frau an meiner Seite bluten lässt, als sich einen Job zu suchen. Ich mustere ihn von oben bis unten und kann verstehen, warum Aria mit ihm zusammen war. Er ist attraktiv, auch wenn er wie ein Schleimer aussieht.

»Josh«, sagt Aria kurz angebunden, und für einen Moment liegt Berechnung in seinen Zügen, ehe er schnell ein charmantes Lächeln aufsetzt.

»Du siehst fantastisch aus, Aria.« Sein Blick wandert über ihr Gesicht und ihr Dekolleté. Wütend balle ich die Hände zu Fäusten. »Wie schön, auch einige von deinen Freunden kennenzulernen.«

»Wirklich wundervoll«, stimmt ihre Mutter zu, schürzt aber gleich darauf die Lippen. Eine Sekunde später weiß ich auch, warum.

»Liebes.« Arias Vater, der offensichtlich getrunken hat, geht um den Tisch herum, damit er Aria einen Kuss auf die Wange geben und mir kräftig auf den Rücken klopfen kann. »Ich bin so froh, dass ihr zwei hier seid. Du siehst wunderschön aus, Schatz.«

»Danke, Dad«, erwidert Aria leise, bevor sie auf Colton und Gia zeigt. »Du erinnerst dich an meine Freunde, oder?«

»Vielen Dank für die Einladung«, sagt Colton, was Arias Vater mit einem Nicken quittiert. Dann gesellt er sich an die Seite seiner Frau und legt ihr so schwungvoll einen Arm um die Schultern, dass sie leicht ins Straucheln gerät.

»Ernsthaft, George? Du bist jetzt schon betrunken?« Beatrice schüttelt ihn ab und tritt einen Schritt zur Seite.

»Ich bin nicht betrunken, ich hatte nur ein paar Drinks.« Er zuckt mit den Schultern. »Es sind einige Klienten da, die ich dir vorstellen will.« Sofort verändert sich ihre Mimik und sie umfasst seinen Arm.

»Natürlich.« Sie wendet sich an Josh und streckt ihm die Hand entgegen. »Du solltest uns begleiten.«

»Ich komme gleich nach.«

Beatrice nickt und lässt sich von ihrem Gatten zu der Gruppe von Männern führen, mit denen dieser zuvor gesprochen hat. Sobald sie außer Hörweite sind, wendet sich Josh an Aria. »Können wir reden?« Er wirft einen Blick in die Runde. »Unter vier Augen?«

»Nein«, antworte ich ohne Umschweife für sie.

»Entschuldige, Kumpel, aber du hast damit nichts zu tun.«

»Wenn es Aria betrifft, Kumpel, habe ich definitiv etwas damit zu tun.«

»Da bin ich anderer Meinung«, wiederholt er seinen Standpunkt und ignoriert mich, um Aria weiter zu behelligen. Dieses arrogante Arschloch. »Wir müssen uns unterhalten. Wenn nicht jetzt, dann zumindest bevor ich am Dienstag die Stadt verlasse.«

»Wie ich schon sagte, das wird nicht passieren.« Ich starre ihn durchdringend an und ziehe Aria enger an meine Seite.

»Josh, wir haben wirklich nichts zu bereden.« Aria legt ihre Hand auf meinen Bauch und er presst verärgert die Zähne zusammen. »Geh einfach und genieße die Party.«

Er öffnet den Mund, um etwas zu entgegnen, klappt ihn aber unverrichteter Dinge wieder zu, als Beatrice nach ihm ruft. Er richtet das Revers und die Knöpfe seines Smokings, wirft Aria noch einen letzten Blick zu und trollt sich endlich.

»Wow, was für ein Trottel«, meint Colton.

»Tut dir der Kopf weh?«, wendet sich Gia kichernd an

Aria.

»Was?« Aria klingt irritiert.

»Ich habe mich nur gefragt, ob es wehtat, als Tide dir bildlich gesprochen seine Steinzeitkeule über die Rübe gezogen hat, um seinen Anspruch auf dich zu erheben.«

»Ein bisschen.« Aria und Gia brechen in schallendes Gelächter aus, während Colton und ich über die beiden nur die Köpfe schütteln können.

Deutlich besser gelaunt als zuvor leeren wir unsere Gläser, holen uns etwas zu essen und drehen eine Runde, um uns mit ein paar Leuten zu unterhalten. Anschließend holen wir uns noch ein paar Drinks und folgen Aria durch einen Torbogen in einen abgelegeneren Bereich des Grundstücks, in dem der Pool liegt. Da wir hier ganz für uns sind, fläzen wir uns auf die herumstehenden Liegen, genießen unsere Getränke und unterhalten uns.

»Müssen wir euch etwa den Alkohol abdrehen?«, fragt Colton amüsiert, als Gia und Aria anfangen zu kichern. Keine Ahnung, worüber sie lachen, aber ich kann mit Sicherheit sagen, dass ihre ausgelassene Stimmung etwas mit den vier Drinks zu tun hat, die sie in der letzten Stunde getrunken haben.

»Nein.« Gia lehnt sich gut gelaunt an ihren Mann. »Aber du könntest mit mir tanzen.«

»Mit dir tanzen?« Colton runzelt die Stirn und sie verdreht die Augen.

»Ja, du weißt schon, diese Sache, bei der man eng beieinandersteht und sich zur Musik bewegt ...«

»Baby, nein.« Er lehnt ab, woraufhin sie flehend die Hände zusammenfaltet und die Lippen zu einem Schmollmund verzieht. »Bitte. Ich möchte so gern.«

»Ach, na gut. Aber du schuldest mir etwas, sobald wir nach Hause kommen.«

»Juhu.« Coltons Miene wird sanfter, als er sie in die Arme schließt und ihr etwas ins Ohr flüstert. Sie nickt grinsend.

»Wir sind gleich wieder da«, sagt er und zieht sie mit sich fort. Ich nicke und sehe ihnen nach.

Als ich mich wieder auf Aria konzentriere, fällt mir auf, dass sie auf ihrer Unterlippe herumkaut und in die Richtung schaut, in die Gia und Colton verschwunden sind. »Möchtest du auch tanzen?«, frage ich, obwohl ich eigentlich keine Lust habe, das Parkett zu betreten. Bei meinem letzten Mal war ich wahrscheinlich fünfzehn oder so.

»Nicht wirklich.« Sie zieht die Nase kraus, was verdammt süß aussieht.

»Bist du sicher?« Ich zeichne zärtlich die Konturen ihres Kiefers nach, ehe ich die Hand in ihren Nacken schiebe.

»Ja. Aber kann ich dir etwas zeigen?«

»Na klar«, antworte ich, woraufhin sie aufsteht und mir ihre Hand entgegenstreckt. Ich nehme sie und Aria führt mich am Partygetümmel vorbei nach drinnen.

Nachdem wir die Küche durchquert haben, in der mehrere Männer und Frauen ihrer Arbeit nachgehen, folgen wir einer dunklen Treppe nach oben, dann durchqueren wir einen schwach beleuchteten Gang. An dessen Ende stößt sie eine Tür auf und knipst das Licht an. Neugierig sehe ich mich um. In der Mitte des Zimmers befindet sich ein weißes Bett aus Metall. Daneben steht zu beiden Seiten ein schicker Beistelltisch mit einer Nachttischlampe darauf. Plakate von Boybands vergangener Jahre und eingerahmte Zitate von Autoren zieren die Wände. Sie schließt die Tür hinter uns und lehnt sich für einen Moment dagegen. »Das hier war früher mein Zimmer.«

»Das habe ich mir gedacht«, sage ich, als sie auf mich zukommt. »Deine Eltern haben es völlig unverändert gelassen.«

»Nicht aus sentimentalen Gründen, denn es gibt ungefähr zwanzig hier. Es ist nur ein Raum, den sie nicht brauchen und den sie wahrscheinlich vergessen haben.«

»Baby.« Mir blutet das Herz, als ich den Schmerz und die Enttäuschung in ihrer Stimme höre.

»Das hier ist für mich nur irgendein Gebäude und kein Zuhause. Es ist nicht wie das Heim, in dem du aufgewachsen bist – ein Ort voller Liebe, mit dem du viele schöne, einige traurige, aber vor allem bedeutende Erinnerungen verbindest.« Sie sieht sich um. »Ich versuche, Bilder von guten Zeiten wachzurufen, die ich hier verbracht habe, aber es gibt nicht viele. An jedem Tag meiner Kindheit musste ich der Vorstellung eines anderen entsprechen und perfekt sein. Jede Erinnerung, die ich habe, ist mit irgendwelchen Erwartungen an mich verknüpft.« Sie holt tief Luft und schüttelt den Kopf. »Du bist die erste Person in meinem Leben, die nicht von mir erwartet, mich zu verbiegen.« Sie legt die Hände auf meine Brust und ich umfasse ihre Hüften. »Du magst mich einfach um meiner selbst willen.«

»Baby.« Das Wort klingt schroff, weil mein Hals wie zugeschnürt ist. »Du bist perfekt. So wie du bist.«

»Ich weiß, dass du das glaubst.« Sie stellt sich auf die Zehenspitzen, damit sie mich küssen kann, aber ich weiche ein Stück zurück und schaue sie durchdringend an.

»Es stimmt, Aria.« Ich fahre mit den Fingern durch ihre Haare und umschließe ihren Hinterkopf. »Du bist vollkommen, Baby, und ich schwöre bei Gott, dass du eines Tages erkennen wirst, was alle anderen in dir sehen. Und dass ich nur eines von dir will: dich.«

»Tide.« Ihre Augen füllen sich mit Tränen, und ich beuge mich vor, um sie zu küssen. Tief, heiß und innig. Als ich wieder von ihr ablasse, hat sie die Finger in mein Revers gekrallt und unsere Atmung geht stoßweise. Sie verschränkt die Arme in meinem Nacken und lehnt ihre Stirn an meine Brust. »Ich liebe dich.«

Als ich diese Worte höre, ziehe ich sie noch enger an mich und ein warmes Gefühl breitet sich in meinem Innern aus. Himmel ... ich hätte nie gedacht, dass sie in mein Leben treten würde und ich einmal so glücklich sein könnte. Auf der anderen Seite passieren die besten Sachen immer dann, wenn man es am wenigsten erwartet. »Ich liebe dich auch, Baby.«

»Du liebst mich?«, flüstert sie überrascht, und ich grinse.

»Babe, ich habe es dir zuerst gesagt. Du hast nur nicht aufgepasst.« Ich streichle über ihren Rücken, ehe ich die Hand wieder in ihren Haaren vergrabe.

»Ich dachte, das wäre nur Bettgeflüster«, sagt sie leise, und ich lache laut los. »Das ist nicht witzig.« Sie boxt mir gegen die Schulter.

»Männer sagen viel Mist, wenn sie mit einer schönen Frau im Bett liegen, aber ich kenne niemanden, der ein *Ich liebe dich* fallen lässt, ohne dass er es so meint.«

»Woher sollte ich das wissen?«

»Weil ich dir jeden verdammten Tag zeige, was du mir

bedeutest.«

»Du hast recht«, stimmt sie zu, und ich drehe sie herum und schiebe sie Richtung Bett.

»Was hast du vor?«

»Du hast behauptet, du würdest mit diesem Zimmer kaum schöne Erinnerungen verbinden, und ich denke, es ist nicht zu spät, das zu ändern. Angefangen damit, dass wir auf deinem Bett rummachen«, erwidere ich und freue mich über das strahlende Lächeln, das daraufhin ihr Gesicht erhellt. Ich schubse sie auf die Matratze und schiebe ein Bein zwischen ihre Schenkel. Als ich ihre Brust umfasse und ihren Mund mit meinem bedecke, stößt sie ein sehnsüchtiges Wimmern aus. Also lasse ich meinen Worten Taten folgen und mache mit meiner Frau in ihrem alten Zimmer rum, während ihre Eltern und ihr Ex-Mann nur eine Etage von uns entfernt sind.

»Wir haben euch gesucht«, sagt Colton, nachdem er endlich seine Knutscherei mit Gia beendet hat.

»Oh ja, du warst richtig besorgt«, stelle ich sarkastisch fest, was Aria zu einem erheiterten Kichern veranlasst.

»Ich habe nicht behauptet, wir hätten uns sonderlich viel Mühe bei der Suche gegeben«, murmelt er, als ich mich auf die Liege gegenüber setze und Aria auf meinen Schoß ziehe.

»Aria wollte mir oben was zeigen.«

»Na, darauf wette ich.« Gia grinst Aria anzüglich an und beide fangen an zu lachen.

»Ich denke, es ist Zeit, dass wir die zwei nach Hause bringen«, schlage ich vor, und Colton wirft einen Blick auf die Uhr an seinem Handgelenk.

»Wenn wir jetzt losfahren, haben wir noch anderthalb Stunden, bis Mom Gino zurückbringt.« Er blickt zu Aria. »Ist es für dich okay, wenn wir jetzt die Biege machen?«

»Wenn ihr loswollt, schließen wir uns an. Danke, dass ihr heute Abend mitgekommen seid. Es hat tatsächlich Spaß gemacht.«

»Und wie«, stimmt Gia lächelnd zu.

Wir stehen auf und bahnen uns einen Weg durch die Partymeute, die mittlerweile deutlich kleiner geworden ist. Wie Gia bereits sagte: Der Abend ist gut verlaufen und hat sogar Freude gemacht, da wir vier den Großteil der Zeit für uns waren. Weder Arias Eltern noch ihr Ex hatten Gelegenheit, Ärger zu machen oder dafür zu sorgen, dass sich Aria unbehaglich fühlt. Genauso soll es bleiben. Ich möchte, dass sie diese Feier in guter Erinnerung behält.

Als wir darauf warten, dass unsere Autos vorgefahren werden, richten sich plötzlich alle Härchen in meinem Nacken auf. Ich sehe mich um und entdecke Josh, der mit dem Rücken an einer Verandasäule lehnt, eine Zigarette raucht und uns beobachtet. Ich erwidere seinen Blick, und er verzieht die Mundwinkel zu einem schäbigen Grinsen, ehe er seine Kippe über die Balustrade schnippt und nach drinnen verschwindet. Eins ist klar: Der Typ ist ein Problem. Allerdings weiß er nicht, dass Aria und ich stark genug sind, um jeden Sturm zu überstehen, der uns auseinanderreißen will.

17. Kapitel

Aria

Ich nehme meine Brille ab, reibe mir über die Augen und lehne mich in meinem Stuhl zurück. Mein Magen knurrt und erinnert mich daran, dass ich heute noch nichts gegessen habe. Am Morgen bin ich mit Tide um sieben aufgestanden, und zwar um mit ihm zu duschen, bevor er zur Arbeit ging. Anschließend machte ich mir einen Kaffee und verschanzte mich in meinem Arbeitszimmer. Als Autorin lernte ich bereits früh, dass man den Worten ihren Lauf lässt, wenn sie aus einem rauswollen. Es gibt nämlich auch andere Tage, an denen man vor seinem Computer sitzt und ein und denselben Satz unendlich oft umschreibt.

Ich prüfe, wie spät es ist, und verziehe das Gesicht. Es ist zwei Uhr nachmittags, was bedeutet, dass Tide erst in ein paar Stunden Feierabend hat. Also muss ich selbst entscheiden, was ich essen möchte. Ächzend stehe ich auf und schlurfe in die Küche. Nachdem ich den Inhalt des Kühlschranks inspiziert habe, stelle ich mir eine Platte mit Crackern, Nüssen, Preiselbeeren, Hummus, Karottensticks und einem Stück Cheddar zusammen, nehme mir eine Cola Light sowie mein Handy und gehe nach draußen, weil ich etwas frische Luft brauche.

Das Wetter ist traumhaft. Die Sonne scheint durch die

Bäume, die nicht länger grün sind, sondern in verschiedenen Goldtönen erstrahlen, und eine kühle Brise erfüllt die Luft. Der Herbst steht vor der Tür. Nachdem ich einen Karottenstick in den Hummus getaucht und in meinen Mund geschoben habe, schalte ich mein Smartphone an und lächle, als ich Tides Nachricht erblicke. Er fragt, ob er Abendessen mitbringen soll, da er davon ausgeht, dass ich arbeite, oder ob ich mit ihm in ein Restaurant gehen möchte. Ich schreibe ihm zurück, dass ich ihn vermisse und es gut wäre, mal aus dem Haus zu kommen, sei es nur für ein gemeinsames Abendessen.

Sobald ich auf Senden gedrückt habe, klingelt mein Telefon, und ich seufze, als ich sehe, dass es meine Mutter ist. Seit der Party hat sie mich mehrmals angerufen – aber nicht, um sich nach meinem Wohlergehen zu erkunden oder zu plaudern, wie Tides Mom es getan hat. Nein, sie hat krampfhaft versucht, mich zu einem Mittagessen oder einem Kaffee oder sonst was mit ihr und Josh zu überreden. Da ich nicht den Nerv habe, mir eine weitere Ausrede für sie einfallen zu lassen, nehme ich das Gespräch nicht an, sondern widme mich meinen Snacks. Morgen ist Dienstag, was bedeutet, dass Josh in Kürze verschwunden sein wird. Als ich aufgegessen habe, nehme ich mein Geschirr wieder mit rein und stelle dieses in die Spülmaschine. Dann gehe ich zurück in mein Büro und mache mich wieder an die Arbeit, damit ich mich nachher ganz auf Tide konzentrieren kann, wenn er nach Hause kommt. Drei Stunden später kämpfe ich mit einer Szene und drehe mich in meinem Stuhl frustriert zum Fenster um, als ich plötzlich Scheinwerfer am Ende der Auffahrt erblicke. In der Annahme, dass es Tide ist, schalte ich schnell meinen Computer aus und laufe zur Haustür, um ihn zu begrüßen. Als ich stattdessen meinen Ex hinter dem Steuer des schwarzen BMWs meiner Mutter entdecke, der neben meinem Auto parkt, stoße ich einen deftigen Fluch aus. Keine Ahnung, was er an *Wir haben nichts zu bereden* nicht versteht.

Verärgert trete ich auf die Veranda hinaus und verschränke die Arme vor der Brust. Finster blicke ich ihm entgegen, als er aus dem Wagen steigt. Es gab mal eine Zeit, da hielt ich ihn für gutaussehend, und ich bin mir sicher, dass es viele Frauen auch noch tun. Mit seinen dunklen Haaren, dem markanten Kiefer, seinen whiskyfarbenen Augen und dem athletischen Körperbau ist er eine attraktive Erscheinung, aber ich weiß, dass das alles nur Fassade ist. Er ist ein Wolf im Schafspelz, ein Mann auf der Suche nach Glück, der nicht kapiert, dass man dieses nicht kaufen oder erzwingen kann.

»Was willst du hier?« Ich versuche nicht einmal, die Verachtung in meiner Stimme zu verbergen.

»Ich habe dir gesagt, wir müssen uns unterhalten, Aria.«

»Und ich sagte dir, dass wir nichts zu bereden haben.« Ich verharre oben am Treppenabsatz. Nicht nur, dass ich ihn weder sehen noch mit ihm sprechen möchte; ich möchte ihn auch nicht in meinem Zuhause haben; dem Ort, an dem ich mich in Tide verliebt habe.

»Wir waren mal Freunde.«

»Nein, ganz sicher nicht.« Ich schüttle den Kopf. »Das waren wir nie, was Teil des Problems war. Die meisten Paare genießen die Gesellschaft des jeweils anderen, wir hingegen haben die meiste Zeit versucht, uns aus dem Weg zu gehen.«

Er schiebt die Hände in seine Hosentaschen und macht einen Schritt auf mich zu. Ich blicke hinunter auf seine Füße und verenge die Augen, als es so wirkt, als wolle er die Treppe hinaufkommen. Er hält inne und räuspert sich. »Ich möchte dein Freund sein.«

»Ich habe schon genug, also muss ich leider passen«, sage ich und merke, dass das die Wahrheit ist. Zum ersten Mal seit Ewigkeiten habe ich echte Verbindungen mit Menschen, die für mich da sind, weil sie es wollen; nicht, weil ich irgendetwas für sie tun oder ihnen irgendeinen Vorteil verschaffen kann.

»Aria.«

»Sag einfach, was du loswerden willst, dann verschwinde, Josh.«

»Ich will dich zurück.« Fahrig fährt er sich mit den Fingern durch das Haar. »Verdammt, Aria, ich vermisse dich. Ich liebe dich.« Als ich ihm in die Augen sehe, fühle ich nichts – nichts als Verärgerung über den Mist, den er von sich gibt. Er liebt mich nicht. Ich bezweifle, dass er überhaupt weiß, was Liebe ist.

»Du musst gehen.«

»Wenn es wegen diesem Typen ist, mit dem du dich triffst, ist das in Ordnung. Er ist mir egal. Wir können daran arbeiten und es hinter uns lassen«, erklärt er, und ich kann nicht anders als zu lachen. Es ist aberwitzig, dass er denkt, ich würde wieder mit ihm zusammenkommen; dass er überzeugt ist, er könne Tide das Wasser reichen. »Ich meine es ernst.«

»Na klar.« Ich wische mir die Lachtränen aus den Augen und beruhige mich wieder. »Nein danke.«

»Was?« Er zieht verwirrt die Brauen zusammen.

»Nein danke. Ich habe keinerlei Interesse.« Ich mache auf dem Absatz kehrt, um wieder hineinzugehen, und höre ihn plötzlich hinter mir. Als ich mich zu ihm umdrehe, bin ich schockiert darüber, wie nahe er mir ist. Ich will ihn fragen, was das bitte soll, als er mich völlig unvorbereitet an sich zieht und mich küsst. Ich drücke gegen seine Brust und versuche, mich ihm zu entwinden, aber er ist stärker als ich. Doch als er seine Zunge zwischen meine Lippen schieben will, hole ich mit dem Knie aus, um ihm in die Weichteile zu treten. So weit kommt es allerdings nicht, denn genau in diesem Moment ertönt ein lautes Hupen und Dreck fliegt gegen die Hauswand.

Es trifft ihn genauso unvermittelt wie mich, sodass er überstürzt von mir ablässt. Ohne darüber nachzudenken, verpasse ich ihm eine schallende Ohrfeige, verfluche mich aber einen Moment später dafür, weil mir jetzt die Hand höllisch wehtut. Ich bin mir ziemlich sicher, dass ich mich verletzt habe, als ich ihn in sein dämliches Gesicht schlug.

»Ich zähle bis zwei, und wenn du bis dahin deinen Arsch nicht von der Veranda und in dein Auto geschwungen hast, werde ich dir die Seele aus dem Leib prügeln«, knurrt Tide, und ich beobachte mit wild klopfendem Herzen, wie er – bereit, zu explodieren – die Stufen hochstürmt.

»Tide ...«

»Nicht.« Er zeigt warnend mit dem Finger auf mich, und ich klappe meinen Mund wieder zu. Ich blicke in Joshs Richtung und hoffe, dass er klug genug ist, um zu verschwinden. Denn die Vorstellung, Blut von meiner Veranda zu wischen oder dass die beiden etwas zerstören, was Tide später reparieren muss, gefällt mir nicht.

»Wir haben nur geredet.« Josh hält abwehrend die Hände hoch und weicht einige Schritte zurück. Doch Tide folgt ihm. Schlauerweise erkennt Josh die lauernde Bedrohung, packt das Geländer der Veranda und springt darüber, ehe sich Tide auf ihn stürzen kann. Als ich ihn unten in den dornigen Büschen landen höre, stelle ich mich auf die Zehenspitzen und presse die Lippen zusammen, um nicht laut loszulachen. Er schreit vor Schmerz und hüpft wie ein Irrer herum.

»Steig gefälligst in dein Auto«, befiehlt Tide, der die Situation offensichtlich nicht so lustig findet wie ich. Josh zeigt ihm den Mittelfinger, reißt aber eine Millisekunde später entsetzt die Augen auf, als Tide über die Reling springt. Im Gegensatz zu Josh landet er nicht im Gebüsch, sondern wie ein Superheld – ein Superheld in Bauarbeiterkluft – auf sicherem Boden. Als er sich aus der Hocke erhebt, rennt Josh wie der Blitz zu dem Fahrzeug, wobei er über seine eigenen Füße stolpert und sich gerade noch fängt, bevor er der Länge nach auf dem Weg aufschlägt.

Als Josh es endlich zu seinem Wagen geschafft hat, fummelt er einige Sekunden wie wild am Griff der Tür herum, bevor er diese aufbekommt, sich hinters Steuer setzt und abschließt. Dann startet er den Motor und rast aus der Einfahrt.

Tide dreht sich zu mir um. Seine Wut ist scheinbar noch nicht verraucht. »Was zur Hölle war das, Aria?«, grollt er, aber ich lasse mich nicht einschüchtern und strecke den Rücken durch.

»Was meinst du damit?«

»Ich komme nach Hause und dieser verdammte Idiot ist hier und steckt dir seine Zunge in den Hals.«

»Wie bitte?« Ich stemme die Hände in die Hüften und schaue ihn aus zusammengekniffenen Augen an.

»Was hat er hier gemacht?« Er bleibt am Fuße der Treppe stehen und senkt die Stimme zu einem Knurren. »Mit seinem Mund auf deinem.«

»Du musst bis zehn zählen, bevor du weitersprichst«, sage ich mit einem unschönen Gefühl in der Magengegend. »Du weißt genau, dass es nicht war, wie es ausgesehen hat.«

Seine Nasenflügel beben, als er sich durch die Haare fährt, dann zum mittlerweile ziemlich dunklen Himmel hinaufblickt. Ich schlinge die Arme um meinen Körper. Als er mich wieder ansieht, schüttelt er den Kopf und will etwas sagen, als er von seinem Handy unterbrochen wird. Es ist der Klingelton, der verrät, dass Anna anruft. Er holt sein Telefon aus der Tasche und hebt mit einem kurz angebundenen *Ja* ab. Einen Moment später senkt er den Blick auf seine Stiefel. »Ich bin in ein paar Minuten da«, murmelt er.

»Ist mit Olivia alles in Ordnung?«, frage ich, auch wenn ich mich über ihn ärgere.

»Ihr geht es gut. Bei Anna gab es einen Rohrbruch, und ich soll mir das möglichst schnell angucken.«

»Oh.« Ich nicke, und er seufzt, kommt die Stufen hoch und umfasst meine Schultern.

»Ich komme nachher wieder.«

»Okay.«

Er sieht mich einen langen Moment an, ehe er seine Stirn gegen meine lehnt. »Wir werden reden, wenn ich zurück bin.«

»Prima«, lüge ich, und er beugt sich vor und gibt mir einen Kuss auf die Stirn, bevor er sich umdreht und seinen Wagen ansteuert. Ich stehe mit um mich geschlungenen Armen auf der Veranda und schaue ihm nach, als er davonfährt. Keine Ahnung, was ich gerade fühle, aber gut ist es nicht, so viel ist sicher.

Ich gehe wieder hinein und hole mein Smartphone aus dem Büro. Ich lege einen Zwischenstopp in der Küche ein, um meine bereits offene Flasche Rosé aus dem Kühlschrank und einen Plastikbecher aus dem Schrank zu nehmen. Dann mache ich mich auf direktem Wege in das Badezimmer und lasse mir ein Bad ein. Die Flasche, den Becher und mein Handy platziere ich in dem schicken Regal, das sich über der Wanne befindet. Während das Waser einläuft, gebe ich ein paar Badesalze hinein, ziehe mich aus und binde meine Haare zusammen. Nachdem ich mich ins heiße Wasser habe sinken lassen, ziehe ich den Korken aus meiner Weinflasche, gieße mir den Becher voll und genehmige mir einen großen Schluck, bevor ich nach meinem Handy greife. Ich kenne nur eine Person, die verstehen könnte, was gerade passiert ist, und ich brauche ihren Rat.

»Aria«, sagt Gia, als sie nach dem zweiten Klingeln abnimmt, woraufhin ich mich zurücklehne und die Augen schließe. »Ist alles okay?«

»Keine Ahnung.«

»Mist ... Warte eine Sekunde.« Während sie Colton bittet, ein paar Minuten auf Gino aufzupassen, und offenbar nach draußen geht, trinke ich erneut von dem Wein. »Also gut, was ist passiert?«

Schnell erzähle ich ihr alles, was geschehen ist, und als ich fertig bin, warte ich auf ihre Antwort, aber sie schweigt. »Gia?«

»Entschuldige, ich komme einfach nicht darüber hinweg, dass Tide wie ein Ninja über die Reling der Veranda gesprungen ist, um deinem Ex hinterherzujagen«, murmelt sie und meine Mundwinkel wandern automatisch nach oben. »Ich wette, das war ein Anblick, den man nicht so schnell vergisst.«

»Das kann man wohl sagen.« Ich lache und lausche ihrem belustigten Kichern.

»Und was bitte war mit deinem Ex los, dass er versucht hat, dich zu küssen?«

»Ich habe keinen blassen Schimmer. Genauso wenig kapiere ich, warum er plötzlich hier auftaucht, wenn er bisher das gute Leben in Cali genossen hat.«

»Argh, ich wünschte, du hättest die Chance bekommen, ihm in die Eier zu treten.«

»Ich auch.«

»Dein Ex ist wahrscheinlich eifersüchtig«, meint sie, was ich nur mit einem weiteren Lachen quittieren kann. »Nein wirklich, Aria, denk mal darüber nach. Du warst lange mit ihm zusammen, dann sieht er dich auf der Party deiner Eltern – superheiß und mit einem Mann an deiner Seite, der ganz offensichtlich verrückt nach dir ist. Kerle sind so. Sie wollen immer das, was sie nicht haben können, insbesondere wenn ein anderer dem Objekt ihrer Begierde ebenfalls schöne Augen macht.«

»Er will mich nicht, Gia. Unsere Ehe war ...« Ich versuche, die richtigen Worte zu finden. »Sie war ein Witz.«

»Das mag sein, Süße, aber er möchte trotzdem nicht,

dass du mit jemand anderem zusammen bist.«

»Oh Mann«, stöhne ich. »Mir ist verdammt noch mal egal, was Josh möchte oder nicht. Er kann bleiben, wo der Pfeffer wächst. Tides Reaktion beschäftigt mich wiederum sehr.«

»Er war eifersüchtig und stinkwütend. Ich sage nicht, seine Reaktion dir gegenüber war richtig, aber ich verstehe ihn. Du gehörst zu ihm, und er kommt nach Hause und muss mit ansehen, wie dich ein anderer Mann küsst.«

»Ich habe seinen Kuss nicht erwidert«, verteidige ich mich.

»Das weiß ich doch und Tide auch, aber stell dir mal vor, du wärst in seiner Position gewesen. Was wenn Anna ihn vor dir geküsst hätte?«

»Allein beim Gedanken, dass sie ihn berührt, wird mir schlecht.«

»Verständlich.« Sie seufzt. »Ich verspreche, dass sich alles einrenken wird. Wenn ihr zwei miteinander geredet habt, wird alles wieder im Lot sein.«

»Okay.« Ich beuge mich vor und greife nach meinem Weinbecher. Als ich mich zurücklehne, nehme ich aus dem Augenwinkel eine Bewegung wahr. Ich stoße einen gellenden Schrei aus, lasse den Becher fallen und spritze das halbe Badezimmer mit Wasser voll.

»Aria!«, brüllt Gia mir ins Ohr, während ich mit wild rasendem Herzen Tide beobachte, der auf mich zukommt und sein Hemd öffnet.

»Ähm.« Ich schlucke heftig, als er bei dem Knopf angekommen ist, der den Blick auf den schmalen Haarstreifen freigibt, der in seiner Jeans verschwindet.

»Geht es dir gut? Was zur Hölle ist passiert?«, fragt Gia

besorgt, und ich taste blind nach meinem Becher.

»Tide ist zu Hause.«

»Oh. Ist alles in Ordnung?«

»Ja ...« Ich neige den Kopf nach hinten, als Tide eine Hand auf meine Schulter legt und mir bedeutet, nach vorn zu rutschen. »Ich denke, ich muss auflegen.«

»Darauf wette ich.« Sie lacht. »Wir quatschen morgen. Viel Glück, meine Liebe.«

»Danke«, erwidere ich, bevor mir das Telefon aus der Hand genommen wird und ich es mit einem dumpfen Schlag auf dem Boden neben der Wanne landen höre.

»Mach etwas Platz, Baby«, befiehlt Tide und ich folge seiner Aufforderung. Er steigt hinter mir in die Wanne, schlingt die Arme um meinen Oberkörper und zieht mich an sich.

»Tide ...«

»Shh«, flüstert er an meinem Ohr und drückt mich so fest, dass ich vergesse, was ich sagen wollte. »Ich habe Mist gebaut.« Er vergräbt das Gesicht in meiner Halsbeuge. »Ich habe nicht immer das Richtige getan oder gesagt. Ich bin vorgeprescht, wenn ich es hätte langsam angehen sollen, habe gesprochen, wenn ich zuhören sollte, und gab auf, anstatt zu kämpfen. Heute Abend habe ich mich von meiner Wut übermannen lassen.« Angesichts seiner Worte füllen sich meine Augen mit Tränen und ich bedecke seine Hand mit meiner. »Es tut mir leid.« Es sollte mich nicht wundern, dass er sich so schnell entschuldigt, dennoch bin ich überrascht. »Ihn zu sehen ... Dass er dich berührt, hat mir den Rest gegeben.«

»Ich weiß.«

»Ich habe einfach rotgesehen. Ich schwöre, ich hätte

ihn umbringen können.«

»Ich bin froh, dass du es nicht getan hast«, entgegne ich leise. »Weder habe ich das nötige Wissen, um eine Leiche zu entsorgen, noch bin eine gute Lügnerin. Allein mein Browserverlauf wäre für die Polizei ein Warnsignal, wenn sie meinen Computer untersuchen würde.« Als er lacht und mich auf den Nacken küsst, lehne ich mich an ihn und atme tief durch. »Ich verstehe, warum du wütend warst. Ich wäre an deiner Stelle ebenfalls sauer gewesen.«

»Aber du wärst nicht dermaßen ausgerastet.«

»Wenn du meinst, dass ich nicht über ein Verandageländer gesprungen wäre, dann hast du recht. Dieser Move hätte mich mit Sicherheit ins Krankenhaus befördert. Trotzdem kann ich nicht garantieren, dass ich kein Blut vergossen hätte.« Ich lächle und stelle mit den Zehen den noch laufenden Wasserhahn ab.

»Warum war er hier?«

Ich beiße mir auf die Unterlippe, weil mir die Vorstellung, ihn noch einmal wütend zu machen, absolut missfällt.

»Ich kann es mir schon denken, Baby, aber erzähl es mir trotzdem.« Er gibt mir einen Kuss auf die Schläfe.

»Er sagte, er wolle mich zurück.«

»Er kann dich nicht haben«, knurrt Tide und umschließt mich noch fester mit seinen Armen, als würde ich mich sonst in Luft auflösen. Der Besitzanspruch, der in seinen Worten mitschwingt, entlockt mir ein Lächeln. Mit Sicherheit wäre so manch andere Frau böse auf einen Kerl, der sich so verhält; zu jemandem zu gehören, ist aber alles, was ich mir je gewünscht habe. Deshalb fühle ich mich sicher, geborgen und gebraucht.

»Er will mich nicht wirklich zurück«, versichere ich ihm und atme einmal tief ein und aus. »Ich denke, Gia hat recht. Er hat erkannt, dass ich ihn nicht mehr brauche und glücklich bin. Er möchte für Stress sorgen und ist dumm genug, zu glauben, ich würde ihn dir vorziehen.« Ich sehe ihn über meine Schulter hinweg an und hebe eine Hand, um seinen Kiefer zu berühren. »Du weißt, dass du immer meine erste und einzige Wahl sein wirst, oder?«

Einen langen Moment wandert sein Blick über mein Gesicht, dann dreht er mich zu sich herum, sodass ich auf seinem Schoß sitze.

Er umfasst meine Hüften, und ich halte mich an seinen Schultern fest. Seinen harten Schwanz spüre ich nur zu deutlich unter mir, als wir einander in die Augen schauen. Er streichelt meine Taille hinauf und gleitet mit dem Daumen unterhalb meiner Brust entlang. »Daran habe ich nie gezweifelt, Baby. Ich weiß, dass dich das Universum mir nicht geschenkt hätte, wenn du nicht für mich bestimmt wärst.«

Ein warmes Gefühl breitet sich in meinem Innern aus und meine Nase fängt an zu kribbeln, als sich neue Tränen ankündigen. Ich beuge mich vor, um ihn zu küssen; dankbar, dass wir ein weiteres Problem gemeinsam gelöst haben, statt uns davon entzweien zu lassen.

18. Kapitel

Aria

Ich schaue auf die Liste auf meinem Handy, dann auf meinen randvollen Einkaufswagen, um sicherzustellen, dass ich alles habe, was ich brauche. Olivia und Tide werden diese Woche bei mir verbringen, worauf ich mich freue, seit Tide mir von diesem Vorhaben erzählt hat. Allerdings bin ich etwas nervös, da Anna ihre Taktik gewechselt hat. Anstatt Tide mit einem Sorgerechtsstreit zu drohen, nutzt sie seine Hingabe zu Olivia aus und spannt ihn bei sich im Haus ein. Sie ruft ihn zu jeder Tages- und Nachtzeit an, bittet ihn um Rat oder darum, etwas zu reparieren, vorbeizubringen oder abzuholen.

Wenn er nicht genauso frustriert wäre wie ich, wüsste ich nicht, wie ich damit umgehen soll. Ein Teil von mir versteht Anna, weil sie einen Mann wie Tide gehen ließ, aber sie hat sich von ihm getrennt, und jetzt, wo er jemand Neues an seiner Seite hat, kommt sie nicht mehr damit klar. Mit ihrem Verhalten beweist sie nur Unreife. Ich hoffe nur, dass sie eher früher als später kapiert, dass ihr neues Spiel nicht funktioniert und dieses sein lässt.

Nachdem ich meine Einkaufsliste – eine gute Mischung aus Junkfood, Obst und Gemüse sowie Utensilien zum Schnitzen zweier großer Kürbisse, die ich eingepackt habe – ein weiteres Mal überprüft habe, begebe ich mich zur Kasse. Auf dem Weg dorthin krame ich mein Telefon hervor und rufe Tide an.

»Hey, Baby«, begrüßt er mich nach dem dritten Klingeln, als ich dabei bin, die Lebensmittel auf das Band zu legen.

»Hi, ich stehe an der Kasse. Soll ich uns gleich noch etwas zum Mittagessen besorgen?«

»Ein Reuben-Sandwich von The Wedge wäre toll, wenn das für dich in Ordnung ist.«

»Das klingt verdammt gut.« Ich hieve einen der Kürbisse aus dem Wagen. »Bist du mit dem Aufbau des Betts schon fertig?« Gestern sind wir in die Stadt gefahren und haben für Olivia neue Schlafzimmermöbel ausgesucht, damit sie sich bei mir wohlfühlt. Leider konnte das Geschäft diese so kurzfristig nicht liefern, aber man sagte uns, dass wir die Artikel im Lager abholen könnten. Tide gab Colton Bescheid und sie brachten Matratze, Kommode und Nachttische mit ihren Trucks zu mir. Da noch alles eingerichtet werden musste, nahm sich Tide für heute frei, um Olivias Zimmer fertigzustellen. Währenddessen kümmerte ich mich um den Hausputz, die Wäsche und die Besorgungen.

»Ich bin fast fertig.«

»Super. Wenn ich nach Hause komme, beziehe ich ihr Bett. Die Bettwäsche, die wir ausgesucht haben, ist im Trockner.«

»Hört sich gut an, Baby. Bis gleich.«

»Bis gleich.« Ich lasse das Handy zurück in meine Tasche gleiten, bezahle meine Einkäufe, verstaue alles in meinem Auto und fahre zu The Wedge, um uns Sandwiches zu holen. Als ich auf halbem Weg daheim bin, klingelt mein Telefon. Stirnrunzelnd stelle ich fest, dass es die Nummer meines Scheidungsanwalts ist.

»Andy«, sage ich, überrascht, von ihm zu hören. Es ist schon Monate her, dass wir miteinander sprachen, was ungefähr zu der Zeit war, als ich seine letzte Rechnung an mich beglich.

»Aria.« Seine Stimme klingt angespannt. Unbehaglich umklammere ich das Lenkrad fester. Bei unseren vorherigen Unterhaltungen hat er stets beruhigend gesprochen. Er hat noch nie so unheilvoll geklungen. »Es scheint, dein Ex-Mann hat beschlossen, eine Klage bei Gericht einzureichen, um mehr Unterhalt zu verlangen.«

»Bitte was?«, keuche ich, in dem Glauben, mich verhört zu haben. Dabei weiß ich tief in meinem Innern, dass ich ihn nicht falsch verstanden habe. Was zur Hölle?

»Die gute Nachricht ist, dass seine Forderung unhaltbar ist; die schlechte jedoch, dass wir zurück vor Gericht müssen, um zu beweisen, dass er nicht mehr verdient, als er derzeit erhält.«

»Du machst Witze, oder?« Muss er, weil ich Josh bereits mehr bezahle, als gerechtfertigt ist. Unfassbar, dass er noch mehr verlangt.

»Ich wünschte, das würde ich.« Ich höre, wie er in einem Papierstapel herumwühlt. »Aber darum musst du dich nicht kümmern, Aria. Seine Forderung entbehrt jeglicher Grundlage.«

»Okay.« Mit einem Kopfschütteln erinnere ich mich daran, dass er genau dasselbe sagte, als er mich während meiner Scheidung vertrat und Joshs Anwalt Alimente ins Spiel brachte. Er war sich damals sicher, ich müsste meinem Ex-Mann nichts zahlen, womit er falsch lag – sehr falsch.

»Sobald mir die offiziellen Dokumente vorliegen, rufe ich dich an, dann besprechen wir alles Weitere.«

»Okay«, stimme ich zu und nach einem schnellen Abschiedsgruß beendet er das Telefonat. Ein Teil von mir möchte meine Mutter anrufen, um zu fragen, ob sie von Joshs Vorhaben wusste. Um zu sehen, was sie darüber denkt, dass ihr perfekter Josh versucht, mehr Geld aus mir herauszuholen. Und das alles nur, weil ich mich geweigert habe, mich wieder auf ihn einzulassen. Der einzige Grund, warum ich sie nicht kontaktiere, ist, dass ich nicht weiß, wie ich reagieren soll, wenn sie mir die Schuld an der Situation gäbe.

Zu Hause angekommen, fahre ich so dicht wie möglich an die Haustür ran, damit ich mich mit den vielen Einkäufen nicht zu Tode schleppe. Ich atme ein paarmal tief durch, steige aus und gehe zum Kofferraum. Zuerst befördere ich die beiden Kürbisse zur Veranda und stelle sie neben die drei, die bereits die Stufen zieren. Dann schnappe ich mir so viele Einkaufstaschen wie möglich und trage sie nach drinnen. Ich stelle alles in der Küche auf dem Boden ab und kehre zum Auto zurück, um auch noch den Rest zu holen. Als ich mich vorbeuge, um nach den verbliebenen Tüten zu greifen, tritt Tide neben mich und nimmt sie mir ab.

Da ich noch einen weiteren Moment für mich brauche, um das zu verarbeiten, was Andy mir erzählt hat, steige ich wieder ins Auto und parke es neben Tides Truck in der Einfahrt. Obwohl diese eigentlich keine richtige Einfahrt, sondern lediglich ein freier Streifen Schotterweg vor dem Haus ist. Als ich aussteige, wartet Tide oben auf der Treppe auf mich. An seinem Gesichtsausdruck erkenne ich, dass er den Braten bereits riecht und weiß, dass etwas nicht stimmt.

Ich gehe auf ihn zu und stürze mich in seine Arme, als ich die Frustrationstränen nicht mehr zurückhalten kann. »Baby«, flüstert er, und ich sage lange nichts. Ich kann nicht; meine Kehle ist wie zugeschnürt, was das Atmen erschwert und das Sprechen unmöglich macht. »Was zum Teufel ist passiert?«

»Er will mehr«, presse ich schließlich hervor, und Tide drückt mich noch enger an sich.

»Bitte was?«

»Josh ...« Ich atme zittrig ein und wieder aus. »Er will ... mehr Geld von mir.« Ich drücke mein Gesicht an Tides Brust und schüttle den Kopf. »Ich verstehe es nicht. Ich verstehe ihn nicht. Er kriegt doch schon mehr, als ihm überhaupt zusteht. Wie viel kann er noch wollen?«

»Wer hat dir das erzählt?«, fragt Tide und zwingt mich, ihn anzusehen, indem er seine Finger unter mein Kinn legt.

»Mein Scheidungsanwalt.« Meine Tränen verschleiern mir die Sicht, als ich ihm von dem Anruf berichte. Erst spiegelt sich Unglauben in seinem Gesicht, dann Wut.

»Was ist das denn für ein Mist?«

»Keine Ahnung.« Ich versuche, meine Atmung wieder unter Kontrolle zu bringen. »Ich denke, ich muss mit einer anderen Rechtsberatung sprechen. Ich mache mir Sorgen, dass Josh wieder gewinnt, wenn ich bei meinem Scheidungsanwalt bleibe.«

»Dann fangen wir damit an, dir einen guten rechtlichen Beistand zu suchen«, sagt er und drückt mich. »In der Stadt gibt es auf jeden Fall einige Anwälte, mit denen du

Kontakt aufnehmen kannst, oder wir bitten deine Agentin. Sie kennt womöglich jemanden, den sie dir empfehlen würde. Manchmal sind die noblen Großstadtjuristen besser darin, sich um solche Sachen zu kümmern. Und wer weiß? Vielleicht bekommst du auch einen Richter, der der Ansicht ist, dass Josh kein weiterer Cent zusteht.«

»Vielleicht«, stimme ich zu. »Ich werde Rachel nach dem Mittagessen anrufen und sehen, ob sie jemand Passendes in L.A. kennt. Sie mochte Josh noch nie, also wird sie mir mit Sicherheit gern helfen.«

»Egal was passiert, ich bin für dich da.« Er berührt meine Wange, und als ich seinem Blick begegne, wird mir klar wird, dass die Furcht, die ich das letzte Mal in dieser Situation verspürt habe, nicht da ist. Nicht, dass ich mir keine Sorgen mache – aber ich habe keine Angst, weil ich nicht allein bin. Ich habe Leute, die mich unterstützen. Selbst wenn ich verliere, ist das immer noch ein Gewinn. »Egal was passiert, alles wird gut werden.« Er küsst mich zärtlich und hält mich für mehrere Minuten einfach fest. »Möchtest du mit mir Olivia von der Schule abholen, nachdem wir gegessen haben?«

»Ich denke, ich sollte in der Zeit lieber Rachel verständigen«, entgegne ich, und er nickt.

»Okay, dann lass uns essen und anschließend hole ich Olivia ab, lege einen Zwischenstopp bei mir zu Hause ein, packe eine Tasche für sie zusammen und hole dich gegen Abend ab, damit wir drei zusammen ausgehen können.«

»Klingt gut.«

Nach den Sandwiches fährt er los, aber ich melde mich nicht sofort bei Rachel. Stattdessen räume ich die restlichen Lebensmittel weg, mache Olivias Bett und sauge die Teppiche, die Tide oben verlegt hat. Ich möchte, dass sie sich hier wohlfühlt, besonders wenn dies zu einer regulären Sache wird, was ich wirklich hoffe. Ehrlich gesagt wünschte ich, Tide würde offiziell einziehen, da er im Grunde schon bei mir wohnt. Ich weiß nur nicht, ob es nicht noch zu früh ist, das Thema unseres Zusammenlebens anzusprechen, und ich möchte nicht für Stress sorgen, wo es gerade so gut läuft.

Nachdem ich den einhornförmigen Teppich vor Olivias Bett gesaugt habe, schaue ich mich lächelnd in ihrem Reich um. Es ist süß und perfekt für ein kleines Mädchen. Wir haben ein schönes Doppelbett mit einem hohen Kopfteil ausgesucht, an dessen beiden Seiten Lichter angebracht sind, die sie jederzeit anknipsen kann, wenn sie diese benötigt. Nachttische für ihre Bücher und eine dazu passende Kommode sind in einem hübschen Grau gehalten und wirken durch das weiß getünchte Overlay antik. Ich wollte nicht zu viel Pink verwenden, also habe ich eine weiße Tagesdecke mit Rüschen und Blumenvorhänge sowie ein kleines Puppenhaus für ihre Barbies besorgt. Ein Nachtlicht auf ihrer Kommode projiziert Sterne an ihre Zimmerdecke, wenn es dunkel ist.

Nach einem letzten Blick durch den Raum, bringe ich den Staubsauger wieder nach unten, schnappe mir mein Handy und setze mich in meinem Büro an den Schreibtisch, um Rachels Nummer zu wählen.

»Aria, ist alles in Ordnung?«, erkundigt sie sich direkt als Erstes, und ich erzähle ihr schnell, was mit Josh vorgefallen ist. Dann frage ich sie, ob sie einen Anwalt kennt, der mir vielleicht helfen könnte. »Dieser Mistkerl.« Der Ekel in ihrer Stimme ist nicht zu überhören. »Eine

Freundin von mir, die kürzlich geschieden wurde, hat in New York mit einer Anwältin namens Abby zusammengearbeitet, die ziemlich bekannt dafür ist, erfolgreich für Gerechtigkeit einzutreten. Ich weiß nicht, ob sie an einem Fall außerhalb des Staates arbeiten kann, aber ich schicke dir den Link zu ihrer Website, dann kannst du dich bei ihr erkundigen.«

»Vielen Dank. Das weiß ich wirklich zu schätzen«, sage ich, als auch schon ihre Nachricht mit dem Link eintrudelt.

»Nichts zu danken, aber ich wüsste gern, ob Josh von deinem Deal mit Paramount Wind bekommen oder erfahren hat, dass dir der Verlag einen weiteren Buchvertrag anbietet.«

Mir rutscht das Herz in die Kniekehlen. »Glaubst du, er ist diesbezüglich im Bilde?«

»Möglicherweise.« Sie seufzt. »Selbst wenn das der Fall ist, hat er keinen Cent von dir verdient, Liebes.«

»Ich weiß.«

»Ruf die Anwältin an, die ich dir genannt habe, und gib mir Bescheid, was sie von der Sache hält.«

»Mache ich.« Nach unserem Telefonat statte ich der Website gleich einen Besuch ab. Um ehrlich zu sein, sieht Abby auf ihren Bildern etwas jung aus, aber ich muss zugeben, dass die Zahl an Fällen, die sie gewonnen hat, beeindruckend ist.

Da ich nichts zu verlieren habe, rufe ich die Nummer auf der Website an, und eine Frau namens Courtney hebt ab. Nachdem ich ihr meine Situation geschildert habe, muss ich ein paar Minuten in der Warteschleife warten, ehe ich an Abby weitergeleitet werde, die sich in meinem

Namen ziemlich über Joshs Forderungen aufregt. Während unseres Gesprächs bittet sie mich um die Kontaktdaten meiner aktuellen rechtlichen Vertretung und versichert mir, dass sie meinen Fall gern übernehmen wird, ehe sie mich zurück zu Courtney durchstellt. Ich willige ein, ihnen meine gesamten Gerichtsunterlagen zu schicken, damit sie sich sofort an die Arbeit machen können, und sehe nach dem Telefonat deutlich hoffnungsvoller in die Zukunft.

»Das ist so was von eklig.« Ich schneide eine lustige Grimasse und Olivia kichert, als ich eine weitere Handvoll Samen und klebrige Kürbismasse aus selbigem ziehe und auf den Tisch fallen lasse, den wir mit Müllsäcken abgedeckt haben.

»Das ist nicht eklig, das ist großartig«, widerspricht Tide und lässt seine eigene Handvoll Kürbiskerne auf den Tisch fallen. »Bist du sicher, dass du nicht in meinem Team sein willst, Engel?«

»Warum sollte sie im unterlegenen Team sein wollen?«, entgegne ich herausfordernd, woraufhin beide losprusten. Ihre Fröhlichkeit macht mich glücklich. Die letzten vier Tage mit Olivia sind gut verlaufen – mehr als das. Ich liebe es, sie bei mir zu haben. Langsam verstehe ich, warum sich Tide auf seine Wochen mit ihr freut und anfangs immer ein bisschen mürrisch ist, wenn Olivia wieder zu Anna geht. Seit Olivia hier ist, fühlt sich dieses Haus wie ein echtes Zuhause an. Ob das Frühstück am Morgen, die Hausaufgaben nach der Schule oder das gemeinsame Abendessen – wir drei haben eine Alltagsroutine entwickelt, die für alle funktioniert. Ich weiß nicht, wie ich damit umgehen werde, wenn sie wieder zu ihrer Mutter muss. Ich denke, ich werde genauso grummelig sein wie Tide.

»Möchtest du mir helfen, den hier fertig auszuhöhlen?« Ich deute mit dem Kinn zu dem Kürbis, und Olivia zieht auf entzückende Weise die Nase kraus.

»Nein danke.« Sie hält ihre Finger hoch, dann schaut sie auf ihr süßes Blumenoberteil und die dazu passende Hose. »Ich möchte nicht schmutzig werden.«

»Feigling«, erwidert Tide, woraufhin sie ihm die Zunge rausstreckt. »Oh, wirklich?« Mit einer Faustvoll Kürbisinnereien kommt er um den Tisch herum. Olivia quietscht erschrocken und versteckt sich hinter mir.

»Wag es ja nicht«, warne ich ihn, als ein schelmischer Ausdruck in seine Augen tritt.

»Was nicht, Baby?« Er will mich packen, und ohne nachzudenken, werfe ich mit der schmierigen Masse nach ihm. Mit einem lauten Klatschen landet sie auf seiner Brust.

»Oh nein ...« Ich reiße entsetzt die Augen auf, als sein Blick auf sein T-Shirt fällt. Olivia kichert. »Ich ... das wollte ich nicht.«

»Oh, jetzt steckst du in großen Schwierigkeiten.« Er nimmt sich etwas von den Kernen vom Tisch und ich weiche vor ihm zurück.

»Wirklich, Tide, das war ein Versehen. Ich schwöre.« Ich greife nach Olivia, die noch hinter mir kauert, ziehe sie vor mich und lege die Arme um sie, um sie als Schutzschild zu benutzen.

»Engel, sieh mal, wie schnell Aria dich hintergangen hat.« Tide grinst und macht ein missbilligendes Geräusch, bevor er das Zeug in seiner Hand auf unsere Köpfe fallen lässt.

»Ich kann nicht glauben, dass du das getan hast«, flüstere ich ungläubig und schüttle mir die Kürbissamen aus den Haaren.

»Tja, zu spät.« Er greift nach mehr Munition, aber Olivia kommt ihm zuvor und wirft nun ihrerseits nach ihm. Sie trifft seine Wange und seinen Hals.

»Oh mein Gott.« Ich fange an zu kichern, aber das Lachen bleibt mir im Hals stecken, als mich eine weitere Ladung von der klebrigen Masse im Gesicht erwischt. Ich sehe Olivia, die sich prustend unter dem Tisch versteckt. »Oh, jetzt reicht es.« Ich stürze mich auf das matschige Zeug und schnappe mir zwei Handvoll, bevor Tide mich wegzieht, um sich ebenfalls zu bewaffnen. Danach gibt es keine Teams mehr. Wir drei bekriegen uns gegenseitig und hören erst auf, als nichts mehr über ist und wir alle von Kopf bis Fuß mit dem schleimigen Matsch bedeckt sind.

»Ich denke, ich muss duschen«, meint Olivia amüsiert, und ich muss herzhaft lachen, als ich bemerke, wie sie aussieht. Vermutlich ist mein Zustand nicht besser.

»Ich denke, das müssen wir alle«, erwidere ich, als sie unter dem Tisch hervorkrabbelt, unter dem wir Zuflucht vor Tide gesucht haben, der viel schneller war als wir. Ich brauche ein paar Sekunden, um wieder auf die Beine zu kommen. Als ich es endlich schaffte, umarmt Olivia gerade ihren Vater. Da ich den Moment zwischen ihnen nicht unterbrechen möchte, fange ich an, aufzuräumen, halte aber inne, als sich zwei schmale Arme um meine Taille legen.

»Das hat Spaß gemacht«, sagt sie.

»Auf jeden Fall.« Ich streiche ihr über ihre klebrigen Haare und lächle sie an. Sie erwidert die Geste, dann eilt sie die Treppe hinauf. Als ich mich zu Tide umdrehe, treffen sich unsere Blicke. Ich bin mir nicht sicher, was der Ausdruck in seinen Augen bedeutet, aber er löst jede Menge Schmetterlinge in meinem Bauch aus. »Was ist?«

»Wie viele Kinder möchtest du gern?«

Die Frage überrascht mich. Ich will etwas antworten, schließe den Mund aber unverrichteter Dinge und schüttle den Kopf. »Was?«

»Ich möchte noch mindestens zwei«, erklärt er, und mein Herz beginnt, wie wild zu pochen. »Möchtest du noch mehr?«

»Zwei sind gut«, entgegne ich leise, und nickend kommt er auf mich zu.

»Habe ich heute schon erwähnt, wie sehr ich dich liebe?« Er berührt meine Wange, und ich suche mit den Händen Halt an seinem Oberkörper, weil sich meine Knie plötzlich sehr schwach anfühlen.

»Ich liebe dich auch.«

»Ich weiß.« Er beugt sich vor, um mich zu küssen. »Jeden Tag werden meine Gefühle für dich ein bisschen größer, und ich kann mir vorstellen, dass das bis an mein Lebensende so weitergeht.« Er streichelt zärtlich über mein Gesicht. »Mir ist klar, dass ich mich mit dir auf viele tolle Dinge freuen kann, Baby, und dich zu meiner Frau zu machen und mit dir ein Kind zu bekommen, sind nur einige davon.«

»Tide«, hauche ich. Ich selbst hatte bislang nicht den Mut, dieses Thema anzuschneiden, aber er bringt es einfach zur Sprache und erklärt wie selbstverständlich, dass wir eines Tages gemeinsam Eltern werden.

»Mach dir keine Sorgen, das hier ist nicht mein Antrag.« Er nimmt meine Hand und streicht mit dem Daumen über meinen Ringfinger. »Wenn wir mit Kürbisinnereinen bedeckt sind, werde ich dich auf keinen Fall fragen, ob du meine Frau werden möchtest. Wenn, dann mache ich es richtig.«

»Okay.« Ich lache und lehne die Stirn gegen seine Brust. »Aber du solltest wissen, dass die Antwort so oder so immer *Ja* wäre.«

»Das ist gut.« Er küsst mich auf den Kopf, und ich schließe die Augen. Ich könnte vor Glück gleich umkippen. Ein Gefühl, dass ich vor diesem Mann niemals für möglich gehalten hätte.

19. Kapitel

Tide

»Es ist Halloween!«, vernehme ich Olivias laute Stimme und schrecke aus dem Schlaf, kurz bevor sie auf das Bett springt und sich auf mich wirft. »Hast du mich gehört? Es ist Halloween.«

»Ja, habe ich.« Lächelnd streiche ich ihr die Haare aus dem Gesicht. »Guten Morgen, Engel.«

»Guten Morgen, Daddy.« Sie drückt ihre Nase gegen meine, eine Geste, die sie noch nie zuvor gemacht hat. »Es ist Halloween, Aria«, flüstert sie in Arias Richtung.

»Habe ich gehört.« Ich spüre ihr Lächeln an meinem Arm, ehe sie Olivia auf die Nasenspitze tippt.

»Freust du dich auch darauf, dass wir den ganzen Tag Süßigkeiten essen dürfen?« Sie zwängt sich zwischen Aria und mich, also rutsche ich ein Stück zur Seite, um ihr Platz zu machen, und stütze den Kopf in meine Handfläche. Schon seit frühester Kindheit liebt sie Halloween mehr als alle anderen Feiertage. Ich dachte, das würde sich mit zunehmendem Alter ändern, doch dem ist nicht so. Deshalb gebe ich auf Weihnachten nicht mehr viel. Auch wenn ich es liebe, ihr am Weihnachtsmorgen beim Öffnen der Geschenke zuzusehen, weiß ich, dass sie sich wesentlich mehr auf den heutigen Tag freut, auf die ganzen Süßigkeiten und unsere Verkleidungen. Darum möchte ich, dass Halloween etwas Besonderes für sie ist, solange sie daran Freude hat.

»Du darfst nicht den ganzen Tag Süßigkeiten essen, Engel.«

»Doch, irgendwie schon.« Sie hält ihre kleine Hand hoch und beginnt mit ihrer Aufzählung. »Du machst mir an Halloween immer Pancakes mit *Reese's Peanut Butter Cups*.« Sie hebt einen zweiten Finger. »Dann gehen wir zu Grandma und sie gibt mir super viele Süßigkeiten, wenn ich ihr helfe.« Sie hält einen weiteren Finger hoch. »Und heute Abend nach der Süßes-oder-Saures-Tour darf ich alle Süßigkeiten essen, die ich bekommen habe.«

»Stimmt«, murmle ich ergeben, und Aria lacht. Olivia dreht sich zu ihr herum und berührt ihre Wange. Ein liebevoller Ausdruck breitet sich auf Arias Gesicht aus und mir schmilzt beinahe das Herz.

»Können wir unsere Kürbisse fertig schnitzen, bevor wir zu Grandma und Grandpa fahren?«

Gestern Abend hat es noch ewig gedauert, bis wir das von uns angerichtete Chaos beseitigt hatten. Als wir schließlich fertig waren und geduscht hatten, aßen wir zusammen Pizza und guckten einen Film, statt uns weiter um die Kürbisse zu kümmern.

»Na klar.« Begeistert von Arias Antwort drückt Olivia die Nase gegen ihre, so wie sie es eben schon bei mir gemacht hat, dann hüpft sie aufgeregt auf und ab.

»Warum putzt du dir nicht die Zähne, und wenn du fertig bist, gehen wir nach unten und machen Frühstück.«

»Okay.« Sie springt vom Bett und rennt aus dem Raum. Als sie weg ist, ziehe ich Aria zu mir heran.

»Guten Morgen, Schatz.« Ich vergrabe mein Gesicht für einen Moment in ihrem Nacken und küsse sie auf die

Schulter.

»Guten Morgen.« Sie legt ihre Hand auf meine Brust und der Ausdruck in ihren Augen ist der gleiche wie gestern Abend, als ich die Themen Kinder und Hochzeit angesprochen habe. Auf beides freue ich mich schon jetzt, auch wenn ich Aria scheinbar damit überrascht habe, dass ich sie heiraten möchte und mir Kinder mit ihr wünsche. Wie ihr entgangen sein kann, dass ich förmlich besessen von ihr bin, ist mir ein Rätsel. »Ich weiß, ich sollte nicht schon an morgen Früh denken, aber ich werde echt traurig sein, wenn Olivia wieder zu ihrer Mutter muss.«

»Ich auch.« Ich küsse sie und streiche ihr eine Haarsträhne hinters Ohr. »Aber in einer Woche haben wir sie wieder.«

»Da hast du recht.« Sie neigt den Kopf zur Seite. »Dann gibt es jetzt also Pancakes mit *Reese's Peanut Butter Cups* zum Frühstück?«

»Es ist Halloween.« Ich grinse. »Steht es noch, dass Gia nachher zu uns stößt?«

Da Colton heute Abend arbeiten muss, hat Aria sie eingeladen, Halloween mit uns zu verbringen. Auch wenn Gino noch zu jung für eine Süßes-oder-Saures-Tour ist, möchte sie gern ein paar Fotos von ihm in seiner Halloweenverkleidung machen.

»Ja. Ich habe ihr gesagt, dass wir uns bei deinen Eltern fertig machen. Dann brauchen wir nicht in unseren Kostümen zu Abend essen. Wann holt Anna Olivia ab?«

»Gegen neun. Sie hat gestern angerufen, um mir mitzuteilen, dass sie ein Date hat, also könnte es etwas später werden.«

»Gut, dass sie sich wieder mit jemandem trifft. Ich hoffe, es wird etwas Ernstes daraus«, murmelt Aria, und ich stimme zu, ehe ich ihr einen letzten Kuss auf den Mund drücke und aufstehe. Dann packe ich Aria und ziehe sie mit mir aus dem Bett. Völlig von den Socken blinzelt sie mich an.

»Wir haben heute keine Zeit, im Bett zu faulenzen, Baby. Wir müssen Kürbisse schnitzen und Junkfood essen.« Mit einem Klaps auf den Hintern schicke ich sie in das Badezimmer, bevor ich nach Olivia schaue, um sicherzugehen, dass sie sich die Zähne putzt. Anschließend ziehe ich mich an und gehe mit den beiden Mädels nach unten.

Während sich Aria und Olivia am Tisch niederlassen, um die Kürbisse fertig zu schnitzen, mache ich mich daran, die Pancakes zu backen, und lausche ihrem Gespräch. Olivia war stets ein liebes Kind, aber diese Woche ist sie unter Arias Fürsorge und gelassener Art noch mehr aufgeblüht als sonst. Zu beobachten, wie die Bindung zwischen ihnen Tag für Tag stärker wird, hat mir noch einmal bestätigt, was ich bereits wusste: Aria ist die Frau, mit der ich den Rest meines Lebens verbringen möchte.

»Jetzt, wo wir unser Design haben, müssen wir es auf den Kürbis zeichnen«, höre ich Aria sagen, als mein Handy klingelt. Es ist Anna. Als ich den Anruf annehme, wandert mein Blick automatisch zu Aria hinüber, die Olivia dabei hilft, den Ausschnitt einer Katze mit einem Hexenhut auf ihren Kürbis zu kleben.

»Anna.«

»Hey, ist Olivia da?«

»Ja, warte kurz.« Ich lege das Telefon auf die Anrichte und gebe Olivia Bescheid, dass ihre Mutter mit ihr sprechen will.

»Okay, Dad.« Sie springt vom Stuhl und greift nach meinem Smartphone, während ich den Herd einschalte und mit halbem Ohr Olivias Unterhaltung mit ihrer Mutter verfolge. Der Umgang mit Anna glich in den letzten Wochen einer Achterbahnfahrt. Mal ist sie zuckersüß und bittet mich, irgendwelche Sachen in ihrem Haus zu reparieren oder ihr anderweitig zu helfen. Wenn sie jedoch merkt, dass ich nicht so dumm bin, auf ihre Spielchen reinzufallen, kippt ihr Verhalten von einer Sekunde auf die andere ins Gegenteil. Dann droht sie mir wieder, mir Olivia wegzunehmen, wenn ich nicht das tue, was sie will. Allerdings ist ihr nicht bewusst, dass ich bereits mit meinem Anwalt gesprochen habe, und dieser versicherte mir, dass sie unsere Sorgerechtsvereinbarung nicht aushebeln kann, nur weil ich eine neue Partnerin habe und ihr das nicht passt. »Dad, Mom will mit dir reden.«

»Danke, Engel.« Ich nehme ihr das Handy ab und warte, bis sie wieder bei Aria ist, ehe ich es mir ans Ohr halte. »Was ist los?«

»Mein Date für heute Abend hat abgesagt, also werde ich schon um sechs bei deinen Eltern sein.«

»Anna, du weißt, dass wir dann mit Olivia unseren Halloweenrundgang durch die Nachbarschaft machen, also wird das nicht funktionieren.«

»Tja, dann komme ich einfach mit«, faucht sie, was mir unverzüglich Magenschmerzen bereitet.

Okay ...

Ich mache den Herd aus und verlasse die Küche, weil

ich nicht möchte, dass Olivia hört, wie ich ausraste. »Du möchtest also mit Olivia, Aria und mir den Halloweenabend verbringen?« Ich bemühe mich, freundlich zu klingen, auch wenn ich sie am liebsten fragen will, was zur Hölle sie sich dabei denkt.

»Mir war nicht klar, dass deine Freundin dabei ist.«

»Natürlich wusstest du das.« Das kann ich mit Sicherheit sagen, weil Olivia es ihr in meiner Gegenwart erzählt und Anna daraufhin derart angepisst reagiert hat, dass sich Olivias Freude in Luft auflöste und sie kein weiteres Wort darüber verlor.

»Kannst du dich nicht einmal wie ein Erwachsener verhalten? Das muss keine große Sache sein, Tide. Und deine Freundin sollte lernen, damit umzugehen, dass du eine Ex-Frau hast, mit der du dir das Sorgerecht für deine Tochter teilst.«

»Aria muss sich nicht mit dir auseinandersetzen, auch wenn wir ein gemeinsames Kind haben. Meine Beziehung zu ihr hat nichts mit dir zu tun.«

»Das sehe ich anders«, schnauzt sie, und ich fahre mir genervt mit den Fingern durch die Haare. »Wir sehen uns um sechs bei deinen Eltern.«

»Nein, das kannst du vergessen.«

»Also gut, dann hole ich Olivia zur geplanten Zeit ab.«

»Okay.«

»Um drei Uhr. Darauf haben wir uns damals geeinigt, als es darum ging, wann wir Olivia nach dem Ablauf unserer gemeinsamen Woche dem jeweils anderen übergeben.«

»Anna, was soll das?«

»Alternativ kannst du auch zustimmen, dass ich den

Abend mit euch verbringe.«

Ich fühle mich in die Ecke gedrängt und bin stinksauer. »Also schön, bis nachher bei meinen Eltern. Aber ich habe keinen Nerv auf irgendwelchen Mist. Wenn du auch nur daran denkst, irgendein Theater zu veranstalten, ist die Sache gelaufen und wir sehen uns vor Gericht wieder.«

»Klingt gut.« Sie legt auf, und ich bin kurz davor, mein Handy zu zerquetschen oder es gegen die Wand zu werfen. Da ich das Geld für eine Reparatur aber möglicherweise brauche, um meinen Anwalt zu bezahlen, schiebe ich das Telefon in meine Tasche und verbringe die nächsten fünf Minuten damit, mich zu beruhigen, bevor ich mich wieder um unser Frühstück kümmere. Nachdem wir gegessen haben und Olivia in ihr Zimmer gegangen ist, um ein bisschen zu spielen und ihre Sachen zusammenzupacken, setze ich Aria über die Planänderung in Kenntnis. Wie immer macht sie sich mehr Sorgen um mich und Olivia als über Annas Anwesenheit, und weil sie die Situation so leicht hinnimmt, entspanne ich mich etwas. Was aber nicht bedeutet, dass ich nicht immer noch wütend bin.

»Bereit?«, erkundigt sich Aria, und ich drehe mich zu ihr um. Es sollte mich vermutlich nicht so anturnen, wie sie in ihrem Elsakostüm aussieht. Aber verdammt, sie ist wunderschön. Ihre Haare hat sie sich aus dem Gesicht gekämmt und zu einem Zopf geflochten, ihr Make-up lässt ihre Augen noch heller strahlen und das babyblaue

Satinkleid, zu dem sie beige Stiefel mit hohen Absätzen trägt, bringt ihre Kurven perfekt zur Geltung.

»Du bist wunderschön, Baby.« Ich richte den breiten roten Gürtel um meine Taille und ihr Blick wandert über mich; angefangen bei der Pomponmütze auf meinem Kopf über die mit Pelz gefütterte Tunika, die sich um meine Brust spannt, bis zu meiner Hose, die in Stiefeln mit dem zum Kostüm gehörenden Aufklebern steckt.

»Hm, seltsamerweise macht mich dein Aufzug an«, sagt sie, und ich lache, ehe ich auf sie zugehe und ihr in die Unterlippe beiße. Als sie nach Luft schnappt, vertiefe ich den Kuss. Ich dränge meine Zunge zwischen ihre Lippen und höre sie stöhnen.

»Ich denke nicht, dass es gut wäre, wenn meine Schwester uns beim Rummachen erwischt«, bemerkt sie und meint damit Olivia, die sich heute als Elsas Schwester Anna verkleidet hat. Widerwillig löst sie sich von mir.

»Da hast du wahrscheinlich recht«, stimme ich zu, als sie mein Hemd loslässt und die von ihr verursachten Falten glättet.

»Sind denn alle so weit?«, frage ich und schließe die Tür, während sie sich vor das Waschbecken stellt und ihr Spiegelbild begutachtet.

»Ja, gleich. Gia zieht Gino an und deine Mutter wartet zusammen mit Olivia auf Anna.«

»Machst du dir Gedanken, weil Anna heute Abend dabei ist?« Da ich meine Hände nicht bei mir behalten kann, insbesondere bei dem Anblick, wie sich Arias Kleid an ihren Hintern schmiegt, lege ich von hinten die Arme um ihre Taille.

»Ein wenig.« Unsere Blicke begegnen sich im Spiegel.

»Ich will nur nicht, dass Olivias Abend ruiniert wird.«

»Olivia wird hoffentlich zu sehr von all den Süßigkeiten abgelenkt sein, die sie bekommt, um Annas Anwesenheit groß zu bemerken.« Ich wandere Arias Oberschenkel hinauf und umfasse ihren Po. Sofort dreht sie sich zu mir um und stemmt die Hände gegen meine Brust.

»Tide.« Unbeeindruckt von der Warnung in ihrer Stimme ziehe ich lächelnd ihr Kleid hoch und lasse meine Finger über ihr Höschen gleiten, ehe ich das seidige Material zur Seite schiebe.

»Ja, Baby?«

»Olivia ... deine Eltern ...«, wispert sie und wirft über ihre Schulter einen kurzen Blick zur Tür.

»Sei besser leise«, flüstere ich, bedecke ihren Mund mit meinem und verschlucke ihr Stöhnen, sobald sie kommt. Es dauert ein paar Minuten, bis sie sich nach ihrem Orgasmus wieder gefangen hat und meine Erektion abgeklungen ist, aber es ist den Schmerz wert, sie entspannter zu sehen. Als wir unten zu den anderen stoßen, setzt eine als Olaf verkleidete Gia Gino in seinen Kinderwagen, an dem sie passend zu seinem Sven-Kostüm ein Geweih befestigt hat. Olivia wiederum hüpft vor lauter Zuckerrausch wie ein Flummi durch die Gegend; bereit, gleich so viele Süßigkeiten wie möglich abzustauben, obwohl sie heute bereits mehr genascht hat als sonst in einem ganzen Monat.

Als es klingelt, schnappt sich Mom ihre Schüssel mit Schokoriegeln, aber vor der Tür stehen keine Kinder, sondern Anna. Sie trägt eine ähnliche Verkleidung wie Aria, nur dass ihre kürzer ist und deutlich mehr Dekolleté zeigt.

»Anna.« Als meine Ex eintritt und meine Mutter umarmt, weiten sich Moms Augen vor Überraschung. Das hat Anna in der Vergangenheit noch nie getan.

»Das Haus sieht toll aus, Jolene.«

»Danke.« Mom bedenkt mich mit einem irritierten Blick, und ich kann angesichts dieser lächerlichen Nummer nur den Kopf schütteln.

»Tja, das wird bestimmt lustig«, sagt Gia an Aria gewandt, als Olivia mit meinem Vater um die Ecke biegt und abrupt stehen bleibt.

»Warum bist du als Elsa verkleidet? Aria sollte doch Elsa sein.«

»Im Laden hatten sie nichts anderes mehr«, entgegnet Anna und streicht ihr Kleid glatt.

»Das muss der Grund sein, warum sie es in Kindergröße gekauft hat«, murmelt Dad. Gia kichert, und ich ergreife Arias Hand.

»Du hättest dich als einer der Trolle verkleiden sollen. Jetzt machen unsere Kostüme keinen Sinn mehr.« Olivia wendet sich an Aria und mich. »Wir machen keinen Sinn mehr.«

»Ist schon okay, Schatz. Ich finde es großartig, dass es jetzt zwei Elsas gibt«, beruhigt Aria sie. »Bereit, auf Süßigkeitenjagd zu gehen?«

»Ich denke schon ...« Mit hängendem Kopf holt sie ihren orangefarbenen Plastikeimer.

»Willst du mich nicht umarmen? Ich habe dich seit einer Woche nicht gesehen«, sagt Anna, als Olivia zur Tür geht, und Olivia drückt sie kurz. Dann dreht sie sich zu Aria und mir um.

»Wollen wir los?«

»Ja, Engel«, antworte ich, und Aria wickelt sich ihren blauen Umhang um die Schultern, der zu ihrem Kleid passt, und zieht dessen Kapuze über ihren Kopf.

»Bevor ihr losgeht, möchte ich noch ein paar Bilder machen.« Meine Mutter hält uns allen die Tür auf, und ich helfe Gia, Ginos Kinderwagen nach draußen zu bugsieren, während Aria Olivia ihren Umhang umlegt. Zum Glück ist das Wetter heute für Ende Oktober warm, von daher sollten die Kinder unterwegs nicht frieren. Letztes Jahr mussten wir den Abend vorzeitig beenden, weil es bereits um sechs richtig kalt wurde.

Auf der Veranda schießt Mom ein paar Fotos von uns, die sicher nie in einem ihrer Alben landen werden. Denn Anna versucht, sich zwischen Aria und mich zu schieben, und Olivia wird wegen des Verhaltens ihrer Mutter immer frustrierter.

Aria lässt sich davon aber nicht aus der Reserve locken und bleibt wie immer gelassen. Sie konzentriert sich ganz auf Olivia, deren Stimmung seit dem Auftauchen ihrer Mutter auf Talfahrt ist. Obwohl Anna das bemerkt hat, unternimmt sie nichts dagegen – oder sie weiß nicht, was sie tun soll. Sie hat mit Sicherheit angenommen, dass Olivia ihre Eltern im selben Raum erblickt und uns daraufhin die ganze Zeit zusammen sehen möchte, aber meine Tochter ist schlau. Sie weiß, dass Anna und ich kein Paar sind; außerdem mag sie Aria. Da Halloween zudem *unser* Tag ist, wollte sie, dass der heutige Abend genau so verläuft, wie sie es sich vorgestellt hat. Da das nun nicht der Fall ist, rebelliert sie, was ich ihr nicht verübeln kann.

Ich wünschte, wir hätten eine Beziehung zu Anna,

sodass gemeinsame Unternehmungen mit Olivia möglichen wären. Aber davon sind wir meilenweit entfernt, und die Tatsache, dass Anna heute aufgetaucht ist, zeigt nur, dass sie kein Interesse hat, daran etwas zu ändern. Sie ist hier, um zu beweisen, dass ich noch nach ihrer Pfeife tanzen muss.

Nach der Fotosession machen wir uns auf den Weg. Olivia und Aria gehen Händchen haltend voran, gefolgt von Anna; Gia und ich bilden die Nachhut.

»Sie tut mir irgendwie leid«, sagt Gia leise mit Blick auf Anna, die unbeholfen stehen bleibt und zuschaut, wie Aria und Olivia bei den Nachbarn meiner Eltern klingeln.

»Mir nicht. Ich hoffe, sie nimmt sich einen Moment, um über die Situation nachzudenken, und merkt, dass sie dafür verantwortlich ist. Hätte sie Olivia zur verabredeten Zeit abgeholt, hätte Olivia ihr freudestrahlend von diesem Tag erzählt. Aber nein, Anna wollte aus Prinzip mit dabei sein ... nur, dass das jetzt nach hinten losgeht.«

»Vermutlich hast du recht. Ich denke nur, es muss hart für sie sein, dabei zuzusehen, wie du dir mit jemand anderem eine Zukunft aufbaust.«

»Sie wird sich damit arrangieren müssen, denn ich werde Aria einen Antrag machen. Was bedeutet, dass sie ein dauerhafter Teil in Olivias und meinem Leben sein wird.«

»Du willst Aria bitten, dich zu heiraten?«, haucht sie. Die Überraschung steht ihr deutlich ins Gesicht geschrieben und mit ihren weit aufgerissenen Augen wirkt sie unglaublich süß. Was mich daran erinnert, warum sich Colton beinahe so schnell in Gia verliebt hat wie ich in Aria.

»Eigentlich habe ich das schon, aber ich werde das noch mal ordentlich wiederholen.«

»Oh mein Gott.« Sie stürzt auf mich zu und umarmt mich stürmisch. »Ich freue mich so für euch! Das ist toll. Ich liebe Aria und sie ist perfekt für dich.«

»Danke, Gia.« Ich drücke sie kurz, ehe sie mich loslässt und einen Schritt zurücktritt.

»Weiß Colton davon?«

»Wovon?«

»Na, dass du sie um ihre Hand bitten möchtest!«

»Nein.« Ich schüttle den Kopf, und sie grinst.

»Wow, dass ich es vor ihm ...«

»Du wirst sie heiraten?«, unterbricht Anna sie mitten im Satz und starrt mich mit finsterer Miene an. »Ernsthaft, Tide?«

»Anna.«

»Ich kann das nicht fassen. Du kennst sie gar nicht.«

»Ich weiß alles über sie, was ich wissen muss.«

»Oh bitte, wie lange seid ihr jetzt zusammen? Gefühlt einen Tag?«, brüllt sie, was dafür sorgt, dass sich mehrere andere Familien zu uns umdrehen.

»Beruhige dich«, knurre ich und schaue zu Aria und Olivia hinüber. Als ich sehe, dass sie schon mehrere Häuser weitergezogen und damit außer Hörweite sind, atme ich erleichtert auf.

»Sag mir nicht, dass ich mich beruhigen soll. Ist sie schwanger?«

»Nein. Selbst wenn sie es wäre, ginge dich das nichts an.«

»Ich bin die Mutter deines Kindes«, faucht sie.

»Ja, aber das gibt dir nicht das Recht, mir vorzuschreiben, was ich mit meinem Leben anzufangen habe.«

»Wenn ich vor Gericht ziehe und das alleinige Sorgerecht beantrage, dann schon«, zischt sie. Gia erstarrt neben mir.

»Versuche es ruhig. Kein Richter wird mir mein Kind wegnehmen, nur weil ich eine neue Partnerin habe und du damit nicht klarkommst. Außerdem solltest du mal eine Minute darüber nachdenken, was du da sagst. Olivia ist kein Baby mehr. Glaubst du allen Ernstes, dass sie es akzeptieren würde, wenn du versuchst, mich aus ihrem Leben zu verbannen? Das wird sie nicht, und ich werde ihr klarmachen, dass du allein dafür verantwortlich bist.«

»Es wäre das Beste für sie, da du nicht in der Lage bist, sie an oberste Stelle zu setzen.«

»Ich habe sie immer an oberste Stelle gesetzt, also lass diesen Mist. Das hat nichts mit Olivia zu tun, sondern nur damit, dass du nicht mit meinem Glück umgehen kannst.« Ich mache einen Schritt auf sie zu und senke die Stimme. »Wach endlich auf. Olivia wird nicht für immer klein sein, und wenn du so weitermachst, wird ihre Beziehung zu dir so sein wie deine zu deinen Eltern: nicht existent. Tu dir das nicht an. Ich weiß, dass du das nicht willst. Finde einen Weg, deine Probleme hinter dir zu lassen und glücklich zu werden, Anna, denn ich habe deine Spielchen satt.« Ich lasse sie mitten auf dem Bürgersteig stehen, und Gia folgt mir.

»Tide!«, ruft Anna uns nach, und ich schaue über meine Schulter. Die Tränen in ihren Augen überraschen mich. Ich glaube nicht, dass ich sie jemals weinen gesehen habe.

»Was?«

»Würdest du ...« Sie legt eine Hand auf ihre Brust. »Würden du und Aria Olivia zu mir bringen, wenn ihr fertig seid?« Eine Träne läuft ihre Wange hinab, und ich fühle mich etwas mies, weil ich sie nicht trösten will, aber an diesem Punkt stehen wir nicht. »Sag ihr einfach, dass ich nach Hause gegangen bin und wir uns später sehen.«

Ich nicke und sie starrt mich eine Minute lang an, ehe sie sich zu ihrem Auto umdreht, das an der Straße geparkt ist. Sobald sie sich im Wagen befindet, setze ich mich wieder in Bewegung.

»Ähm ... ich möchte ja nichts verschreien, aber ich glaube, dass du vielleicht gerade zu ihr durchgedrungen bist«, sagt Gia leise.

Ich atme einmal tief ein und aus, hoffend, dass sie verdammt noch mal recht hat.

20. Kapitel

Aria

An Tides Brust gekuschelt, kämpfe ich gegen die Schwere meiner Lider an, während er mit den Fingern durch mein Haar fährt. Im Hintergrund läuft das Footballspiel und vor uns auf dem Wohnzimmertisch stehen die leeren Kartons unseres chinesischen Essens, zwei Bierflaschen sowie die Verpackung unserer Cupcakes. Halloween liegt nun zwei Wochen zurück. Ebenso lange ist es her, dass er mir von dem Vorfall mit Anna und ihrer Reaktion auf seine drastischen Worte erzählte.

Genau wie er war ich mir nicht sicher, ob bei ihr ein Sinneswandel eintreten würde, aber bisher war sie überraschend nett. Als sie ihre Tochter heute abholte, ist sie kurz in Olivias Zimmer gekommen, um sich ein paar Minuten mit mir zu unterhalten. Vor ein paar Tagen rief sie zudem Tide an, um zu fragen, ob es mir etwas ausmachen würde, wenn sie bei Olivias erstem Ballettunterricht vorbeischaut, da dieser zufälligerweise in der Woche lag, in der sie bei uns war. Obwohl es zu früh ist, anzunehmen, dass sich die Dinge zum Besseren wenden, bin ich hoffnungsvoll. Denn Olivia hat es verdient, dass sich ihre Eltern gut verstehen. Auch für Tide wäre das gut. Ich möchte, dass er eine gesunde Beziehung zu Anna hat.

»Baby, mein Handy klingelt.« Tide berührt meine Wange, und ich hebe schläfrig den Kopf. Da sein Telefon auf dem Wohnzimmertisch liegt und er nicht drankommt, weil ich förmlich auf ihm liege, reiche ich es ihm und kuschle mich wieder an ihn. »Was gibt's?«, höre ich ihn fragen, dann spüre ich, wie sich seine Muskeln verspannen. »Du verarschst mich.«

Ich schaue auf und weiß sofort, dass irgendetwas Unschönes passiert ist.

»Wir sind gleich da.« Er legt auf, lässt sein Handy neben der Couch auf den Boden fallen und umfasst mein Gesicht.

»Was ist los? Was ist passiert?«

»Dein Vater ist im Rusty Rose und er ist ziemlich fertig. Colton meinte, wir sollten ihn abholen, andernfalls muss er die Polizei rufen«, berichtet er, und ich senke frustriert die Lider. »Ich kann hinfahren und ihn nach Hause bringen, Baby. Du musst ihn nicht so erleben.«

»Nein.« Ich setze mich abrupt auf. »Ich werde alleine gehen.«

»Glaubst du wirklich, dass ich das zulasse?« Als ich aufstehe, umfasst er mein Handgelenk. »Auf keinen Fall, Baby.« Er erhebt sich ebenfalls, streichelt über meine Wangen und sieht mir eindringlich in die Augen. »Zieh dich an. Wir treffen uns draußen beim Truck.«

Mit einem Nicken eile ich nach oben und wechsle von meiner bequemen Hose zu einer Jeans, schlüpfe in ein Tanktop sowie ein Sweatshirt und schnappe mir meine Turnschuhe. Zurück im Wohnzimmer hole ich meine Handtasche, dann eile ich nach draußen. Tide wartet neben der offenen Beifahrertür seines Trucks auf mich. Sobald ich mich ins Auto gesetzt habe, reicht er mir den Anschnallgurt, küsst mich aufmunternd und wirft die

Wagentür zu.

Die Fahrt zur Bar verläuft schweigend. Nur die leise Musik, die aus den Lautsprechern dringt, erfüllt das Innere des Wagens. Mir ist bewusst, dass mein Vater oft betrunken ist, aber in meiner Erinnerung war es nie so heftig, dass jemand kurz davor ist, seinetwegen die Polizei zu rufen.

Als wir die Bar erreichen und die vielen Fahrzeuge auf dem Parkplatz entdecken, fällt mir wieder ein, dass heute Abend ein Footballspiel stattfindet und sich viele Leute das Spektakel gern in einer Bar oder dergleichen angucken. Nachdem Tide geparkt hat, schnalle ich mich ab und lasse mir von ihm aus dem Truck helfen. Die kalte Abendluft jagt einen Schauder über meinen Rücken, als wir hineingehen. Alles ist ruhig, bis auf das streitlustige Geschrei meines Vaters nach einem weiteren Drink.

»Oh nein«, flüstere ich, als er von seinem Stuhl fällt.

»Verflucht.« Tide zieht mich durch den Raum zum Tresen. Als ich Coltons Blick begegne, wird mir ganz anders. Bevor ich jedoch Gelegenheit habe, zu verarbeiten, was dieser bedeutet, lässt Tide mich los, um meinem Vater auf die Beine zu helfen.

»Du kannst mir nicht einfach meine Drinks verweigern.« Mein Vater schubst Tide beiseite. »Mit dem Geld in meinem Portemonnaie könnte ich diesen ganzen verfickten Laden kaufen!«, brüllt mein Dad. Wut kocht in mir hoch, und ohne nachzudenken, stürze ich auf ihn zu und schiebe ihn einen Schritt zurück, sodass er ins Straucheln gerät. Als er mich erkennt, wirkt er überrascht darüber, mich hier zu sehen. »Aria.« Verwirrt blinzelt er mich an.

»Warum benimmst du dich so?« Schmerz schnürt mir

die Kehle zu und ich schlucke ihn hinunter. »Was soll das, Dad?«

»Es tut mir leid.« Er lässt den Blick durch die Bar wandern, ehe er wieder mich anschaut. »Ich ... Ich wusste nicht, dass du hier bist.«

»Was macht das für einen Unterschied, ob ich hier bin oder nicht?« Ich werfe verständnislos die Arme in die Luft. »So oder so hast du nicht das Recht, dich wie ein Verrückter zu verhalten.«

»Du ...« Wieder sieht er sich um, bevor er einen Schritt auf mich zutorkelt. »Du hast recht.«

»Wie wäre es, wenn du dich von uns nach Hause bringen lässt?«, schlägt Tide vor und bis zu diesem Moment habe ich gar nicht realisiert, dass er direkt neben mir steht, so wie immer, wenn ich seine Unterstützung brauche.

»Okay.« Mein Vater richtet seine Anzugjacke, und Tide packt ihn am Arm, um ihn auf dem Weg zum Ausgang zu stützen.

Draußen angekommen, ist Tide erst mir, dann meinem Vater beim Einsteigen behilflich. Dieser ist definitiv nicht nur beschwipst, sondern stockbetrunken. Gedanklich versuche ich, eine Million Ausreden für ihn und sein Verhalten zu finden, aber nichts kann das rechtfertigen. Mir ist auch bewusst, dass ich das bereits seit meiner Kindheit mache. Nur muss ich als Erwachsene nicht mehr für ihn lügen oder mir irgendwelche Entschuldigungen für ihn ausdenken.

»Wie lange willst du das noch tun?«, frage ich meinen Vater, als Tide um die Motorhaube herum zur Fahrerseite geht. »Hast du es nicht langsam mal satt?«

»Es ist etwas komplizierter, als du denkst.«

»Du bist jede Nacht betrunken, das ist nicht kompliziert. Dein eigentliches Problem besteht darin, dass du nicht den Mumm hast, Mom wegen ihrer Seitensprünge zu konfrontieren. Also versuchst du stattdessen, deine Gefühle in Alkohol zu ertränken, was aber offensichtlich nicht funktioniert.«

Er starrt mich an. »Du hast keine Ahnung, wovon du sprichst«, kontert er, als Tide in den Truck steigt und den Motor startet.

»Nicht?« Mein Lachen ist sarkastisch. »Also schön. Reden wir noch mal darüber, wenn du nüchtern bist. Dann sag mir, dass Moms ständige Affären dich nicht fertigmachen.«

»Es hat mich nicht gestört, bis ich herausfand, dass sie es mit Josh trieb.«

Tide legt beschwichtigend eine Hand auf meinen Oberschenkel. »Was?« Ich drehe mich wieder zu meinem Vater um, und er wird bleich.

»Ich ... Ich ...«

»Mom schläft mit Josh?«, unterbreche ich ihn mit schriller Stimme. »Du machst Witze, oder?«

»Schatz, ich wollte nicht ...«

»Wolltest was nicht? Dass ich davon weiß? Dass ich es erfahre? Ich bitte dich, was zur Hölle ...?«

»Hast du immer noch Gefühle für ihn?«, hakt Dad nach und wirkt plötzlich, als würde er sich jeden Moment übergeben. Tide ballt die Finger auf meinem Oberschenkel zur Faust.

»Nein, er ist mir egal. Allerdings bin ich mir ziemlich sicher, dass irgendeine ungeschriebene Regel besagt, dass ein Mann nicht mit der Mutter seiner Ex-Frau schlafen sollte, und eine Mutter nicht mit dem Ex-Mann ihrer Tochter. Besonders, wenn die betroffene Mutter noch verheiratet ist!« Denn letzten Teil brülle ich.

»Aria«, mahnt Tide, und ich sehe ihn an. »Beruhig dich.«

»Warum? Ich habe gerade herausgefunden, dass meine Mutter mit meinen Ex-Mann schläft. Meinem Ex-Mann, der – zur Erinnerung – mich erneut vor Gericht zerrt, weil er mehr Alimente von mir verlangt.«

»Bitte was?«, fragt Dad.

»Oh ja.« Ich nicke heftig. »Josh schleppt mich vor Gericht, um monatlich mehr Geld von mir zu bekommen, also muss ich mich *ein weiteres Mal* mit dieser äußerst unschönen Situation herumschlagen.«

»Ich hatte keine Ahnung.« Er klingt beinah nachdenklich.

»Wie denn auch? Wir reden nicht miteinander, wir haben keine Beziehung zueinander, was dir irgendwann sehr leidtun wird. Vielleicht nicht jetzt, aber eines Tages, denn Tide und ich werden heiraten und du bist nicht gerade eine Person, zu der Olivia oder unsere künftigen Kinder Kontakt haben sollten. Und Mom will ich erst recht nicht in der Nähe meiner Familie wissen – nun noch viel weniger als vorher. Ihr beiden habt mich genug verkorkst und unter keinen Umständen lasse ich zu, dass meine Kinder euch zwei und euer Verhalten für normal halten.«

»Wer ist Olivia?«

»Tides Tochter.«

»Du hast eine Tochter?« Dad klingt erstaunt, und ich verdrehe die Augen.

»Siehst du, was ich meine? Ich bin mit Tide zusammen,

seit ich wieder hergezogen bin, und ihr zwei wisst nichts über ihn.«

»Du teilst ja auch keinerlei Informationen mit mir«, kontert Dad, und ich zucke mit den Schultern.

»Du hast recht, das mache ich nicht. Was daran liegt, dass du nicht sonderlich zugänglich bist, wenn du nüchtern bist. Wenn du betrunken bist, macht es keinen Sinn, dir irgendetwas zu erzählen, weil du dich sowieso nicht daran erinnerst.«

»Das ist nicht fair.«

»Vielleicht, dennoch ist es wahr«, entgegne ich, als Tide vor dem Haus meiner Eltern hält. Als Dad nicht sofort aussteigt, drehe ich mich zu ihm um. »Sollen wir dir nach drinnen helfen?«

»Ich will nicht reingehen«, sagt er und reibt sich mit den Händen über das Gesicht. »Meint ihr, ihr könntet mich zu einem Hotel fahren?«

»Du musst nicht in ein Hotel.« Ich seufze und Tide verschränkt unsere Finger miteinander. »Du kannst auf dem Ausziehsofa im Wohnzimmer schlafen.«

»Nach allem, was du mir gerade an den Kopf geworfen hast, würdest du mich trotzdem bei dir übernachten lassen?« Er klingt fassungslos.

»Nur weil ich dein Verhalten furchtbar finde, heißt das nicht, dass du mir nicht wichtig bist. Du bist immer noch mein Vater.«

»Bist du sicher, dass das in Ordnung ist?« Sein Blick wandert zu Tide.

»Meinetwegen schon.«

»Danke«, erwidert Dad.

»Da wir schon mal hier sind, willst du irgendetwas

holen?«

»Es wäre nicht verkehrt, eine Tasche zu packen.« Als er die Tür des Trucks öffnet, steigen Tide und ich ebenfalls aus. Wir helfen ihm die Treppe hinauf, nachdem er es zweimal allein versucht hat und kläglich gescheitert ist. Als wir die oberste Stufe erreichen, will ich mit ihm in das Schlafzimmer gehen, aber er hält mich auf. »Mein Zimmer ist hier vorn.«

»Okay«, murmle ich und bringe ihn in einen Raum, der früher für Gäste reserviert war. Jetzt schläft er offenbar darin. Angesichts seines Zustands bedeute ich ihm, sich auf die Bettkante zu setzen, hole eine seiner Reisetaschen vom Schrank und frage ihn, was ich einpacken soll. Es dauert nicht lange, seine Sachen aus dem Bad, ein paar Anzüge und einen Pyjama darin zu verstauen. Nachdem Tide die Tasche zugemacht hat, nimmt er sie mir ab und wir gehen zurück nach unten.

»Steht dein Auto vor dem Rusty Rose?«, fragt Tide meinen Vater, als wir in den Truck steigen, und Dad brummt zustimmend. »Gib mir deine Schlüssel. Wir fahren sowieso daran vorbei. Aria kann damit nach Hause fahren. Dann hast du es morgen vor der Tür.«

»Vielen Dank.« Dad reicht die Schlüssel nach vorn, und ich nehme sie ihm ab.

Als wir die Bar erreichen, hält Tide hinter dem Jaguar meines Vaters an. »Wir folgen dir.«

Mit einem Nicken rutsche ich von dem Sitz und begebe mich hinter das Steuer von Dads Wagen. Ich brauche eine Minute, um alles meinen Bedürfnissen entsprechend zu justieren, bevor ich den Motor starte. Als ich den

Parkplatz verlasse, schaue ich in den Rückspiegel, um sicherzustellen, dass Tide hinter mir ist. Während der Fahrt versuche ich, meine Gefühle zu sortieren, aber heute Abend ist einfach zu viel auf mich eingeprasselt, als dass ich es in den fünfzehn Minuten verarbeiten könnte. Wahrscheinlich ist es so oder so zu viel, um es ohne die Hilfe eines Psychologen zu verarbeiten.

Ich biege in die Einfahrt ein und parke das Auto neben meinem, während Tide seinen Truck daneben abstellt. Bevor ich aussteigen kann, ist er bei mir, hilft mir aus dem Wagen und schließt mich in die Arme.

»Das habe ich gebraucht.« Ich seufze, und er zieht sich genug zurück, um mir in die Augen zu schauen.

»Ich liebe dich.«

»Das zu hören, tut gut«, flüstere ich.

»Dein Vater ist auf dem Weg hierher eingeschlafen. Am besten wir richten sein Nachtlager gleich her, oder er schläft einfach in Olivias Bett, schließlich ist sie nicht hier.«

»Er schläft ganz sicher nicht in Olivias Bett«, widerspreche ich sofort, und er lächelt, als würde er es süß finden, dass ich so denke.

»Also gut, dann lass uns die Couch fertig machen und anschließend trage ich ihn ins Haus.«

»Das ist alles so verkorkst.« Ich lasse meine Stirn gegen seine Brust fallen. »Warum haben wir ihn nicht einfach in ein Hotel gebracht, als er darum bat?«

»Weil er dein Vater ist.«

»Das ist ein dummer Grund«, murmle ich, und Tide lacht.

»Du tust das Richtige, Baby.« Er schiebt mich ein Stück

von sich und streichelt über meine Wangen. »Und ich bin stolz auf dich, dass du ihm so ehrlich die Meinung gesagt hast.«

»Er wird sich wahrscheinlich an nichts davon erinnern.«

»Vielleicht nicht, aber du schon.«

»Ja«, stimme ich zu, und er küsst mich auf die Stirn, nimmt meine Hand und geht mit mir nach drinnen. Wir brauchen gut zehn Minuten, um herauszufinden, wie wir die Ausziehcouch richtig ausklappen, und weitere zehn, um das Bett zu machen. Wenig überraschend merkt mein Vater nicht einmal, wie Tide ihn ins Haus trägt und wir ihn hinlegen.

Ich nehme einen Schluck von meinem Kaffee und lächle Tide über den Rand meiner Tasse hinweg an. Er wirft einen Pfannkuchen in die Luft, fängt ihn auf und zwinkert mir dabei zu.

»Du bist so ein Angeber.«

»Aber du liebst mich.« Lachend lässt er den Pancake auf einen Teller gleiten und reicht ihn mir.

»Guten Morgen.« Beim Klang der Stimme meines Vaters drehen wir uns beide um. Ich mustere ihn von Kopf bis Fuß. Seine Haare stehen in alle Himmelsrichtungen ab und seine Kleidung ist zerknittert, weil er letzte Nacht darin geschlafen hat. Er sieht definitiv noch fertiger aus als gestern.

»Guten Morgen.«

»Kann ich die Toilette benutzen?« Er wirkt verloren und sieht sich unbehaglich um. Ich frage mich, ob er sich daran erinnert, was am Abend zuvor passiert ist, oder ob ihm nur unangenehm ist, hier zu sein. Wahrscheinlich Letzteres. Wann immer ich meine Eltern besuchte, machte sich mein Vater auf den Weg zur Arbeit, noch bevor ich aufgestanden war, und wenn er nach Hause kam, war er betrunken und entsprechend gut drauf. Was bedeutet, dass er mir kaum nüchtern begegnet ist.

»Den Flur runter ist ein Gäste-WC.« Ich deute mit meiner Kaffeetasse in die entsprechende Richtung. »Die Dusche ist im Obergeschoss, erste Tür rechts. Dein Koffer steht dort im Gang.«

»Danke.« Er nickt und geht die Treppe hinauf. Eine Minute später höre ich, wie im Bad das Wasser angemacht wird.

»Iss auf, Baby, bevor dein Frühstück kalt wird«, fordert Tide mich auf, also schnappe ich mir die Sirupflasche und ertränke meinen Pfannkuchen in der köstlichen Flüssigkeit. Als ich einen großen Bissen nehme, bemerke ich, dass Tide mich angrinst. »Ich habe nachgedacht. Wir könnten heute zu mir fahren und schauen, was wir verkaufen und was wir mit hierhernehmen wollen.«

»Bitte was?«, erwidere ich mit vollem Mund.

Er kommt mit seinem Kaffee in der Hand zu mir herüber und stützt den Ellenbogen vor mir auf der Anrichte ab.

»Wenn ich hier wohne, gibt es keinen Grund, mein Haus zu behalten. Wir müssen uns nur entscheiden, ob wir es verkaufen oder für ein kleines Zusatzeinkommen vermieten wollen.«

»Du ziehst bei mir ein?«, hake ich nach, nachdem ich einen Schluck von meiner Tasse genommen habe.

»Baby, ich bin längst bei dir eingezogen. Du hast es nur nicht gemerkt.« Damit entlockt er mir ein Lachen. »Ich denke, es ist Zeit, dass wir es offiziell machen.«

»Stimmt«, murmle ich und genieße den zärtlichen Kuss, den er mir gibt. Lächelnd nehme ich noch einen Bissen von meinem Pancake. »Glaubst du, es wäre besser, dein Haus zu vermieten? Ich weiß, dass in der Stadt nicht viele Mietobjekte gibt, insbesondere in deiner Gegend.«

»Wir können mit einem Makler sprechen und schauen, was er davon hält.« Er zuckt mit den Schultern.

»Ihr habt ein Haus zu vermieten?«, fragt mein Vater, als er den Raum betritt. Keine Ahnung, warum wir nicht gehört haben, wie er die Stufen runtergekommen ist, besonders weil er seine Reisetasche im Schlepptau hat. Er hat sich frisch gemacht, sein Haar gestylt und sich rasiert.

»Möglicherweise«, entgegnet Tide. »Möchtest du einen Kaffee?«

»Ja, danke schön.« Mein Vater schaut mich an und für einen Moment legt sich ein sanfter Ausdruck auf sein Gesicht. Ich könnte schwören, dass er mich gern umarmen würde. Da er das jedoch noch nie getan hat, bin ich nicht allzu enttäuscht, als er sich stattdessen räuspert und an Tide wendet. »Ich hätte eventuell Interesse, mir deine Immobilie anzusehen.«

»Wofür?«, will ich wissen.

»Ich verlasse deine Mutter«, erklärt er leichthin und nimmt die Tasse, die Tide ihm hinhält.

Mein Magen zieht sich zusammen. »Du verlässt Mom?«

»Ja, und es tut mir leid, wenn dich das traurig macht.« Da es völlig unangebracht wäre, freudig auf und ab zu springen und ihm ein High-Five zu geben, nicke ich und versuche, eine möglichst neutrale Miene aufzusetzen. »Ich bezweifle, dass sie die Trennung einfach so hinnimmt, von daher brauche ich wahrscheinlich eine eigene Bleibe, während wir die Dinge zwischen uns klären.«

»Tide hätte mit Sicherheit kein Problem damit, wenn du eine Weile in seinem alten Haus wohnst.« Ich sehe meinen Mann an, der sofort zustimmt.

»Ich gebe dir gleich die Adresse und einen der Ersatzschlüssel. Dann kannst du dich in Ruhe umschauen, und wenn es dir gefällt, bist du dort so lange willkommen wie nötig.«

»Das weiß ich wirklich zu schätzen«, sagt Dad und blickt auf seine Uhr. »Ich muss mich heute um einige Sachen kümmern. In einer Stunde habe ich einen Termin mit einem Kunden.«

»Natürlich.«

Er stellt seine noch fast volle Kaffeetasse ab. »Vielen Dank für eure Hilfe gestern.« Er räuspert sich und sucht meinen Blick. »Es tut mir leid, Aria, wirklich alles.«

Tränen brennen mir in den Augen und ich umklammere meine Tasse fester, obwohl ich eigentlich nichts lieber tun würde, als aufzustehen und ihn zu umarmen. »Es tut mir auch leid.«

»Zweifle niemals daran, dass ich dich liebe. Du bist das Beste, was ich in meinem Leben zustande gebracht habe, und ich weiß, dass ich es vermasselt habe. Aber ich möchte eine Beziehung zu dir haben.«

»Das will ich auch.« Die Worte sind kaum hörbar, weil sich mein Hals furchtbar eng anfühlt.

»Dann lass uns daran arbeiten, während ich gleichzeitig

an mir arbeite«, schlägt er vor, und ein Gefühl der Hoffnung erfüllt mich. Denn es ist das erste Mal, dass er sein Problem anerkennt und die Tatsache, dass die Dinge zwischen uns nicht so sind, wie sie sein sollten. »Ich rufe dich heute Abend an, wenn es dir recht ist.«

»Du kannst mich immer anrufen, und wenn du einen Platz zum Schlafen brauchst, steht dir meine Couch jederzeit zur Verfügung.« Ich erhebe mich, um ihn zur Tür zu begleiten, und er bringt mich völlig aus der Fassung, indem er mich an sich zieht.

»Ich liebe dich«, sagt er und die Tränen, die ich zurückhalten konnte, laufen mir jetzt unaufhaltsam über die Wangen. »Zweifle niemals daran.«

Unfähig, zu sprechen, nicke ich und er übergibt mich in Tides ausgestreckte Arme. Ich schmiege mich an seine warme Brust und er hält mich fest, auch nachdem die Haustür hinter meinem Vater ins Schloss gefallen ist. »Ist das gerade wirklich passiert?«

»Jap.« Er zieht mich noch enger an sich. »Dass deine Mutter ihn mit deinem Ex-Mann betrügt, hat ihn vielleicht endlich wachgerüttelt, Baby.«

»Kann sein.« Ich stoße einen tiefen Seufzer aus. »Ich möchte mir keine Hoffnungen machen, aber ich wünsche mir, dass er sein Leben in den Griff bekommt. Nicht für mich, sondern für ihn selbst.«

»Das hoffe ich auch.« Er küsst mich auf den Kopf, und ich sehe zu ihm hoch.

»Also verlässt mein Vater meine Mutter und wird hoffentlich trocken, und du ziehst offiziell bei mir ein, obwohl du im Grunde genommen beinahe genauso lange hier wohnst wie ich?«

»Jap.«

»Was für ein ereignisreicher Tag, und es ist noch nicht einmal zehn.«

»Definitiv.« Seine Lippen verziehen sich zu einem Lächeln und ich stelle mich auf die Zehenspitzen, um ihn zu küssen.

»Danke.«

»Wofür?«

»Weil du immer für mich da bist. Für deine Stärke, für deine Liebe und dafür, dass du genau weißt, was ich brauche.«

»Dich zu lieben, ist einfach, Aria. Und dass du das Gefühl hast, ich würde dir geben, was du brauchst, heißt nur, dass ich meinen Job als dein Partner richtig mache.«

»Nur du würdest es so aussehen lassen, als wäre das keine große Sache.« Ich verdrehe die Augen, und er zieht mich noch ein Stück näher zu sich heran.

»Hör auf zu reden und küss mich«, befiehlt er, und ich seufze, ehe ich ihm seinen Wunsch erfülle. Denn ich möchte, dass auch er sich stets geliebt und umsorgt fühlt.

Epilog

Tide

Drei Monate später …

»Halt ihn auf«, höre ich Arias laute Stimme, als ich nach Hause komme und die Vordertür aufmache.

»Ich kann nicht! Er ist zu schnell«, ruft Olivia.

Nicht sicher, in was ich da hineingeraten bin, ziehe ich meine Stiefel aus und hänge meinen Mantel sowie meine Mütze über einen der Esszimmerstühle, bevor ich mich auf Ursachenforschung begebe. Als ich die Küche betrete, rennt Mittens – die Katze, die George für Olivia gekauft hat – die Treppe runter und an mir vorbei in das Wohnzimmer. Dabei zieht er ein langes Band hinter sich her. Einen Augenblick später eilen meine zwei Mädels die Stufen herab.

»Hättest du ihn nicht aufhalten können?«, fragt Aria und läuft hinter Olivia her. Grinsend beobachte ich, wie sie dem Kater nachjagen, um ihn von dem roten Band zu befreien, das aus irgendeinem Grund an seinem Hinterbein klebt. Da sie ihn partout nicht erwischen, schreite ich ein, nehme seine Leckerlitüte aus dem Schrank und schüttle sie. Wie immer hält er sofort inne und streicht mir um die Beine, um etwas von seinem Lieblingsfutter zu bekommen.

»Warum haben wir nicht daran gedacht?«, will Olivia

wissen, als ich ihn hochhebe.

»Ich habe keine Ahnung.« Aria verdreht die Augen, als ich den Kater grinsend von dem Band befreie.

»Ich bringe ihn wieder nach oben und mache mich fertig«, sagt Olivia, woraufhin Aria den Kater aus meinem Arm nimmt und ihn meiner Tochter übergibt. Olivia verschwindet mit ihm in das Obergeschoss und tadelt ihn dabei leise für sein Verhalten.

»Ich weiß nicht, warum mein Vater es für eine gute Idee hielt, Olivia zu Weihnachten eine Katze zu schenken.« Kopfschüttelnd wirft Aria das Band in den Müll.

»Sie liebt diese Katze. Und dein Vater liebt Olivia.«

»Stimmt.« Sie seufzt.

Nach Georges Ankündigung, er würde Arias Mutter verlassen, hatte ich so meine Zweifel. Ein Teil von mir glaubte nicht daran, dass er es durchziehen würde, aber das tat er und zog dabei alle Register. Er hat nicht nur Beatrice verlassen, sondern ist auch in mein altes Haus umgesiedelt, fing an, zu den Anonymen Alkoholikern zu gehen, und hat sich bemüht, seine Tochter kennenzulernen.

Ich bin mir sicher, dass es für ihn nicht einfach war, aber er hielt an seinem Entschluss fest, was viel über ihn als Mann aussagt. Ihre Mutter wiederum ist nach Kalifornien gegangen, um dort nach der Scheidung mit Josh zusammenzuleben. Wie es bei ihnen läuft, weiß keiner von uns. Joshs Antrag auf eine Erhöhung seiner Alimente wurde abgelehnt und der Richter hat seinen monatlichen Unterhaltsanspruch auf die Hälfte reduziert. Zudem befristete er diesen auf zwei Jahre oder bis Josh wieder heiratet. Zwar wäre es mir lieber gewesen, wenn er gänzlich leer ausgegangen wäre, aber das Wissen, dass er sie nur noch einen begrenzten Zeitraum in der Hand hat, macht die Situation ein bisschen erträglicher.

»Treffen wir uns nachher immer noch mit allen in der Stadt zum Dinner?« Ich ziehe Aria in meine Arme, und sie legt die Hände auf meine Brust und sieht zu mir auf. An einem ihrer Finger steckt der Zwei-Karat-Diamantring, mit dem ich ihr eine Woche vor Weihnachten im Beisein meiner Familie, ihrem Vater sowie Colton und Gia einen Antrag gemacht habe. Zwei Wochen später steckte ich ihr einen schlichten goldenen Ehering an den Finger, als wir ohne viel Tamtam standesamtlich heirateten.

»Ja, wir haben reserviert.« Sie leckt sich mit der Zunge über die Lippen, und ich kneife misstrauisch die Augen zusammen. Mein Blick heftet sich kurz auf ihren Mund.

»Was ist passiert?«

»Nichts.« Sie versucht, mich von sich zu schieben, doch mein Griff wird nur noch fester.

»Du lügst.«

»Ich lüge nicht.«

»Sag schon und bring es hinter dich.« Ich drücke sie, und sie funkelt mich an. Während der letzten Monate hat sie sich mehrmals gegen mich verschworen. Einmal mithilfe meiner Mom, dann mit Olivia, daraufhin mit Gia und zum Schluss sogar mit Anna. Sobald sie sich innerlich darauf vorbereitet, mir die Neuigkeiten zu überbringen oder mich um etwas zu bitten, bekommt sie den gleichen Gesichtsausdruck wie jetzt. Glücklicherweise hat sie bisher nichts angestellt, was mir den Rest gegeben hat, aber irgendetwas ist immer.

»Es ist nichts. Wir müssen uns fertig machen und losfahren. Andernfalls sind wir die Letzten, die beim Abendessen erscheinen.«

»Aria.«

»Tide.« Sie starrt mich an, und ich seufze.

»Also gut«, gebe ich nach, wohlwissend, dass sie früher oder später mit der Sprache rausrücken muss. Als wir nach oben kommen, jagt Olivia Mittens mit einem Laserpointer, dessen roten Punkt der Arme niemals fangen wird, durch die Gegend. Also gehe ich mit Aria in unser Schlafzimmer und wir ziehen uns um. Sie schlüpft in eine Strumpfhose und ein langes Sweatkleid mit einem hohen Kragen, das ihr unglaublich gut steht, und ich ziehe eine andere Jeans und ein Hemd an.

Als ich den letzten Knopf meines Hemds schließe, betritt Olivia den Raum. Sie trägt einen rosa Rüschenrock über einer Leggings und ein langärmeliges schwarzes Oberteil mit einem Schriftzug auf der Vorderseite. Ich brauche einen Moment, um ihn zu entziffern, aber als ich lese, was dort steht, bleibt mir für einen Moment das Herz stehen.

»Das ist für dich.« Aria überreicht mir eine Schachtel, die mit einer großen Schleife verziert ist. Diese ist aus demselben Band, das vorhin an Mittens Hinterbein klebte.

Ein seltsames Gefühl schnürt mir die Brust zusammen, als ich sie aufmache und das kleine Stück Stoff unter dem Berg aus Seidenpapier freilege, auf dessen Vorderseite ein einzelnes Wort steht.

Überraschung

»Wirklich?« Ich suche Arias Blick, und als sie nickt, schaue ich ganz automatisch zu ihrem Bauch.

»Ich werde große Schwester«, sagt Olivia stolz, rennt zu mir und schlingt die Arme um meine Taille. Mit einer Hand umfasse ich den Hinterkopf meiner Tochter, mit der anderen ziehe ich meine Frau zu mir und küsse sie lang und innig. Wieder einmal hat sie mir bewiesen, dass meine Liebe zu ihr grenzenlos ist.

Aria

Neun Monate später ...

Während ich Lucas winzigen, warmen Körper in den Armen halte und ihn stille, läutet es an der Haustür und Tide geht los, um aufzumachen. Da wir heute mit unserem süßen Jungen aus dem Krankenhaus gekommen sind, stelle ich mich darauf ein, dass uns viele Menschen besuchen werden. Aber ehrlich gesagt gibt es nur eine Person, die ich sehen möchte, und nach dem erneuten Klingeln zu urteilen, schätze ich, dass sie hier ist.

Ich nehme Luca von meiner Brust und lege ihn mir an die Schulter, damit er ein Bäuerchen machen kann, als Olivia um die Ecke biegt. Sie zieht rasch ihre Schuhe aus, dann geht sie auf Zehenspitzen zu uns. Ich lächle, als sie neben mir auf die Couch klettert.

»Hi, Süße«, sage ich leise, und sie begrüßt mich, indem sie für einen Moment liebevoll ihre Nase gegen meine drückt, ehe sie mit der Hand Lucas Hinterkopf umfasst und ihm einen Kuss auf die Wange gibt.

»Darf ich ihn halten?« Sie sieht mich an, und sobald ich nicke, setzt sie sich hin und ich lege ihn in ihre Arme. Sie so zusammen zu sehen, rührt mich zu Tränen, genau wie damals, als sie ins Krankenhaus kam, um ihren kleinen Bruder kennenzulernen.

Ich schaue zu meinem Mann hinüber und weiß, dass der Ausdruck in seinen Augen den in meinen gleicht. *Pures Glück*. Ich glaube nicht, dass einer von uns je gedacht hätte, derart glücklich sein zu können, aber wir sind es und irgendwie hat sich das ganze Drama in unserem Leben in Luft aufgelöst. Nicht, dass alles perfekt ist, aber wie Tide mir bereits zu Anfang unserer Beziehung sagte: Wir sind ein Team, und das ist das Entscheidende. Denn am Ende des Tages ist nur wichtig, dass wir einander haben und unsere Kinder glücklich und gesund sind.

Aria

Vier Jahre später ...

»Ich laufe nicht über den roten Teppich.« Ich verdrehe die Augen und Rachel seufzt theatralisch, was ganz typisch für sie ist.

»Du musst. Es ist deine Vision, die zum Leben erweckt wurde.« Als Tide lacht, lässt sie sich auf den Stuhl gegenüber von mir fallen. Er findet sie lustig. Wofür ich dankbar bin, insbesondere wenn sie so nervig ist wie momentan.

»Vergiss es. Der Film wird auch ohne mein Erscheinen auf dem roten Teppich gezeigt.« Ich reibe über meinen Bauch, der in den letzten vier Monaten dreimal so groß geworden zu sein scheint. Wie alle andere bin ich schockiert, dass ich trotz meines riesigen Bauchs nur ein Baby in mir trage. Andererseits hat unser kleines Mädchen vielleicht mehr Platz, weil es meine zweite Schwangerschaft ist.

»Tide, du musst deiner Frau ins Gewissen reden. Das ist ihr Tag. Sie sollte da draußen sein und im Blitzlichtgewitter baden.«

»Ich denke, du weißt genauso gut wie ich, Rach, dass du Aria nichts vorschreiben oder sie dazu bringen kannst, irgendetwas zu tun, was sie nicht will«, entgegnet er amüsiert, und ich lächle ihn dankbar an.

»Sie hat in den letzten drei Jahren nicht an einem Red-Carpet-Event teilgenommen, und ich möchte nicht, dass sie es bereut. Das ist der letzte Film«, erwidert sie, doch ich schüttle nur den Kopf. Auch wenn sich andere Autoren im Licht der Kameras und der Aufmerksamkeit aalen würden, möchte ich nicht, dass mein Gesicht auf der Titelseite irgendeiner Zeitschrift abgedruckt wird.

»Ich habe zugestimmt, herzukommen und einige Interviews zu geben, aber jetzt möchte ich mir nur noch meinen Schlafanzug anziehen, etwas vom Zimmerservice bestellen, einen Film ausleihen und ins Bett.«

»Also schön.« Rachel seufzt erneut. »Dann schicke ich dir ein paar Bilder.«

»Ich kann es kaum erwarten«, versichere ich, und sie steht auf, um sich von uns zu verabschieden. Als sie weg ist, setzt sich mein Mann neben mich und legt eine Hand auf meinen Bauch.

»Wie geht es meinen Mädchen?«

»Wir sind müde und hungrig«, maule ich, und er grinst. »Ich wünschte, deine Mutter hätte FaceTime. Ich vermisse Luca und Olivia und finde es schade, dass ich ihre Gesichter nicht sehen kann.«

»Sie vermissen dich auch, Baby, aber als ich während deines letzten Interviews mit Mom sprach, erzählte sie, dass es ihnen gut geht und sie sich gleich mit deinem Vater, Lisa, Anna und Charles zum Abendessen treffen.«

Charles ist Annas Ehemann, den Tide und ich sehr mögen. Lisa ist die Freundin meines Vaters. Sie ist süß und in jeder Hinsicht das Gegenteil meiner Mutter. In den letzten Jahren sind wir alle sehr eng zusammengewachsen, was überraschend ist, wenn man bedenkt, wie es zwischen uns ursprünglich aussah. Die einzige Person, mit der ich keinen Kontakt habe, ist meine Mutter, die immer noch mit Josh liiert ist.

»Darauf freuen sie sich bestimmt«, sage ich, als er meine Füße auf seinen Oberschenkel legt und sie zu massieren beginnt.

»Bist du sicher, dass du nicht zur Premiere gehen willst?«

»Möchtest du etwa hin?«

»Auf keinen Fall.« Er lacht. Mein Mann ist kein Fan von öffentlicher Aufmerksamkeit. Etwas, womit wir uns seit der Veröffentlichung des ersten Films zu meiner Buchreihe auseinandersetzen müssen. Denn die Leute neigen dazu, neugierig zu sein, was das Leben ihrer Lieblingsautoren betrifft. Sie haben so lange nach Informationen gegraben, bis sie von dem Mann erfuhren, den ich geheiratet habe. Woraufhin er bei meinen Lesern zu einer kleinen Sensation wurde. Ich kann ihnen keine Vorwürfe machen, da er ein fleischgewordener Buchheld ist – und zudem attraktiver als jeder andere Mann, den ich kenne. Trotzdem ist er nicht daran interessiert, unser Leben mit anderen zu teilen. Dementsprechend habe ich mein Bestes getan, um dieses privat zu halten.

»Ich auch nicht.« Ich berühre meinen riesigen Bauch. »Ich möchte einfach nur mit dir einen entspannten Abend verbringen und morgen Früh wieder nach Hause fliegen.« Genau wie er mag ich unser Leben so, wie es ist – ruhig, normal und ein bisschen langweilig. Ich bin glücklich, mehr als je zuvor, was daran liegt, dass ich mutig genug war, alles noch einmal aufs Spiel zu setzen.

Weitere Titel der Autorin:

Until Love Reihe:
Until Love: Asher
Until Love: Trevor
Until Love: Cash
Until Love: Nico

Underground Kings Reihe:
Underground Kings: Kenton
Underground Kings: Kai
Underground Kings: Sven

Until You Reihe:
Until You: July
Until You: Jax
Until You: Junep
Until You: Ashlyn
Until You: Sage
Until You: Harmony
Until You: Cobi
Until You: December
Until You: Talon

Falling for Reihe:
Falling for Colton
Falling for Tide

Einzeltitel:
The Wrong/Right Man

Fluke My Life Reihe:
Running Into Love
Stumbling Into Love
Tossed Into Love
Drawn Into Love

How To Catch An Alpha Reihe:
Catching Him – erschreint im September 2021
Baiting Him – erscheint im November 2021

Spin Off Until Serie
Until Us: Kayan von K.D. Robichaux
Until Us: Judge von Layla Frost
Until Us: Cece von K.D. Robichaux – erscheint im Oktober 2021

FLY HIGH WITH ME

von Lillemore Full

ISBN-Taschenbuch: 978-3-903278-90-5
ISBN-EPUB: 978-3-903278-91-2

Ein verrückter Roadtrip. Eine Urne im Gepäck. Ein charmanter Musiker, der sich als perfekte Mitfahrgelegenheit entpuppt …

Nach dem Tod ihres geliebten Opas glaubt Belle, es könnte nicht schlimmer kommen. Doch sie hat nicht mit seinem letzten Wunsch gerechnet, der ihren strukturierten Alltag durcheinanderwirbelt wie nichts zuvor. Belle stellt sich der Herausforderung und begibt sich auf eine ungewöhnliche Reise, auf der sie Phil kennenlernt. Abenteuerlustig, spontan, ein Lebemensch – alles, was Belle nicht ist. Er überlässt ihr nicht nur den Beifahrersitz seines VW-Käfers, sondern zeigt ihr auch, wie viel das Leben zu bieten hat ...

HOW LOVE HAPPENS

von Tina Köpke

ISBN-Taschenbuch: 978-3-903278-72-1
ISBN-EPUB: 978-3-903278-73-8

Wenn deine langjährige Beziehung über labbrigen Pancakes ein unerwartetes Ende findet, bleibt dir nichts anderes übrig, als dein Leben gehörig umzukrempeln.

Das findet zumindest Erin. Sie kündigt den Job bei ihrem Vater, sagt dem Kaff ihrer Kindheit Adieu und stürzt sich in das Großstadtleben von New York. Als sie die Stelle als Assistentin in einem bekannten Plattenlabel ergattert, scheint alles wie am Schnürchen zu laufen. Wäre ihr Vorgesetzter nicht ausgerechnet der Kerl, dem sie sich an Silvester in einer klitzekleinen Verzweiflungstat an den Hals geschmissen hat. Verzwickter wird die Situation, als der Bruder ihrer Mitbewohnerin auftaucht und beschließt, im Spiel »Glücklich bis ans Ende aller Tage« ebenfalls kräftig mitzumischen ...